閒閒來養娃 上

風文創 1100

君子一夢 著

風 文創 1100

目錄

序文 005
第一章 007
第二章 023
第三章 035
第四章 049
第五章 063
第六章 083
第七章 095
第八章 111
第九章 125
第十章 141
第十一章 155
第十二章 171
第十三章 185
第十四章 201
第十五章 213
第十六章 231
第十七章 245
第十八章 261
第十九章 281
第二十章 295
第二十一章 309
第二十二章 321

序文

君子一夢

我其實不知道該怎樣去寫好一本小說，註冊筆名的時候正處於失意中，當時我在想，活著已經很疲憊了，能不能讓小說的世界快樂一些呢？

所以我提筆，開始寫自己想寫的故事。

我的文風整體偏輕鬆，自我感覺偏治癒系，哈哈，起碼我是這樣感覺的。寫小說的過程是漫長的，卡文的時候無數次想放棄，又一次次說服自己寫下去，但同時也是快樂的，收到許多網友的留言，發現有人和我一樣愛著書中的人物，喜歡我寫的故事，那種興奮的感覺無法言說。

記得這本書收尾的時候正處在夏天，當時每天都在為怎麼收尾而苦惱，長時間對著電腦發呆，情節寫了又刪，刪了又寫，始終寫不出令自己滿意的。

炎熱的夏天，我帶著手機，搭著電車去鄉下，坐在綠樹成蔭的樹林裡，抬頭是生機勃勃的綠色，光線透過枝葉照耀進來，蔥蔥鬱鬱的空隙間，是一碧如洗的藍天，耳邊是環繞不停的蟬鳴。遠處的樹蔭下，是一群搖著蒲扇的老人們，他們穿著白色或米色的汗衫，與身邊熟識的奶奶們聊著天。雖然我聽不到他們說什麼，但能感受到他們之間悠閒愜意的氛圍，我的心在這一刻靜下來。這是我熱愛的夏天，是我熱愛的人間。

那一刻我突然明白自己想寫什麼了，於是我捧著手機，在一聲聲蟬鳴中，一字一字敲出結尾。

寫完一本書是滿足的，很大程度上填滿了我的精神世界。我愛看小說，也喜歡寫小說，更想把我心中甜甜的故事分享給你們，所以我用筆把這些記錄下來，構思成一個完整的故事。

當時出版編輯問我要取什麼筆名時，我沒有思考很久，很快給出「君子一夢」，對於我來說，小說是一場絢麗燦爛的夢，在我的世界裡盛大綻放。

對了，說了這麼多，還沒和臺灣的讀者自我介紹，我是巨蟹座，天生喜歡溫暖的感覺，有時候情感細膩，有時候又大大咧咧。空閒的時候喜歡呼朋引伴一起玩，平時也喜歡看搞笑片，沒靈感的時候就喜歡靜坐。最喜歡夏天，因為夏天有漂亮的小裙子和吃不完的冰鎮西瓜。

茫茫人海，我們相遇了，希望這本書，能帶給你輕鬆快樂。

第一章

蘇箏猛然從睡夢中驚醒，渾身冷汗涔涔，俏生生的面孔煞白，漆黑的瞳孔裡還有未散的恐懼。

愣怔地看著漆黑的房間，久久回不了神，因為她作了一個惡夢，夢境過於真實，彷彿那不是夢，而是她真切經歷過的一生——她夢見自己懷孕、生子，甚至死亡，短暫又可笑。

她的靈魂飄蕩百年以後，看見自己的生平被世人編入野史，而她在故事裡只有寥寥幾筆。

主角叫謝呈，幼時一貧如洗，十五歲時一舉得魁，少年得志，成為歷史上最年輕的狀元郎，此後更是一路高升，為官清廉，體恤百姓，是以頗得民心。

而野史裡所記載的最大反派是她的兒子蘇絢——他和謝呈是同窗，兩人同時喜歡上一名姑娘，在得知這個姑娘喜歡謝呈後，他求而不得，一路與主角作對，最後被謝呈查出種種罪證，在獄中自殺了。

野史中寫到蘇絢的生母蘇箏，貪慕虛榮，自私自利，為了當上官夫人，不惜拋夫棄子往上爬。蘇箏死後，留下蘇絢獨自一人在後院存活，他受盡外祖母的折磨和生母的拋棄，心上人又愛上他人，變得越來越陰鷙敏感，為官之後更是惡貫滿盈。他死之後，百姓拍手叫好，鞭炮放了整整三天三夜。

蘇箏又氣又疼，氣的是野史對她胡編亂造，心疼的是兒子的經歷。

小小人兒獨自在後院，起初他期待外祖父能發現外祖母的表裡不一，然而外祖父忙於生意，從未發現，被蒙蔽在外祖母營造的假象裡。漸漸他不再期待，一個人孤寂成長，直至少年，喜歡上一名姑娘，姑娘最後卻成為別人的妻子。他一生都渴望被愛，卻到死亡時都未得到愛。

「落雪！」蘇箏高聲喚外間的丫鬟。

「小姐。」落雪執燈進來，照亮漆黑的室內。

蘇箏面上蒼白。「去請大夫，現在就去！」

如果夢境是真的，她現在應該有孕了。

落雪見小姐臉上無一絲血色，反而汗水淋漓，耳畔的髮絲都是濕漉漉的，當下也不敢耽擱，趕緊跑出去喊人。

四更天，蘇家燈火通明。

蘇老爺得知愛女生病的消息，靴子差點沒來得及套，就火燒火燎地趕過來，他在外間等候著，支使妻子去房內看看女兒。

黃氏乖順地答應，款步走進裡間。她見蘇箏雙目無神，半倚在床頭，輕聲細語地開口。

「箏箏，跟娘說哪裡不舒服？」

蘇箏緩緩轉頭，盯著面前的婦人，年近三十，溫柔嫻熟，舉止大方，哪怕匆匆趕來，面上也不見一絲狼狽，仍讓人賞心悅目，此刻眼中隱隱含著擔憂，關切地看著自己。

蘇箏想不到平日親如母女的黃氏在夢裡是那等心思，一想到夢裡發生的事，她看到黃氏就忍不住膈應。

黃氏被蘇箏看得心頭一突，轉而笑自己多心了，蘇箏從小被嬌養長大，毫無心機，不過一個小丫頭罷了。

黃氏替蘇箏掖好被角，壓低聲音說：「箏箏，還好嗎？」

蘇箏搖頭。「無事，我想靜一靜。」

黃氏拿帕子擦了擦蘇箏頭上的冷汗。「好，大夫馬上就來，我和妳爹就在外間，別怕。」

蘇箏忍住沒動，從鼻子裡哼出一聲，算是回應。等黃氏出去，她拉起被角重重擦過額頭，又把被子踹到一邊，喚落雪進來整理，穿戴整齊等大夫到來。

大夫很快就來了，氣喘吁吁的模樣，顯然是一路狂奔而來。

大夫摸著花白的鬍子，顫顫巍巍把了半天脈。

蘇箏心急，不由催促道：「大夫，怎麼樣？」

大夫又確認了一番，一把一把捋著他的鬍子，開口說：「恭喜，小姐是有喜了，身子有點虛，老夫開點補藥就可以了。」

月分尚淺，幸好找他來，不然別的大夫很有可能看不出來。

蘇箏的心猛地一顫。

看來那不只是一場夢而已，很可能是她經歷過的短暫前生——她負氣回娘家住了幾天，丈夫顧川送來和離書，她賭氣和離，等她發現自己有孕已是兩個月以後，派人去尋顧川，他卻早已不在。後來她捨不得腹中的孩子，便咬牙把他生下來，哪知沒多久，有一官老爺看上她，爹為了蘇家上下十幾口人命，親手把她推出去……再後來，她就死在半路上。

「小姐，恭喜！」落雪在一旁聽到她家小姐有喜了，笑得見牙不見眼，圓圓的蘋果臉瞧著頗為喜氣。

蘇箏摸著平坦的肚子，心想：這一次，我會陪著兒子長大，教他成長為一個正直善良的人。

蘇老爺得知女兒有喜了，眉宇間染上喜色，哈哈大笑，凸出的肚子隨著他的笑聲顫了顫。「管家，送李大夫出去。另外，通知下去，每個人多發一月的月銀。」

「是，老爺。」

管家送大夫出去，除了診費外，給大夫額外添了二十兩銀子。

一旁的黃氏低垂著頭，遮住眼底的光。

蘇老爺走進屋裡，溫聲問女兒。「箏箏，可有不舒服的地方？」

蘇箏面對一向疼愛她的爹爹，心情複雜，理智上，她理解爹爹把她送出去保全蘇家十幾條人命的決定，情感上卻有些難以接受。

蘇箏搖搖頭。「沒有。」

蘇老爺揉了揉女兒的頭頂。「時間還早，妳再睡一會兒，等天亮了，我就讓管家把顧川找來。」

蘇老爺吩咐落雪好好照顧小姐，喜孜孜地出去了。

蘇箏心道：你不用找，他今日就會來，而且是來送和離書。

「落雪，把被子換了。」蘇箏吩咐落雪。

「小姐，您回來時才剛換過……」落雪道。

「髒了！」蘇箏想到剛剛黃氏摸過她的被子，就覺得髒。

落雪聞言，手腳麻利地把床被換新。

「換好了，小姐，您要不要休息一會兒？」

蘇箏搖頭，徑直坐在梳妝檯前，她現在毫無睡意，她要等顧川過來。

天邊泛起一抹霧白色，漸漸散開，變成亮白色，不知何處，傳來鳥兒清脆悅耳的叫聲，窗邊放著昨日採摘的鮮花，此刻仍然鮮豔。

落雪從外間進來。「小姐，老爺派人來問，您是出去用餐，還是端到房間吃？」

「出去吃。」

清晨的空氣帶著一絲涼意，蘇箏深呼吸了一口，和落雪一起走過去。

下人早就提前告知蘇老爺，遂餐桌上兩位主人沒動筷子，等蘇箏過來。

見女兒來了，蘇老爺眼前一亮。「箏箏，有沒有妳想吃的？沒有的話，我再讓廚子做。」

蘇箏看著桌上擺著琳琅滿目的早膳，抿了抿乾澀的唇。「不用了，這些就可以。」

「箏箏，先喝點湯。」黃氏親手盛了一碗蛋湯放在蘇箏面前。

蘇箏未語，直到她吃完早飯，面前的蛋湯仍是一口未動。

蘇老爺心大，未察覺到什麼，黃氏看了一眼那碗冷掉的蛋湯。

吃完飯，蘇箏也沒回房間，坐在廳堂等顧川過來。

蘇老爺想到女兒夜裡沒睡好，便想讓她回房多休息。「箏箏，爹已經派人去請顧川了，估計要過一段時間才能到。」

他正想勸女兒回房，門口家丁跑進來報。「老爺，姑爺過來了。」

這麼快？他的人應該還沒到吧？

蘇老爺說：「快請他進來。」

不遠處，顧川從外面走進來。

他身材頎長，穿一襲灰藍色的衣衫，越發顯得清瘦，面容清雋，眉峰如劍，眼底似乎帶著清晨的冷意。

蘇箏見到他，不知怎的，心裡竟覺得萬分委屈，如果不是他送來和離書，她也不會賭氣和離；如果不是他一走了之，蘇家遍地尋不到他，他們的兒子悉心教養，最後也不會是那般光景。

「岳父。」

蘇老爺對於一表人才的女婿還是很滿意，唯一不好的就是女婿頗有些讀書人的傲骨，不願接受蘇家任何錢財上的幫助，雖然這門親來得意外，但沒關係，他以後都會留給女兒。

蘇老爺冷著臉訓女兒。「箏箏，這次跟顧川回去，可不能任性了！」

蘇老爺以為是女婿在家急了，親自過來接女兒，畢竟家丁應該還沒到他們村。

假意訓完女兒，蘇老爺又笑咪咪地對女婿說：「顧川啊，箏箏有時候是任性了點，但是本性不壞，你多擔待點。」

女兒再任性，那也是自己的骨肉，何況他就這麼一個女兒，得護著。

顧川拱手，再次開口。「岳父……」

「爹，我和他單獨聊一會兒。」蘇箏打斷顧川的話。

「好好，你們聊。」蘇老爺只當女兒急著和女婿獨處，貼心地屏退僕人，把空間留給兩人。

顧川這才抬眼看蘇箏第一眼。

蘇箏直接問：「你是不是打算和離？」

顧川沈默不語。

蘇箏又問：「是不是連和離書都寫好了？」

顧川一字不說。

蘇箏見顧川默認，雙腿一下子軟了，跌落在身後的椅子上。

如果不是昨夜的夢，以她的性子，今日一定會賭氣接下和離書。

顧川見狀，輕輕嘆了一口氣。「不是妳要和離的嗎？」

她走時，明明讓他把和離書送到蘇府。

蘇箏心想，那明明是氣話啊，怎能當真？

「我懷孕了！」

顧川手指微不可察地抖了抖，眼神平靜地看著她。「我這輩子都不會參加科舉，妳能接受嗎？」

他們倆最大的矛盾在此，他知道蘇箏想做人上人，一心盼著他當官，而他胸無大志，只想在鄉野平靜度過一生。

蘇箏紅著眼睛點頭了，吸了吸鼻涕。「嗯，我們以後好好教養兒子就行了。」

經過那場夢，看到兒子為官後的種種經歷，她已經不覺得當官夫人有多好了。

顧川烏黑的眼睫微顫，沒有人比他更清楚，由於他的身體因素，她是不會輕易懷孕的。

他垂下眼問：「那吃完午飯，我們一起回去？」

蘇箏搖頭。「不，我現在就想回去。」

那場夢是真的，她不想看見虛偽至極的黃氏，暫時也不知道如何面對她爹。

顧川聞言有點意外，勸了兩句，見她一臉堅持就不說了，帶她向岳父辭行。

蘇老爺雖捨不得女兒，但也知道女兒嫁人了，和夫婿搞好關係最重要，當下揮揮手。

「行了，回去吧，我讓管家送你們回去。」

顧川是騎馬來的，剛想推辭，就見蘇老爺喊道：「管家，補品準備好了嗎？大夫開的補藥給了嗎？」

「都準備好了，老爺。」

蘇老爺點點頭。「那送小姐、姑爺回去吧！」

顧川挑了挑眉，默不作聲，跟在蘇老爺後面一起出去。

他心想，這蘇家上上下下全配合蘇箏一起演戲？還挺團結。

落雪扶著蘇箏，小聲說：「小姐，我跟您一起回去吧？方便照看您。」

她從小就伺候小姐，現在小姐懷孕了，姑爺那邊也沒個伺候的人，她不放心。

蘇箏看了身側的顧川一眼，見他不吭聲，想到顧川喜靜的性子，她艱難地拒絕落雪。

「妳再等等吧。」

落雪語氣難掩失落。「喔。」

顧川用餘光瞟了兩人一眼，她們演得非常逼真，情緒相當投入，作戲要作全套，他懂。

一個蘇箏已經夠鬧騰了，她不能再有一個幫手。

罷。

蘇老爺倒是想給女兒派幾個人照顧著，奈何女婿沒表態，他怕惹了女婿不快，只得作罷。

顧川跨上馬背，向蘇老爺告別。

馬車前，黃氏握著蘇箏的手，殷殷叮囑，字字句句皆是深情切意，眼裡甚至有淚光閃爍，蘇箏不耐煩陪她作戲，隨口應付了兩句，扭頭上馬車，放下車簾。

黃氏垂眸，遮住眼底的冷意，看來不是她的錯覺，蘇箏今天的確不對勁，是她發現了什麼嗎？

顧川住在大陽村，距離城鎮要一個時辰的路程，趕馬車的小廝顧及小姐的身子，趕得尤其慢，比平時足足多了一個時辰才到。

小廝把車上的禮品搬進房裡，朝兩人行禮。「小姐，姑爺，小的先回去了。」

蘇箏道：「回去吧。」

顧川隨便做了些午飯，挑了挑眉頭，抬腳踏進臥室。

臥室裡，蘇箏正拆了一包補藥研究，看了半天，末了還湊近聞了聞，最後嫌棄地轉過頭，一臉猙獰。

顧川好整以暇地看完她一連串反應，聲音似珠玉落盤。「難聞？」

蘇箏點點頭。「太難聞了！」

顧川想著，她這下應該演不下去了吧？雖然和她相處的時間不久，但知道她脾氣大，人也嬌氣，想來也是怕喝藥。

結果出乎意料，只見蘇箏像是下定什麼決心一樣，把補藥遞給顧川。

「幫我熬了吧！」

顧川無語。妳大可不必如此演戲。

見蘇箏一臉視死如歸，顧川好心地說：「是藥三分毒。」

如果蘇箏識趣點，就該順著臺階下去。

蘇箏摸了摸平坦的肚子。「為了兒子，還是吃點補藥吧。」

顧川很想說別演了，他雖然對她談不上喜歡，但也說不上討厭，既然把她接回來，只要她不再逼著他考試，他也不會再動和離的念頭。

見顧川不動，蘇箏疑惑地看他。

算了，她開心就好，愛演就演吧！

顧川到嘴邊的話又憋回去，他把藥接過，去廚房熬了。

再回來時，他順道把午飯端進臥室。「吃飯。」

午飯是一葷一素一湯，主要食材有後山的野雞、蘑菇和野菜，他倆住在鄉下，平日都是自給自足，家裡許多東西，還是他娶了蘇箏之後才置辦。

已經過了午飯時間，蘇箏早就餓了，這會兒也不像平時那樣抱怨飯難吃了，她端起碗大快朵頤。吃完，她摸了摸肚子，放下碗，這才想起被她忽略的一件事。

「我有孕，你不高興嗎？」那場夢給她的衝擊太大，以至於她現在才想起顧川的反應，不太像是開心的樣子。

看在她演得這麼投入的分上，顧川配合地點點頭。「我挺高興的，興奮得都不知該如何表達。」

蘇箏狐疑地盯著顧川看了幾眼，暫且相信他，心底嘀咕：雖然顧川胸無大志，但是他坦坦蕩蕩、君子之風，還在村裡的私塾教導一群蘿蔔頭，兒子有他悉心教導，應該不會長歪吧！

她秀氣地打了個呵欠，眼底瀰漫出一層水霧，濕潤清亮。「藥好了沒？我睏了。」夜裡沒睡好，又坐了這麼久的馬車，折騰大半天，她早就想躺著了。

顧川深深看了她一眼，起身把碗筷收拾到廚房，再回來時，手上多了一碗熱氣騰騰的湯藥，放在桌上。「喝吧。」

他都打算不提補藥了，好讓她裝作是忘了喝，結果她自己跳進坑裡。

蘇箏試了下溫度，不算燙，深吸一口氣屏住呼吸，端起碗一口氣喝完後，她吐著舌頭。「水。」

早上他倒的茶沒喝完，顧川下意識把手邊的茶推過去。

蘇箏喝了幾口，嘴裡的藥味總算淡了。「我要睡一會兒。」

顧川把疊好的被子攤開。「睡吧。」

蘇箏躺在床上，被子裡是熟悉的味道，她的心安定下來。「你要一起睡嗎？」

顧川見她把自己整個蓋起來，只露出一雙漆黑水潤的眼睛，軟軟地邀請他一起睡覺。

他搖頭拒絕。「妳睡吧，我還有事。」

「哦。」蘇箏閉上眼睛，很快就睡著了。

顧川放輕動作走出臥室，此時是秋高氣爽的好時節，天氣不冷不熱，他的馬兒乖巧地站在院子裡，從鼻子裡哼出一口氣。

顧川摸了摸這位陪他走南闖北的老夥伴。「今天辛苦你了，走，帶你出去吃草。」

蘇箏這一覺睡了很久，醒來已是傍晚，最後一縷餘暉從窗外斜照進來，給略粗糙的木桌染上一層漂亮的光暈。

她坐了一刻鐘仍有些睏，披上外衣下床。

顧川正在廚房做飯。「醒了？」

「嗯。」蘇箏在他身旁坐下，朝他伸出手。

顧川不解。「什麼？」

蘇箏鼓著腮幫子道：「和離書！」

顧川見她一副氣鼓鼓的模樣，一雙水潤的桃花眼瞪得圓圓的，瞧著倒是有幾分可愛，比平日冷嘲熱諷時順眼多了，他慢悠悠地從懷裡掏出一紙和離書。

蘇箏奪過來，連看也不看，直接扔進燒得正旺的火裡，為晚飯做了一點小小的貢獻。毀了和離書，蘇箏心情美妙不少，挑著眉毛，俏臉上露出幾許得意。

顧川看得想笑，如果他鐵了心想和離，區區一紙和離書算什麼？

「洗手吧，可以吃飯了。」

顧川做了幾個大肉餅，稍微放涼後，蘇箏抓起其中一個就啃，吃到最後剩一點，硬是勉強吞下去，打了個飽嗝。

顧川在一旁看得都震驚了。

她回娘家受到什麼刺激了嗎？難道岳父真的訓她了？還是被和離嚇到了？以至於她和往日判若兩人？之前像貓一樣，每餐不是嫌棄味道不好，就是嫌棄樣子不夠精緻，今天……

顧川擔心她噎著，把湯端過去。「喝……點湯。」

蘇箏沒接，嘴巴湊上去，就著顧川的手，喝了幾大口。「我吃飽了。」

顧川心道：我知道妳吃飽了，比平時吃了這麼多。

「咳咳，吃飽了就先進屋洗漱吧。」

「我等你。」蘇箏笑咪咪，坐在顧川親手做的矮凳子上，支著下巴看著他。

她越看越覺得，怪不得當初這張臉能讓她一見鍾情。

她倒是開心，被盯著的人就不是那麼好受了，顧川匆匆幾口吃完飯，打了盆水端進臥室，催蘇箏洗漱。

蘇箏下午那會兒睡了，現在自然睡不著，洗漱完，她躺在床上翻來覆去。

顧川忍耐了很久，在她第十三次翻身時，忍不住出聲問：「妳不睏嗎？」

蘇箏萬分精神。「不睏啊，我在想咱們兒子叫什麼名字好。」

在那本野史上，兒子叫蘇絢，有幸能重來一次，她想給兒子重新取個名。

顧川沈默地拉過被子蓋住自己，閉上眼睛假寐，任蘇箏怎麼折騰也不搭腔，努力裝作自己睡著了。

蘇箏推了他幾把，見他不搭理自己，只得悻悻地放手，自顧自地想兒子該叫什麼才好，她一定得給兒子取個好名字！

她想了一大堆都不滿意，最後打了個呵欠，頭一歪睡著了。

等身邊人沒動靜了，顧川靜靜睜開眼，黑暗之中幽幽嘆了一口氣。等過些時日，還是好好跟她談談子嗣之事，若她願意，領養一個，也未嘗不可。

第二章

「蘇箏，飯在鍋裡，記得起來吃。」

蘇箏迷迷糊糊地揮手，似要趕走這擾人清夢的聲音，頭往裡一縮，埋進被子裡，只露幾許青絲在枕畔，翻了個身繼續睡。

顧川瞧她這副無賴樣，扒開她頭頂的被子，鍥而不捨地問：「聽到沒？」

蘇箏躲不過去，嗚嗚咽咽回答。「聽到了。」

顧川這才出門。

村子裡有一處私塾，是近幾年才興建起來，顧川當初留在這裡，答應村長教這些孩子讀書，村長和村裡人商量，賣給他一塊地蓋房，也就是他現在住的房子。

「顧川來了。」

「韓老先生，昨日辛苦了。」顧川拱手作揖。

韓秀才已是花甲之年，大陽私塾初建時他就在了，為了這些孩子，他沒跟做捕快的兒子一起去城裡，對這裡的每一個孩子都盡心盡力，顧川很尊重他。

韓秀才擺擺手。「不辛苦，每日都是這樣，時間差不多了，進去吧。」

「那我先進去了。」

讓顧川沒想到的是，一進去他就被學生問：「先生，你把師娘接回來了嗎？」

發問的學生是竇東，村頭賣豆腐家的小兒子，這小子平時最皮，不願意背書，整天想著怎麼逃課。

「竇東，前天的功課會了吧？背來聽聽。」

竇東今年雖然才十歲，體型卻不小，站起來宛如一座小山，此刻眉毛耷拉著，黝黑的臉上寫滿為難，伸手撓了撓腮幫子。

昨日先生沒來，他特別高興，娘親說先生去城裡接媳婦，沒想到這麼快就回來了。哎，他真希望先生能留在城裡，這樣他就可以不來唸書了，韓先生根本沒精力管他，也跑不過他。

顧川掃了他一眼，竇東立馬放下手垂在身側，身姿站得筆直。

「坐下吧，明日下學後，你背完功課再走。」

哎，竇東嘆了一口氣，眉頭糾成一片，他好愁啊。

顧川走後，蘇箏睡沒多久就起床了，自從知道自己懷孕後，她每頓都使勁吃飯，堅決不能餓到肚裡的兒子，早飯當然也得按時吃。

本來她打算出去走走，然而吃完早飯，她就不想動了，想了想還是回到臥室。

顧川的書都放在臥室，她覺得教育得從小奠定基礎，雖然兒子還在肚子裡，但是她可以讀給兒子聽啊。

想到這裡，蘇箏得意洋洋地挑了一本《三字經》，坐在椅子上，搖頭晃腦地朗讀。「人之初，性本善……」

沒讀一會兒，她就皺眉放下書，秀氣地打了個呵欠，眼角沁出些許濕意，細白的手指隨意抹了抹，眼尾帶著一抹潮紅，仙姿玉色的一張臉孔平添上一分風情。

「兒子啊，娘有些睏了，還是等你爹回來讀給你聽吧！」蘇箏對著肚子自言自語了一會兒，脫了外衣爬上床睡了。

這兩天她總是覺得睏，她覺得是被那惡夢驚嚇所致。

午時，顧川回來吃飯，發現門從裡面閂住了。

他屈起食指叩門。「蘇箏？」

蘇箏睡得不熟，外面一有動靜就驚醒了，她揉了揉眼睛，披上外衣下床開門。

顧川見她髮鬢微亂，眉頭輕皺。「怎麼還在睡？」

蘇箏的聲音帶著些許鼻音。「不是我，是兒子睏了。」

「蘇箏，妳……」

顧川本想說妳根本沒懷孕，結果看著蘇箏的眼睛，有點不忍拆穿她，就把話嚥回肚子裡了。

蘇箏的眼睛是桃花眼，形狀極好，眼尾彷彿帶著鈎子，流光溢彩，此刻她眨著眼睛看顧川，配上一副「我怎會這麼睏」的表情，眼神看起來無辜極了。

「早上的碗我還沒洗，我本來想洗，但實在是太睏了。」

顧川嘆了一口氣，挽起袖子洗碗，他覺得，蘇箏比調皮搗蛋的竇東還難搞。竇東還能罰他背書，逃課就把他抓回來，蘇箏呢？和離她不肯，訓她非君子所為，他竟然除了忍著，毫無辦法。

見顧川洗碗了，蘇箏像跟屁蟲一樣跟在顧川後面看他幹活，相當快樂。

廚房空間小，她又貼得緊，顧川轉身時差點撞到她，連忙伸手扶了她一把，忍著額角突突跳起的青筋。「妳先去屋裡坐一會兒，吃飯了我再叫妳。」

「好吧。」

顧川心道：妳這不情不願的回答是怎回事？

雖然他心裡想法頗多，面上卻仍是一副清清冷冷的模樣，悶不吭聲地生火做飯。

中午時間不多，他隨便炒了兩道菜。

「吃飯了。」

蘇箏正坐在堂屋，聞言走了過來，看一眼菜色，噘起嘴巴說：「我想喝湯，最好是雞湯，我得補補。」

雖然顧川做飯賣相不怎麼樣，但味道還是不錯，尤其是雞湯配上蘑菇，湯汁香濃，雞肉鮮美，這樣一想，蘇箏吞嚥了口水。

顧川覺得她要求挺多，隨口應付她。「晚上再說吧。」

蘇箏摸了摸尚且平坦的腹部，神色悲傷。「兒子啊，娘太慘了，想喝雞湯都沒有。」

顧川埋頭吃飯，對蘇箏的話充耳不聞。

沒人搭理她，蘇箏也就不演了，收起臉上的表情，咬了一大口白饅頭。

蘇箏吃了整整兩個白饅頭，喝了一大碗番薯粥，吃得有滋有味，紅潤的嘴唇微微泛著水光。

顧川端起空碗，佯裝喝粥，遮掩住翹起的嘴角。

蘇箏奇怪地看著他，不解道：「你已經喝完了啊，為什麼還要喝那點碗底，鍋裡還有，我又不吃了。」

顧川微笑。「我怕妳不夠吃。」

蘇箏再蠢也聽出他在隱晦地說她吃得多，於是她喝完最後一口粥，把碗一放，不高興地說：「是你兒子需要營養，我才吃這麼多！」

顧川這兩天聽多了，都有點習慣了，也不反駁她，贊同地點頭。「妳說得對。」

蘇箏惱怒他敷衍的態度，怒瞪了他一眼，起身就走。

顧川無言。

坐在裡屋的蘇箏蹺著腿，芙蓉粉面，桃花眼彎起愉悅的弧度，哪裡有一絲惱意？

她喜孜孜地想，我真聰明，這樣就不用洗碗了，否則難保顧川喪心病狂逼她做家務，他以前就幹過這麼「慘無人道」的事！

顧川一個人在廚房，默默地把鍋裡剩的半碗紅薯粥喝完，往鍋裡添了兩瓢水，捋起袖子開始刷鍋、倒餿水、掃地，動作非常熟練。

收拾好廚房，時間就差不多了，他關上門去私塾。平日裡倒不用這麼趕，他和韓先生一個教上午一個教下午，昨天有勞韓先生代班，他年事已高，他就讓韓先生在家多休息幾日。

蘇箏從敞開的窗看到顧川關上院門走了，她笑咪咪地伸了個懶腰，邁著輕鬆的小步伐從屋裡出來，繞著不大的廚房轉了好幾圈，左看看右看看，甚至伸出手抹了一把灶臺，看他有沒有整理乾淨。

「嗯，挺乾淨的。」她煞有介事地點著腦袋瓜，自言自語地說。

今日陽光正好，微風溫柔地拂過耳畔，不冷不熱，蘇箏打算出去走一走。她回房對著鏡子整理一下微亂的髮鬢，露齒一笑，自我感覺非常好。

關上院門，她一路慢悠悠地散步。

在這個村僅生活一個多月，算起來這是她第一次認真觀察周圍的風景，雖然都是一排排錯落不一的房子，葉子泛黃無人修剪的樹木，配上泛著些許綠意生長得亂七八糟的野草，有的草還被動物啃了幾口，但蘇箏還是覺得好看，這大概就是書上所說的意境了！

蘇箏的腳步頓住了，眼睛直勾勾看著前面。

好多柿子啊！

紅彤彤、亮晶晶、飽滿多汁的柿子，掛滿了枝頭，在陽光下閃著光。

蘇箏吸了兩下口水。

柿子樹種在一戶人家的院子裡，向他們買一點，應該可以吧？只是貿然前去，好像不太好，看著柿子薄薄的一層表皮，她都可以想像到裡面甜甜的汁液，內心一時陷入糾結。

「咩咩……」

身後傳來羊叫，蘇箏側開身子，讓羊先過。

只見一隻母羊帶著兩隻小羔羊，每隻都養得挺肥的，雪白的毛乾淨順滑，一看就知道主人照顧得很細心。

趕羊的人是一名七、八歲的孩童，長得眉清目秀，身上穿的衣服雖然陳舊，但是洗得乾乾淨淨。

長得好看又愛乾淨，她喜歡，蘇箏彎著眼睛對他笑了一下。

本以為這個孩子要走過去，沒想到他停下來，漆黑的瞳孔看著蘇箏說：「我認識妳。」

蘇箏問：「你認識我啊？」

她好像沒見過這個小孩子。

男童點點頭，肯定地說：「妳是顧先生的媳婦。妳想吃柿子嗎？」

小孩子的眼神真摯誠懇，蘇箏摸後腦勺有點不好意思，最後在他的目光裡輕輕點頭。

「我知道前面有一棵野生的柿子樹，結的柿子也很甜，妳想吃可以和我一起過去。」

蘇箏看了看乾淨雪白的羊群，內心蠢蠢欲動，牠們看起來非常好摸，不過她不敢，怕被羊蹄子踢。

她決定和這小孩一起走，半路上她問：「你叫什麼名字啊？」

「我叫穆以堯。」

蘇箏點頭。「挺好聽的。」

這是真話，這裡很多小孩都叫狗蛋、石頭之類的。

穆以堯抿抿唇。「爺爺說我小時候有位書生在我家借住過一晚，他替我取的名字。」

「這幾隻羊是你養的嗎？養得真好。」

穆以堯小臉一本正經。「嗯，我每天都趕牠們去吃最新鮮的草。」

蘇箏真心實意地誇讚。「你好厲害。」

穆以堯暗暗挺起胸膛，嘴唇緊抿成一條線，不因為一點誇獎就洩漏自己的情緒，小臉上一派嚴肅。

蘇箏沒發現他的小心思，目光盯著走在前面的幾隻羊，尤其是後面兩隻小羔羊，牠們看到路邊的草，有時會停下來咬兩口，估計覺得不好吃，又放棄了，好可愛啊。

蘇箏摸著肚子暗自決定，以後可以給兒子養一條狗，讓牠陪兒子一起長大！

「那就是柿子樹了。」穆以堯指著前面。

蘇箏順著他指的方向看過去。「嗯……那個，堯堯啊……」

她想說，矮一點的柿子都被摘光了，剩下的都太高了，她摘不到。

堯堯？

穆以堯悄悄紅了小臉蛋，把手上趕羊的鞭子塞給蘇箏。「妳幫我看著這幾隻羊，我去摘。」

蘇箏來不及阻止，只見他飛一樣跑出去。

他跑這麼快，莫非是平時羊會跑？他需要逮羊？

「你小心點啊！」蘇箏看著跑過去的穆以堯，又看了看幾隻散開吃草的羊，她在原地懊惱地跺腳。

然後，在她目瞪口呆的注視下，穆以堯輕鬆爬上樹。

他像猴子一樣靈活，摘樹枝上稍大且沒被鳥叼過的柿子，不過他拿不了太多，用衣服兜幾個就下來了。

穆以堯兜著柿子跑過來。「妳看，這個也很甜，我放羊時經常摘來吃。」

蘇箏看著他純真的眼睛。「謝謝。」

「妳嚐嚐看。」他拿了一顆柿子在衣服上蹭了蹭，遞給蘇箏。

雖然野生的沒有那戶人家的柿子大，但是小小一顆皮薄肉多，看著也很不錯。

蘇箏接過，撕開表皮吸了一口，一雙桃花眼彎成月牙。

「好吃！」

穆以堯把剩下的柿子捧起來。「這些都給妳。」
蘇箏揉揉他腦袋，伸手拿了一顆。「我要兩顆就可以了，我們一起吃。」
下午，蘇箏也無事，就陪他一起放羊。
蘇箏突然想起來。「你不用去私塾讀書嗎？」
穆以堯低著小腦袋。「不用去。」
蘇箏不解。「為什麼呀？」
穆以堯低垂眉眼，手指揪著面前的草，把草尖都揪禿了。「我不喜歡讀書。」
蘇箏點頭表示理解。「我也不喜歡讀書，小時候我爹總喜歡逼我看書。」
想到此，蘇箏有些憂鬱，爹爹對她十幾年的疼愛不假，但是……
蘇箏幽幽嘆嘆了一口氣，沈默了。
穆以堯不知道想到了什麼，一時也沒說話。
兩人一直坐到日暮西山，三隻羊早就吃飽了。
穆以堯站起來。「我們該回去了。」
蘇箏贊同地點頭。「嗯，你明日還來放羊嗎？」
穆以堯點點頭。「要來的。」
「我也一起。」
「好。」穆以堯有些高興，他很喜歡顧先生的媳婦。

進了村，兩人就分開了，蘇箏到家時，顧川已經回來了。

顧川問她。「去哪兒了？」

據他所知，蘇箏在這裡並沒有認識的人。

「和穆以堯放羊去了，他養的羊可真漂亮。」

顧川知道這個孩子，家裡只有他和爺爺相依為命，有時候這孩子會站在外面聽課。

蘇箏認識了新朋友，心裡高興，喋喋不休地說：「穆以堯不僅長得好看，愛乾淨又懂事，以後咱們兒子像他的性格也行，我得經常去找他玩！他今天還摘了柿子給我吃！」

蘇箏沒好意思說，原因是她一直盯著別人家的柿子。

顧川挑眉。「是嗎？如果……我是說如果，有孩子的話，他跟著妳，估計長不成那樣的性子。」

蘇箏朝他翻了個白眼。「呵呵……」

她覺得，前世兒子性格裡的偏執陰鬱，搞不好是遺傳他爹，總愛諷刺人！

蘇箏繃著一張臉。「我餓了！我要喝鯽魚湯！」

「我現在去哪兒弄鯽魚？沒有，只有蘑菇湯。」

蘇箏認為她也是講道理的人。「那我明晚再喝鯽魚湯，若是沒有，我就把落雪帶回來照顧我，落雪總能做出鯽魚湯！」

昨天拒絕她要喝的雞湯，今天再拒絕她，顧川怕她真的把落雪帶回來，就退了一步。

「好。」

見他答應，蘇箏才滿意，不自覺地摸向肚子。

兒子啊，聽說吃魚比較聰明，你多吃點，才能像娘一樣聰明！嘻嘻！

顧川一抬眼，發現蘇箏在傻笑。

吃個魚這麼高興？他平時沒在吃食上苛待她吧？

第三章

第二天，吃完午飯，蘇箏揣了一盒芝麻糖準備出門。

「去哪兒？」顧川擦去手上的水珠，他剛打掃完廚房。

蘇箏站在門口回頭看。「和堯堯一起放羊啊。」

她語氣尚帶著笑意，秋日的陽光在她臉上跳躍，烏黑的眼睫，雪白的側臉，顧川突然覺得，今天的她好像比往日好看……是胖了的原因嗎？

沒錯，蘇箏現在不知道是不是每頓吃得太多，不到十天，就能明顯看出她胖了。

顧川頓了一下。「等我一下，我也去。」

蘇箏呆了。「啊？」

她覺得，堯堯應該不想看見他吧，她小時候就特別討厭她爹請來的先生。

顧川沒讓蘇箏等多久就出來了，提了一個木桶，裡面塞著漁網，手上拿了一本書。「走吧。」

「哦。」蘇箏想了想，雖然事實有點傷人，但她還是得說：「萬一堯堯不喜歡看見你，你就別和我們一起玩了。」

顧川看了蘇箏一眼，不明白蘇箏在說什麼。

蘇箏搖頭嘆氣，他怎麼能懂堯堯的心理呢？她懂！

來到山頭上，遠遠地，蘇箏就看見穆以堯和三隻羊。

「你怎地來這麼早，吃飯了嗎？」

穆以堯摸摸後腦勺。「吃了。」

他怕蘇箏等候，特地早來了，等她時又怕她忘記約定不來了，結果她非但沒有忘記，後面還多帶了一人。

「先生！」穆以堯瞪大眼睛。

蘇箏看見穆以堯在等她，步伐就加快了。

顧川仍然提著木桶在後面慢悠悠地走，看著蘇箏的背影，順便感嘆一下她真的胖了。

蘇箏心道，看吧，這孩子果然不想看見顧川，瞧他被嚇壞了。

顧川對他點點頭，把手上的書遞給他。「這個給你。」

穆以堯看著書很激動，眼睛都紅了。「謝謝先生。」

他果然喪心病狂！竟然還帶書來折磨別人！

蘇箏生怕穆以堯委屈地哭起來，連忙把揣了一路的芝麻糖也遞給他。「這個是我在鎮上買的，很好吃，給你吃。」

見他不接，蘇箏一把塞進他懷裡，把鞭子拿過來轉交給顧川，示意他趕羊。

顧川無奈地接過。

穆以堯見先生趕羊似乎有些不安，想要把鞭子拿過來，蘇箏拉著他走在前面，去了昨日他放羊的地方。

蘇箏滿喜歡這裡的，人少，風景也不錯。她尋了個舒服的地方坐下。

顧川掃了她兩眼，盤腿坐在她旁邊。幾隻羊悠閒地在不遠處吃草，他招手，示意穆以堯過來。

顧川問了穆以堯幾個字，發現他竟然都認識，於是暗自加大難度，若碰到他不認識的，就給他講解兩句。

穆以堯很激動也很珍惜，黑珍珠般的眼睛發著光，亮閃閃地看著顧川。

顧川沈吟了一下，問他。「你想去私塾嗎？」

這孩子挺聰明的，如果是因為束脩不上學，未免有些可惜。

上學？他喜歡先生，也很想去私塾，但是他去不了，他沒有錢，爺爺也需要他照顧。

穆以堯搖搖頭。

顧川道：「我可以幫你承擔束脩。」

穆以堯眼睛閃了閃，看了看顧川，又低下頭。

顧川還想說些什麼，被旁邊的蘇箏掐了一把。

蘇箏簡直要看不下去了，人家小孩放個羊都要被他拉著學習，還要人家去上私塾，沒看到他頭都要埋進胸口了嗎？這說明穆以堯根本不想理他！

顧川瞅了她一眼，蘇箏立馬很凶地瞪回去。

她在氣什麼？胖了的臉氣鼓鼓的，像條……吃撐的魚。

顧川不再看這兩人，提上木桶走了，前往不遠處的河流。

蘇箏摸了摸穆以堯的腦袋。「沒事，堯堯，不喜歡上學咱就不去，我小時候也不上學。」

穆以堯難得茫然，抬起腦袋。「啊？」

且說在穆以堯的帶領下，蘇箏今天摸到羊了，果然和她想像中一樣好摸，羊毛很短，但是雪白、柔軟、順滑，而且小羔羊很溫順。

蘇箏揉了好幾把。「你經常幫牠們洗澡嗎？」

穆以堯點頭，漆黑的眼睛沉靜漂亮。「嗯，牠們洗澡時很乖。」

他很愛乾淨，家裡也儘量收拾好，羊如果髒了，他就會嫌棄。

蘇箏用沒摸過羊的手捏了捏他的臉蛋。「你好厲害啊！」

穆以堯抿抿唇，清亮的眼睛溢出笑意。

顧川提著木桶回來，就見這兩人的腦袋湊在一起嘀嘀咕咕，蘇箏的手還放在人家的小羔羊上。

「咳咳……」他虛咳兩聲。

穆以堯眼睛一亮，小身子往後一扭。「先生！」

蘇箏眼睛也亮了，起身走過去，探頭看他的木桶。

好多魚！

蘇箏吸了幾下口水，眼睛一眨也不眨，正想數數一共有幾條魚，結果其中一條魚估計不甘心即將為人魚肉，用生命奮起掙扎，甩了蘇箏一臉水。

好氣！

蘇箏抹了一把臉上帶著腥氣的水，盯著那條魚惡狠狠地說：「晚上我要吃這條魚！」

顧川忍住笑聲。「好。」

蘇箏凶巴巴看著顧川。「你想笑嗎？」

顧川真誠地搖頭。「沒有。」他詢問一旁的穆以堯。「你打算什麼時候回去？」

穆以堯道：「羊已經吃飽了。」

顧川了解。「那我們回去吧。」

「嗯。」穆以堯小跑著召回他的羊，把牠們趕在一起。

回到村子，顧川取出兩條魚給穆以堯，摸了摸他腦袋。「回去和你爺爺煮魚吃，明天如果事情做完了，來私塾找我。」

穆以堯重重地點頭，然後離開了。

「我要喝魚湯，裡面最好放點蘑菇，我還要吃紅燒魚。」一路上蘇箏都在碎碎唸。

顧川全當聽不見，等到家了，他把筐裡剩下的蘑菇端給她，示意她接著。

蘇箏看著面前的蘑菇不解。「幹麼？」

顧川語氣平穩。「不是要喝魚湯嗎？最好放點蘑菇，所以蘑菇交給妳洗了。」

蘇箏張嘴就想拒絕，顧川接著說：「要不，妳殺魚也行？二選一。」

「洗乾淨點。」顧川拉過傻站著的蘇箏，把筐塞進她懷裡，留給蘇箏一個冷漠無情的背影。

蘇箏蹲在水桶旁，面前是一盆水，此刻她正苦大仇深般盯著手裡的蘑菇。

良久，她懶洋洋地把蘑菇放在水裡晃了晃。

一旁殺魚的顧川看了她兩眼。「妳手濕了嗎？」

「濕了啊！」蘇箏特別真誠地說，把手拿出來晃了晃，確實濕了，濕了四根手指頭，還是前半截指尖。

「好好洗！洗不乾淨就燒一鍋蘑菇湯讓妳一個人喝，而且鍋裡不放魚！」

蘇箏噘著嘴，看著顧川處理手裡異常老實的幾條魚，這刮鱗、除鰓動作一氣呵成，最後再用清水沖去血跡。

可以！蘇箏在心中悄悄鼓掌，覺得他的動作還可以再快一點。

顧川處理完最後一條魚，眼神平靜無波地看著蘇箏。「怎麼？看我就不用洗蘑菇了？」

「沒有。」蘇箏低下腦袋，裝模作樣地拿著蘑菇在水裡來回晃。

顧川不想看她怎麼洗蘑菇，提起魚就打算走。

蘇箏用餘光發現顧川想走，連忙捂著肚子說：「我肚子疼。」

顧川居高臨下看她。「洗蘑菇為什麼會肚子疼？」

蘇箏皺著眉頭。「我蹲太久了，兒子難受。」

顧川見她一直捂著肚子。「妳確定不是因為妳胖了蹲著難受？」

「你不關心兒子就算了，還覺得我胖了！」她站起來氣憤地跺腳，扔下蘑菇，擠開顧川進屋了。

「……」顧川提著洗好的魚，看著盆子裡的蘑菇，陷入沈默。

所以她現在學會用生氣來逃避幹活？

顧川繃著臉，放下魚，洗蘑菇。

晚飯，顧川煮了一碗蘑菇魚湯，並將早上的麵餅在油鍋裡炸得金黃酥脆，魚的兩面裹上麵粉做紅燒，配上他醃製的小菜，十分美味。

他給自己盛了一碗魚湯，咬一口香脆的麵餅，配上爽口的小菜和紅燒魚，吃得很舒心，並且不打算叫懶人蘇箏過來吃飯。

蘇箏躲在房間裡玩一會兒，看了看時間，正納悶顧川怎麼還沒叫她吃飯。於是她躡手躡腳地走出去，手扒在廚房門框上悄悄探頭往裡看，生怕顧川還沒做好飯，抓她燒火。

結果灶前沒人？

她疑惑地轉了轉眼珠，看見他竟然背對著她在吃飯！

蘇箏氣呼呼地跑到灶臺，拿起碗盛魚湯，一勺盛了兩條魚在碗裡，她決定吃完再來盛，把魚吃完，一條都不給他吃！

蘇箏端著碗坐在顧川對面，用鼻子哼出個氣音。「哼！」

顧川恍若未聞，餘光都未給她一個。

蘇箏抓起一塊餅狠狠咬了一口，嚼得嘎吱作響，她又咬了一口，然後滿嘴塞滿食物，鼓著腮幫子又朝顧川哼一聲。

蘇箏嚥下麵餅。「你吃飯怎麼不叫我？」

顧川淡定說：「我以為妳不吃了。」

蘇箏氣憤地挾一筷子魚肉塞嘴裡。「我怎麼可能不吃，兒子都快要餓死了。」

「妳慢一點……」這個刺多。

他話還沒說完，蘇箏就呆滯了，試著吞嚥了下口水。

「我好像被魚刺卡住了……」

顧川無言，倒了一杯溫水給她。「大口喝。」

蘇箏端起杯子咕嚕兩口喝完，苦著臉說：「它還在。」

顧川遞了一個饅頭給她。

蘇箏仰起脖子，艱難地把饅頭嚥下去之後，她覺得嗓子更疼了。

她這下不裝了，真的要哭了，淚眼汪汪。

「沒辦法了。」顧川嘆了一口氣，起身，倒了一碗醋。
蘇箏低頭嗅了嗅，遲疑了，面上猶豫不決。
顧川在旁邊說：「喝完，刺就沒了。」
蘇箏捏著鼻子，一口氣乾了一碗醋，喝完，她就哭了。「你這個騙子！你肯定是故意的！」
過往他被魚刺卡住了，這幾招下去基本就沒事了。
顧川捏住鼻梁。「別嚎了，我帶妳去看大夫。」
蘇箏抽噎著止住哭聲，臉蛋上掛著被醋酸出來的眼淚，淚眼迷濛地看著顧川。
顧川頭疼地說：「把眼淚擦一擦，我們騎馬去。」
蘇箏捂著肚子。「騎馬會不會不太好？」
顧川敷衍她。「不會，我騎得慢。」
不過顧川很快發現他也騎不快，只要略微加速，蘇箏就像一隻炸毛的動物在他耳邊吵個不停，他不禁懷疑她嗓子不疼嗎？
蘇箏側坐在前面，過了一會兒她發現這個姿勢不太舒服，身子往旁邊倒了倒，埋進顧川懷裡，伸手抱住他。
顧川低頭看懷裡毛茸茸的腦袋，心中一哂，由她去了。
大陽村到城裡本就有一段距離，騎得又慢，進城時天已經黑了。

「到了啊？」蘇箏從顧川懷裡鑽出來，伸出嫩白的手指揉揉眼睛，她在路上睡著了。

「嗯，現在去醫館。」

蘇箏道：「去李大夫那兒。」

李大夫就是上次為她把脈的大夫。

顧川點頭，驅馬前去，想說去個魚刺而已，去哪個醫館都可以，何況李大夫在城裡口碑很好。

「哎，等等、等等！」蘇箏拉住顧川，嚥了口水，認真地感受了一下。「我好像沒有魚刺了……」

顧川靜靜地看著蘇箏。

蘇箏有些心虛，但她覺得要穩住，於是她挺起胸膛底氣十足地說：「怎麼，我不卡魚刺了，不好嗎？」

顧川揉揉額角，只覺得吹了一路風的頭現在有點疼。「挺好的，現在要回去嗎？」

「別呀，來都來了，去醫館看看吧！我今晚吃了那麼一堆亂七八糟的東西，也不知道有沒有吃壞肚子。」說到這裡，蘇箏瞪了顧川一眼。「都怪你！」

他跟著瞎折騰了一晚上，怪他？

顧川額角青筋突突跳起，他不敢置信，聲音不自覺拔高了。「怪我？」

「當然怪你，你凶什麼凶？要不是你故意不叫我吃飯，我會賭氣吃魚嗎？要不是你給我吃了一堆亂七八糟的，還讓我喝醋，我需要擔心吃壞肚子嗎？」

顧川深呼吸，控制住自己，勒住韁繩。「醫館到了。」

蘇箏小心翼翼地下馬。

醫館的學徒還記得蘇箏，見蘇箏過來，從櫃檯出來。「蘇小姐來了。」

「嗯，你師父呢？」

「師父在後院吃飯呢，妳等等，我去喊他過來。」

蘇箏自己找了個位子坐下。

顧川拴好馬也進來了，剛好滿頭花白的李大夫從後院出來。

蘇箏看見李大夫還覺得滿親切的，她從小身體不舒服都找他，而且這次懷孕也是他把脈診斷出來的，當下就把手腕放在案桌上。

李大夫摸著花白的鬍子坐在蘇箏對面，凝心把脈。良久，他收回手。「身體挺好的啊，孩子也挺好的。」

「李大夫，我今晚喝了一碗醋，一大碗。」蘇箏比劃了一下，證明真的是一大碗。

李大夫慈祥地笑。「無事，最近想吃什麼就吃，多吃點。」

蘇箏點頭。「我每頓飯量還可以，爭取多吃。」

顧川在一旁聽得雲裡霧裡，難得覺得自己耳朵好像壞了，遲疑地問：「大夫，你說孩子也挺好的，是……什麼意思？」

李大夫比他還疑惑。「孩子挺好的，就是挺好的啊！大人身體沒什麼毛病，孩子也健康。」

顧川語氣有些顫抖。「你是說，她懷孕了？」

李大夫點頭。「是啊，你不知道？」

蘇箏看著傻住的顧川。「他知道啊。」

顧川看著蘇箏。「我以為妳……」

他抿抿唇，直覺後面的話不能說出來，不然蘇箏估計要生氣。

蘇箏水靈靈的眼睛疑惑地看他。「怎麼？」

顧川看向李大夫。「大夫，可否借一步說話？」

李大夫看了看顧川，起身帶他去後院。

顧川把手伸過去。「大夫，您給我把把脈。」

李大夫不解，還是依言替他把脈。「脈象沈而無力，陽氣衰微，氣血不足，為裡虛證，平日飲食多注意，少食寒涼之物。」

顧川收回手，他曾經中過一種毒，這個毒，會影響生育。

「那她……」

李大夫知道他指的是蘇箏，當下笑了笑。「那丫頭無事，身體好著呢。」

他想問她為什麼能懷孕，想一想又把話吞回去了，低頭笑了笑。

吧。

當初大夫說過，有子嗣的機會很小，並沒有說絕無可能，這大概是上天賜予他的福分

「謝謝大夫。」

第四章

蘇箏總覺得顧川看她的眼神有點複雜，她忍不住再次看向他。

「你怎麼了？」

莫非他得了什麼重病，放心不下她和兒子，所以才欲言又止？只是他看著不像身子不好的啊？

顧川看蘇箏的目光變得小心翼翼。「無事。妳有沒有覺得哪裡不舒服？」

蘇箏捂著肚子。「沒有，就是覺得……」

顧川有些緊張。「覺得什麼？肚子不舒服？」

蘇箏櫻唇輕啟，在顧川緊張兮兮的目光下說了兩個字。「餓了。」

今天的晚飯，她吃了兩口炸麵餅，一口魚，一碗茶，一碗醋，還有兩口饅頭，折騰了一晚上，早就消化完了。

「那妳想回家吃飯嗎？」

「想，我的魚湯一口都沒喝呢！」

顧川心道，剛卡過刺就惦記著喝魚湯，從某方面來說，她也是厲害。

「不是回大陽村，是回妳爹那兒。」

蘇箏一聽，瘋狂搖頭。「不回，我不想回我爹那兒。」

「那我們去客棧住一晚上，明天早上再回去。」這麼晚了，他不想帶著蘇箏來回折騰，他自己倒無所謂，主要是怕蘇箏累著。

見蘇箏點頭，顧川一手牽著馬，一手牽著她去客棧。

鎮子不大，一共就兩家客棧，顧川去了距離醫館近一點的那家。

「小二，一間上房。」顧川低沈的聲音響在空蕩的客棧裡。

「客官，裡面請。」店小二本來坐在大堂打瞌睡，聽見聲音立馬驚醒，臉上掛著笑容，招呼兩人上樓。

顧川簡單地說：「把你們的菜單拿上來，還有，我的馬在外面。」

「客官您稍等。」小二下樓後，再上樓，手裡已經多了菜單，遞給顧川。「您先看，我去樓下給您餵馬。」

顧川把菜單交給蘇箏。「想吃什麼？」

蘇箏正噘著嘴不高興。「這小二是不是眼瞎？我這麼大個活人他看不見？」

顧川暗笑一聲，他不是看不見，他只是直覺誰是當家作主的人。

「咳咳，估計是眼睛不太好。妳不是餓了嗎？快看看想吃什麼？」他算是摸清了蘇箏的脾氣，易暴易怒，哄也好哄，情緒來得快去得快，順著她就行了。以前他懶得慣著她的小脾氣，現在麼，讓她也行，大男人何必計較這些小細節。

蘇箏這才昂著腦袋，伸出兩根手指捏著菜單，模樣很矜貴，一看菜單，眼睛就亮了。

「我要吃辣炒雞胗，紅燒雞塊，麻辣魚！」

她很餓，看什麼都想吃。

顧川卻皺起眉頭，懷孕這個消息太震撼了，他大腦現在還暈乎乎的，忘了問李大夫孕婦有什麼忌口的，不過他覺得晚上吃太辛辣的應該不太好，尤其是她還想吃內臟。

他拿過菜單看了一遍，喚來外面的小二。「一份紅燒雞塊，炒豆苗，再來一份雞湯，兩份米飯。」

店小二拿著菜單就要走。

「等等！」蘇箏怒瞪著顧川。「我點的菜呢？」

店小二看看這個，又看看那個，一時不知道自己該不該繼續在這裡站著。

顧川悄悄對他擺擺手，示意他下去。

店小二尋個空連忙跑了，走之前還順手把門關上，他最怕兩口子吵架，幫哪個都裡外不是人！

「紅燒雞塊是妳的，雞湯也是妳的。」

「辣炒雞胗呢？麻辣魚呢？」

顧川見她氣鼓鼓的，手指摩挲兩下，知道這時候捏她臉一定會惹她發怒，便忍住想動手的慾望，心平氣和地講道理。「妳看，妳剛被魚刺卡到了，晚上燈光暗，看不清，我們就不吃魚了，小心又被卡了，明天回家再吃。而且這麼晚了，兒子估計也睏了，吃完洗澡，早點休息。」

他決定明天去找李大夫詢問，孕婦有沒有什麼忌口的。

說得好像也對，兒子肯定餓了，她肚子都叫好幾聲了。

蘇箏摸摸肚子，不情不願地點頭。「好吧。」

顧川覺得，如果孩子是女兒的話，性格最好像他，不然這也太好騙了。

客棧這會兒沒什麼客人，上菜很快，蘇箏拿著筷子在幾盤菜上來回看了看，最後選中雞翅膀下筷子，然後矜持地說：「味道還行吧，馬馬虎虎。」

她下筷子的動作卻毫不猶豫。

顧川輕笑一聲，不去拆她臺，她多看了哪個食材兩眼，他就不動筷子，他現在巴不得她能多吃一點。

蘇箏喝了兩口雞湯。「這個不行，這個沒有你煮的好喝。」

應該是煮的時間不夠長，雞湯不怎麼入味。

顧川哄她。「隨便喝點，回家做給妳吃。」

「嗯。」應下之後，蘇箏狐疑地看他。「你今晚好像不太一樣。」

顧川挑眉。「哪裡不一樣？」

蘇箏抓了抓腦袋，也不知道怎麼形容，今晚的他很好說話，雖然平時他也好說話，但就是感覺不太一樣。

「再不吃菜就要涼了。」顧川笑了笑，抓住她的手不讓她撓，本來就不夠聰明，別撓得更笨了。

蘇箏低頭吃飯，腮幫子吃得鼓鼓的，一炷香後，她放下筷子。「我吃飽了。」

菜的分量不算多，顧川秉持著不浪費的原則，把剩下的菜儘量吃完。他出門喚來小二，打了熱水洗漱。

直到洗好躺在床上，顧川混亂一晚上的心跳才漸漸平穩。

他藉著月光看身側躺著的蘇箏，她肚子裡竟然有了一個小生命，是他們的孩子。

他的大手不禁覆上她小腹，隔著裡衣，也能感受到她軟軟的肚子。

他慶幸蘇箏發現自己懷孕了，如果當時成功和離，腸子估計都得悔青了。

也許是他的手壓著她了，讓她覺得不舒服，睡夢中蘇箏翻了個身，依偎在他身邊，小臉埋進他肩窩，胳膊搭在他腰上繼續睡。

顧川把放在她腹部的手拿回來，揚唇笑了笑，閉上眼睡了。

他偶爾會覺得和蘇箏成婚是鬼迷心竅，打亂了他平靜的生活，現在覺得冥冥之中，自有天意。

隔天一早，顧川醒了，難得賴在床上不起來。旁邊的蘇箏還在呼呼大睡，呼出的熱氣吹在他脖頸，有點癢，他也不敢動，生怕擾了蘇箏的睡眠。

蘇箏一向能睡，換了個環境對她也毫無影響。

顧川睜著眼，從孩子叫什麼名字好，暢想到哪間房給孩子住、該怎麼佈置，蘇箏還是沒醒。

終於，蘇箏動了動。

顧川鬆了一口氣。

蘇箏還沒完全醒過來，眼睛沒睜開，臉在顧川的肩窩蹭了蹭。「你怎麼還沒起床？」不怪她這樣問，自打成婚以來，顧川從沒在她醒來時還在床上過。

顧川道：「不想起。」

蘇箏抱住顧川又蹭了蹭，覺得在這件事上他倆難得意見一致。「我也不想起。」

顧川提醒她。「妳別再蹭了。」

大清早的，蹭來蹭去不太好，容易出事。

「我要起來了，時候不早了，妳也起來吧，一起去吃早飯。」顧川起床穿衣服，繫好腰帶，對賴床的蘇箏說：「我記得附近有家小籠包特別好吃，皮薄餡多，不少人一大早排隊去買。」

蘇箏唔了一聲，身子埋在被子裡不動。

顧川接著說：「不過店家好像過辰時就不賣了。」

「我從小在這鎮上長大，好像沒聽說過這家小籠包？」

顧川面色不變。「哦，新開的。」

「那你帶一籠回來給我嚐嚐？」

顧川搖頭。「不帶，我會吃完再回來。」

蘇箏無言，一把掀開被子，坐起來穿衣服。

不給她帶早飯？她相信顧川幹得出這種事。

顧川主要是不想把她一個人放在客棧，才逼她起床。只是蘇箏起床後就板著臉不理他了，她洗臉梳頭時，偶爾還對他翻兩個白眼。

一刻鐘後，蘇箏坐在顧川說的小籠包攤上，這下她忍不住了，咬著牙問顧川。「這就是你說的，每天早上很多人排隊來買的早點？」

顧川點頭，一臉坦蕩。「是啊。」

蘇箏前後左右看了看，怎麼看也不像生意很好的樣子，就一家普通攤販。「那我怎麼沒看到排隊的人？」

他們附近的桌子甚至都沒坐滿！

顧川低頭喝了一口粥。「估計是現在太晚了吧。」

蘇箏剛想發火，老闆娘笑盈盈地端著竹筐過來了。「你們要的小籠包。」

顧川抬頭，對老闆娘誠心道謝。他挾起一粒小籠包，蘸了點醋，整個放進嘴裡。「好吃。」

蘇箏狐疑地看著他，見他面上不像作假，她也挾起一粒小籠包試著咬了一口，一大早被忽悠起床的惱火這才散去。

見她眉頭不皺了，顧川把面前的酸豆角推過去。「嚐嚐這個，店家自己醃製的。」

他也不算完全騙她，他來這裡吃過兩次，味道確實還可以，只是沒有人排隊來買，也沒有過辰時不賣。

吃完早飯，顧川不急著回去，打算帶著蘇箏走一走。

「不回去嗎？」

「訂個馬車再回去。」

「怎麼突然想訂了？」之前她提過一嘴，被他一口回絕，理由是他的馬只載人不拉貨，氣得她差點回去找她爹拉馬車到大陽村。

顧川摸摸鼻尖。「有馬車比較方便。」

她懷孕了不好再帶她騎馬跑，以後她和孩子坐車裡，他在外面趕車。

兩人不趕時間，顧川本意也是帶蘇箏散步，路過賣麥芽糖的小販，還買了一份給她。

蘇箏非常滿意顧川的識相，咬了一口，鼓著腮幫子說：「你怎麼知道我喜歡吃麥芽糖？」

「我猜的。」

蘇箏吃了幾口想起來。「我們再回去買一份！」

「妳還想吃？」顧川雖然不知道孕婦吃什麼好，但知道吃東西不能貪多。

「不是啊，我要幫堯堯帶一份！」

顧川笑了，依言折回去。「這麼喜歡他？」

蘇箏咬著麥芽糖點頭。「嗯，喜歡，希望以後我們的兒子可以像他一樣乖。」

顧川聞言看著她，覺得自己無法忽視事情的真相。「如果脾性像妳的話，那還真不一定。」

蘇箏頓時覺得手裡的糖不香了，她危險地斜睨著顧川。「你什麼意思？像我不好嗎？」

顧川搖頭。「不是，就是……最好還是像我，我們家有一個妳這麼聰明的就可以了。」

蘇箏覺得這好像不是誇人的話，她仔細想想，又覺得沒什麼問題。

兩人的對話把賣糖葫蘆的小販逗笑了。「你們倆是新婚吧，感情可真好。」

「算是新婚。」顧川接過小販遞過來的麥芽糖，付了錢，拉住一旁突然不吭聲的蘇箏走。

「生氣了？如果是兒子的話，像妳也行。」

男孩子，笨點就笨點吧，到時候教他武藝，讓他有武藝傍身，不至於被人騙了，連打都打不過。

蘇箏搖頭，她沒生氣，只是在想上輩子兒子的性子像誰？

顧川很快就買好了，因為訂做需要等候，所以他直接買了店裡的樣品，讓店家幫他送到客棧。

蘇箏本來是靠在一旁懶洋洋地看著顧川挑選馬車，聽到店家可以送貨，她眼睛一下子就亮了，便問老闆。「你們送貨時，能不能把我也帶上？」

老闆看看蘇箏，又看看顧川，面上為難。「這個……」

他們平時只負責送貨，還沒送過大活人。

顧川扯著蘇箏的後領，把她扯到自己身邊，對老闆道：「不必理會，她在開玩笑。」

老闆勉強陪著笑臉附和。「啊，啊，原來是這樣，我懂，我懂，我懂。」見兩人打鬧著走出大門，他才小聲嘀咕。「我懂個屁啊，挺奇怪的玩笑，逗我玩嗎？欺負老實人也不能這樣欺負啊！」

蘇箏很不爽被顧川提著後領強迫她走，這樣太影響她形象了。「你幹麼啊！我又不占地方，蹲角落裡就行了。」

顧川鬆開她衣服。「再不走，我怕老闆被妳嚇出個好歹來，我還得出醫藥費。」

「哪有這麼誇張，我不就是想讓他載我一程嗎？」蘇箏想到那老闆剛剛的反應，面上也有些訕訕，反駁的底氣不足。

顧川淡淡看著她，蘇箏更加心虛，於是她昂首挺胸、理直氣壯，儘量讓自己看上去十分有氣勢。「你看我幹麼？」

顧川被她一連串的動作逗笑了，面上的冷淡也維持不住，伸出手指點了一下蘇箏的太陽穴。「還不走？」
蘇箏以為顧川覺得她剛剛讓他丟面子而生氣，這會兒見他笑了，她就湊過去抱怨。「今早走這麼久，我都走累了，腳疼。」
顧川這才想起來蘇箏平時不愛動，走最遠的地方就是和穆以堯去山頭放羊。
「是我疏忽了，下次注意點，這裡離客棧不算遠，到了地方我們休息一會兒再回去。」
顧川低聲哄著，他倒是想揹著蘇箏，只是這裡處於鬧市中，周圍人來人往。
蘇箏揚了揚腦袋。「行。」
顧川要是嘲諷她，她能有很多話回他，他好聲好氣地說話，她反而不好意思跟他鬧了。那模樣，像剛被順完毛的動物，顧川手指動了動，最終還是沒忍住揉了揉她後腦勺。
蘇箏疑惑地看向顧川。
顧川手握成拳抵在唇邊輕咳一聲，解釋道：「頭髮亂了。」
兩人一路慢悠悠走回客棧，半路上還給蘇箏買了零食，順便買了點菜。
蘇箏是真的累了，到客棧尋了個空位就坐上去，店小二極有眼色地送上一壺茶水，她喝了好幾杯。
顧川拉過凳子坐在蘇箏對面，給自己倒了杯茶。「要不要吃完午飯再回去？」
蘇箏頭搖得像撥浪鼓。「不要，現在就回去。」
「回去把落雪一起帶上？」

蘇箏想了一會兒還是搖頭。「過段時間吧。」

剛開始那會兒她挺想念落雪的照顧，現在覺得她和顧川兩個人好像也不錯。反正顧川會捉野雞、捕魚、做飯、燒水，還會洗衣服，落雪來了他是不是就不做這些了？那不行！她覺得顧川做飯挺好吃的！

顧川不知道蘇箏心底的小算盤，見她不要就不再勸說，左右現在月分還小，到時候月分大了，再請人照顧。

「行，那我們現在回去吧！」

「嗯。」

回去的路上蘇箏特別舒服，新買的車廂空間不小，裡面鋪了一層柔軟的墊子，躺在上面打滾都行。

當然了，她不打滾，她拿出顧川買的零食，有核桃酥、杏仁餅、芝麻糖……

最後她拿出一顆大石榴，是向一個老伯買來的，他說是自家種的，他和老伴捨不得吃，一大早挑到城裡來賣點錢。

現在這顆石榴非常吸引蘇箏，她從一堆石榴中挑了一顆長得最好看的，一看就覺得好吃。不過她試了幾次都沒剝開，直接遞給外面趕車的顧川。

「幫我剝開。」

顧川低頭一看，無奈道：「我記得裡面好幾顆有裂縫的，為什麼不直接拿裂開的？」

「這個長得最好看！」

顏色紅潤，表皮光滑，一個裂口都沒有，不過根據顧川的經驗，這種一般不會很甜。

顧川使了點勁捏開，遞給蘇箏。

蘇箏看到裡面有點失望，外表那麼紅，結果裡面的籽卻是粉紅色的，她捏了幾個籽放進嘴裡，不怎麼甜。

不甜，她就不想吃了，剛打算仍了，又想到賣石榴的老伯，動作猶豫了。

蘇箏眼睛滴溜溜轉了一圈，又探出頭，把石榴遞給顧川，笑咪咪地說：「給你吃。」

顧川搖頭。「我不吃。」

「你吃吧，很甜的。」

顧川回頭看了蘇箏一眼，又看了一眼她手裡的石榴。

懂了，這個石榴果然不甜。

蘇箏見他不接，剝了一手心的石榴往他嘴裡塞。「吃吧，那個賣石榴的老伯都不捨得吃。」

顧川的唇碰到她柔軟的手心，光天化日之下，雖然鄉間小路並沒多少人經過，他耳根還是不受控制地熱了起來，怕蘇箏繼續強制餵他，他趕緊把石榴接過來。「我自己吃。」

蘇箏的目的只是把石榴送出去，見他接了後又把身子縮回車廂，她怕下一顆石榴仍然不好吃，老老實實地吃糕點了。

到家已經午時了，顧川怕蘇箏餓著，一到家就問她想吃什麼，結果車廂裡無人回答，也沒人下車。

顧川掀開車簾一看，她果然睡著了，旁邊是幾個拆封的糕點，睡著的人嘴角還沾著碎屑。

顧川把人抱下馬車，放到床上，為了讓她睡得舒服點，又幫她除去外衣，脫了鞋，最後把人裹在被子裡。

一連串動作下來，蘇箏別說醒了，哼都沒哼一聲。

顧川捏捏她秀挺的鼻子，嗓音帶著笑意。「小豬一樣。」

還好睡得很熟的蘇箏聽不見顧川拿她和豬比，不然又得生氣。

中午，他煮了山藥肉絲粥，放在鍋裡溫著，蘇箏醒來就可以喝。

他把院門細心關好，確定自己沒什麼遺漏，這才前往私塾。

第五章

蘇箏是被渴醒的。

她起床，給自己倒了一杯水，仰頭喝了幾大口，就抹一抹嘴巴，去廚房找吃的。

吃完飯，她裝了幾塊點心，帶上糖葫蘆，去回村必經之路等穆以堯，這個時辰他放羊應該快回來了。

「這不是顧先生家的媳婦嗎？」

一名三十出頭的婦人，身材小巧，梳著簡單的髮髻，臉上掛著爽朗的笑，讓人一見心生好感。

蘇箏記得她是村裡賣豆腐的，之所以記得，是因為有一次她拎著棍子追村裡一個老賴，追了大半個村讓他付錢，實在是記憶猶新。

蘇箏對她笑了笑。「是。」

「哎喲，真巧。我家就在前面，去我家坐坐。」婦人說著話就拉蘇箏走。

蘇箏敵不過她的力氣，不由自主跟她走了幾步。「等等，等等，今天不行，我今天有事，改天再去妳家。」

賣東娘聽到她說有事倒也不意外，沒事人不會站在村口，她略一思索就明白了。

「你是在等顧先生吧？」不等蘇箏回答，竇東娘又自言自語說：「是了，私塾馬上散學了。我要多謝謝顧先生，他來之後，我家東子都不逃課了，本來想請妳去我家坐坐。」

她兒子不僅不逃課了，還經常背書！要知道以前她揍他都沒用，這都是顧先生管教有方，因此碰到顧夫人，她自然想和對方打好關係。顧先生就算偶爾去她家買豆腐，給的錢也只多不少，從來不占便宜，她想討好也沒處討好。

蘇箏看著竇東娘欲言又止，她覺得她兒子不逃課，十有八九是被顧川嚇唬了。

竇東娘促狹地笑了笑。「我就不打擾妳了，改天一定要來我家作客，我家很好認，這條岔路拐個彎過去就是。」

蘇箏應下。「好。」

竇東娘道：「那我先走了。」

夫妻倆感情可真好，不過想到顧先生那張臉，感情好也正常，據她所知，現在村裡還有人惦記顧先生呢。

想當初顧先生在這裡落戶時，村裡多少未出閣的姑娘家虎視眈眈，結果沒多久，鎮上的小姐就追過來了，這兩人可真般配，男的俊女的也俏。

蘇箏覺得竇東娘的笑好像怪怪的，還沒等她想明白竇東娘笑容的深意，就聽見穆以堯的聲音。

「師母。」

「你叫我什麼？」

之前堯堯可沒這麼叫過她。

穆以堯脆生生地重複。「師母啊。」

他現在每天都抽出時間跟顧先生學習，可以光明正大叫蘇箏師母了，之前他都是在心裡偷偷叫。

蘇箏見他歡喜的樣子，沒問他怎麼突然改口了，揉揉穆以堯的腦袋。

雖然師母聽起來好老，但是，她都要當娘了，師母也可以！

「這個給你。」蘇箏交給他糕點和麥芽糖。

穆以堯有些不好意思，顧先生雖然看著冷冰冰，但是待他很好，還幫他交束脩，師母則見到他就給他吃的，他沒有什麼可以給師母。

蘇箏見他不接，笑咪咪地把點心塞他懷裡。

穆以堯低頭看著腳尖，餘光掃到三隻雪白的羊，獻寶似開口。「師母，妳喜歡喝羊奶嗎？」

之前替爺爺看病的大夫說喝羊奶對身體好。

「我不喜歡，留著你和爺爺喝吧，你多喝點，可以長得更高。」見小孩失望地垂下臉，蘇箏趕緊接著說：「但是我喜歡和你玩，明年你還可以過來陪弟弟一起玩。」

弟弟？

「好！」穆以堯眼睛亮了起來。

他喜歡弟弟，但是叔叔家的兩個弟弟都不愛跟他玩。

「好了，你快點回去吧。」

蘇箏目送穆以堯趕著羊回去了，她自己也打算回家，卻突然想起竇東娘說的話。

要不要去接顧川一起回家？

大腦還沒想好，身體已經替她做了選擇。

私塾已經散學了，一群孩童揹著布包，臉上掛著燦爛的笑，和身邊的小夥伴眉飛色舞地說話。

他們見到蘇箏紛紛恭敬打招呼。「師母。」

蘇箏回道：「你們好。」

以前她經常來這裡找顧川，把顧川騙到手以後，她就沒來過私塾了。

「趕緊回家吃飯，別在路上玩耍了。」

「知道了！」一群小崽子如風一般跑了。

蘇箏見人都走光了，她悄悄走到窗戶底下，探出個腦袋，打算看看顧川在幹麼。

出乎意料，裡面還有個小胖墩沒走。

小胖墩此刻坑坑巴巴地背著書，略有些黑的皮膚泛著紅，顧川面無表情立在他身前。

隔著一段距離，蘇箏都能感受到他的難過。

她感同身受，背書太難了。

竇東一邊結結巴巴地背書，一邊壯著膽子抬頭偷偷瞄先生，發現剛剛還冷著臉的先生，此刻嘴角竟然揚起一抹細微的弧度。

笑了？

竇東仔細看了一眼，確定自己沒看錯。這一打岔，他直接把後面要背什麼給忘了。

「嗯？」顧川低頭看他。

竇東心裡緊張，手心開始冒汗。「先生……」

說起來也奇怪，顧先生不打人不罵人，偏偏大家就是怵他，他靜靜看著你時比打罵還嚇人。

顧川收回視線。「回家繼續背，明日我還要檢查。」

「……啊，先生，是、是，我這就回家背！」沒想到今天這麼輕易就過去了，竇東喜出望外，生怕先生反悔，拽住他的布包一溜煙跑出門，身體雖胖，動作卻靈活。

顧川看向窗口，剛剛冒出頭的腦袋這會兒已經不見了。他把案桌簡單收拾了下，鎖上門，見蘇箏正站在不遠處。

顧川走過去。「留給妳的粥喝了嗎？」

蘇箏摸摸肚子。「喝了。」

顧川隨口問：「晚上想吃什麼？」

「我想吃辣的。」蘇箏吸了兩下口水。

顧川點頭。「知道了。」

蘇箏瞄了瞄他的臉色。「如果以後我們的兒子，也背不出書呢？」

他可不能板著臉嚇唬兒子！本來兒子性子就敏感，被嚇出毛病可怎麼辦？

這個問題，顧川還真沒想過，不過他看看蘇箏，覺得這個情況非常有可能出現。

「要不，妳從明日開始，無事時多讀讀書？」

果然蘇箏猛搖頭，頭上的珠釵隨著她的動作左右搖擺，她想也不想地拒絕道：「不行！」

她可不想自己往坑裡跳。

蘇箏歪頭想了想，還真想到一個辦法。「這樣吧，以後你有空讀書給兒子聽！」

解決了這個問題的蘇箏沾沾自喜，頭上的珠釵跟著她一晃一晃，似感受到主人的好心情。

顧川笑了笑，很多東西可以後天培養，但是與生俱來的才智卻不行，不過他很識相地把這話藏在心底。

他看了一眼蘇箏的肚子，問道：「妳為什麼覺得是兒子？是女兒我也會一樣疼愛。」

他沒有重男輕女的思想，兒子、女兒都是他之前不敢奢望的。

蘇箏白了他一眼，頭一揚，開始蠻不講理。「反正我就知道是兒子！肯定是兒子！」

顧川無奈。「行行行！」

反正兒子、女兒對他而言都一樣，如果蘇箏真的喜歡兒子，結果生出來是女兒，到時候他再跟她好好談談。

蘇箏心底哼一聲，不計前嫌去拉顧川的手。「晚上我想吃辣子雞，你會做嗎？」

顧川任她牽著，想了想。「我可以試試。」

他總結一下蘇箏最近的口味，發現她沒什麼不喜歡的，還是跟以前一樣什麼都吃。唯一變的是，以前是一邊嫌棄一邊吃光，現在是不說話只吃飯了。

晚上，蘇箏如願以償吃到辣子雞，小嘴被辣得紅紅的，手上動作卻不停。

顧川看不下去，替她倒了杯清茶，指尖點了點桌子。「別光顧著吃，喝點茶。」

飯後，蘇箏坐在凳子上滿足地拍著肚皮，一時分不清凸出來的肚子是因為懷孕還是她吃得太多。

顧川在一旁收拾碗筷，瞧見蘇箏的動作，悄無聲息地笑了笑。

他刷好碗，牽著蘇箏出去。「吃完出去走一走。」

蘇箏毫無防備。「你自己走就好了，幹麼要拉著我？」

顧川低頭看她。「我帶我兒子散步。」

蘇箏啞口無言。

這不是她應該說的話嗎？

被迫跟在顧川身後晃了一圈，蘇箏嗓音帶著苦惱。「孩子他爹，我們回去嗎？兒子說他累了。」

今晚的月光很亮，夜幕下的風景泛著冷白色，襯得身前的人更是芝蘭玉樹，但蘇箏現在沒心情欣賞他，她想回家躺著，不想走在空無一人的小道上。

顧川也感覺差不多了，他看著蘇箏臉上顯而易見的煩躁，鬆口道：「回去吧。」

蘇箏眼睛轉了轉，狡黠道：「孩子他娘好累，走不動了。」

顧川定定地看著她。

蘇箏才不吃他這一套，以前還會怕他，現在她仗著兒子根本不怕，她走了幾步坐在一塊石頭上。「反正我不走了，除非你揹我。」

顧川眼睜睜看著她耍賴，卻拿她毫無辦法，他不捨得扔下她自己一個人走。

他咬咬牙走上前，蹲在蘇箏面前。

蘇箏開開心心趴在顧川背上，雙手緊緊勾住他的脖子，覺得天上的星星都比剛剛亮了不少。

「我知道妳現在很開心，但是也沒必要勒這麼緊，我怕還沒到家就被妳勒死了。」

蘇箏趕緊鬆開。「這次真不是故意的！」

顧川緊抿著唇，她剛剛勒著他脖子，上半身支起來，現在手鬆開了，整個都趴在他背上。

顧川刻意忽略背上綿軟的觸感。

偏偏蘇箏沒注意這個小細節，湊到顧川耳邊問：「哪個是北極星啊？」

溫熱的氣息讓顧川的耳根發燙，他隨口答道：「最亮的那顆就是。」

他加快腳步，剛剛和蘇箏走過來沒覺得走多遠，現在卻恨不得路能短一點。

到了自家院子，顧川面上染了一層薄紅。

實在是……蘇箏趴在他背上就算了，人還不老實，動來動去。

蘇箏一下來就說：「我找了一路，也沒看到北極星啊。」

顧川再次擔心孩子的智商，輕嘆一口氣。「我們家在南邊，我揹著妳，妳要扭成怎樣的角度才能看到北極星？」

蘇箏訕笑。「也是。」

顧川指著天空。「那邊那顆星星就是。」

蘇箏順著他指的方向看過去，其中有顆星星最亮。

「哇！」蘇箏有些興奮，她還是第一次找到北極星。

顧川看了幾眼她的傻樣，決定以後兩人在院子裡走就行了，走遠了，折騰的是他自己。

他食指輕叩她腦袋，涼涼道：「別哇了，趕緊去洗澡。」

蘇箏捂著腦袋，控訴地看著他。「疼。」

顧川心想：妳就裝吧，用了多大力我自己不知道？

但蘇箏實在裝得太像一回事，桃花眼裡閃動著委屈，顧川沒忍住，在他剛剛敲過的地方揉了揉。

蘇箏笑嘻嘻地摟住他。「抱我進屋，然後幫我打水洗漱。」

她最近隱隱覺得顧川對她很縱容，一步步試探他的底線。

「……懶死妳算了。」顧川把人抱到床上放著，見她如軟骨頭一樣還想往他身上賴，他把人擺正。「坐好。」

說完，他任勞任怨地去打洗澡水。

熄了燈，兩人躺在床上，蘇箏習慣性貼著顧川睡，鼻息間是熟悉的草木清香，她向來貪睡，過沒多久就睡著了。

顧川還沒睡著，她溫熱柔軟的身體貼著他，他往旁邊移了移，拉開兩人的距離，身邊的人過沒多久，又尋著熱源貼過來。

顧川嘴角翹了翹，攬住熟睡的人，大手搭在她小腹上，跟著閉上眼。

他以為這輩子自己會孤身一人，在這鄉野山村平淡而枯燥地活著，沒想到上天給了他一個意外，又給了他一個驚喜，讓他這一生得以圓滿。

翌日。

「妳又要去找穆以堯？」顧川問已經快走到門口的蘇箏。

「對啊。」蘇箏眨眨眼睛。「你想一起去嗎？」

「不去，今天我要去山上，我會早點回來。」顧川有時候會獵些野雞類的小動物回來。

「那我先走了。」蘇箏壓根兒沒想到顧川是在和她報備行蹤，擺擺手沒心沒肺地走了。

顧川看著她的背影暗自咬牙，前天某個人纏著他說想吃山裡的蘑菇，結果轉眼就忘。

蘇箏和穆以堯趕羊到山頭時，平日很少有人來的地方被人捷足先登了。

一個小胖子坐在地上，背對著他們，頭埋在膝蓋裡，哭得十分忘我，響聲震天。

蘇箏迎著光瞇起眼看了看，這個背影有點眼熟。

旁邊的穆以堯拉她的衣角，蘇箏低頭看他。

穆以堯肌膚白淨，在陽光的照耀下更是耀眼，他的瞳孔乾淨透澈。

蘇箏看著他，忍不住生出母愛，嗯，她要多看看堯堯，希望兒子以後也這麼乖。

穆以堯小聲說：「師母，那是竇東，他也在私塾上學。」

穆以堯一說，蘇箏就想起來了，竇東就是那天在教室背書的孩子，怪不得她覺得眼熟，之前她去找顧川時見過他幾次，這小子每次見到她都跑得賊快，也不知道為什麼。

一大一小面面相覷，良久，蘇箏小聲說：「堯堯，你要不跟他打個招呼？」

蘇箏的想法很簡單，小孩子和小孩子應該有共同語言。

穆以堯輕輕搖頭，眼睛似黑珍珠一樣，神情有些低落，看著她說：「師母，他不太喜歡我。」

是很不喜歡他，從來不跟他說話。

蘇箏震驚了。「竟然有人不喜歡你？你在這裡等著，師母過去！」

蘇箏雄赳赳、氣昂昂地走過去，離得越近腳步越輕，剛剛那點勇氣早就沒了。

小胖墩的哭聲未曾間斷，蘇箏揉揉耳朵，內心感嘆這小胖子挺會嚎。

「那個……」

竇東受到驚嚇猛地回頭，臉上濕漉漉的滿是淚痕。

蘇箏心道：他是真的傷心，流了這麼多眼淚。

竇東見是蘇箏，手忙腳亂地擦去淚痕，忍住不哭了，只是剛剛哭得太狠，偶爾逸出幾聲抽噎。

蘇箏柔聲問他。「你不去上課嗎？」

聽到這個，竇東更想哭了，他低頭看自己的腳尖不說話。

「……那你回家嗎？我送你回去？」

雖然這小胖墩長得又高又胖，但也還是個小孩子，哭得這麼慘，還是回家找他娘吧。

竇東的聲音帶著哭腔。「我又背不出來書。」

娘要是知道他背不出來書又逃課，會揍他的。

蘇箏安慰道：「我以前也背不出來。」

竇東濕漉漉的眼睛看向她，他害怕顧先生，也害怕師娘，平日一見她就跑得遠遠的，今日他不想跑了，他都逃課了，不怕顧先生了！

「後來我努力背就會了，你努力一下也可以的！」蘇箏被他看得心虛，忍不住摸摸後腦勺，真相是後來她總和她爹鬧脾氣，就不用背了。

竇東失望地垂下眼，把側過來的身子扭回去，頭重新埋在膝蓋裡。

他努力過，沒用，還是不會背。

「哎，真的啊，別不相信。」蘇箏推推他，見他不理自己，向不遠處觀望的穆以堯招手，示意他過來。

穆以堯站在原地猶豫了一下，還是邁著小步走過去。

「堯堯，你告訴他，是不是努力就會背了？」

穆以堯很猶豫，他一般看兩遍就會背了，但他看著師母期待的樣子，還是點點頭。

「對。」

竇東聽見穆以堯的聲音，頭也不埋起來了，凶巴巴地問：「你來幹麼？」

穆以堯竟然看見他哭，太丟人了！

「來放羊。」穆以堯指了指吃草的幾隻羊。「那是我養的。」

竇東看著幾隻傻羊，嘴唇動了動，說不出質疑的話，只得氣呼呼哼一聲。

他討厭穆以堯，背書總是很快就會，深得先生喜歡。

穆以堯想了想，主動示好。「我教你背書吧。」

他知道先生要他們背的是哪一篇。

竇東道：「誰要你教啊！」

穆以堯不知道該說什麼了，垂下眼睛。

倒是竇東見穆以堯不吭聲，反而有些不好意思，他雖然不喜歡穆以堯，但是沒凶過他，只是不跟他說話而已。

竇東彆扭地說：「你剛剛說教我，怎麼教啊？」

穆以堯眼睛亮了，他雖然去私塾，但待在裡面的時間很少，所以他沒有朋友，若能教竇東背書，他們就算是朋友了！

蘇箏看剛剛還互相嫌棄的兩小孩，這會兒又坐在一起，她搖頭失笑。

臨走前，蘇箏交代道：「竇東，背完了要去私塾喔。」

她把帶出來的石榴放了一顆在穆以堯旁邊，讓他背完書就可以吃。

她不打擾兩個小孩，自己拿了一顆石榴坐在另外一邊。

只是……怪不得竇東背不出書要哭，蘇箏聽得都要哭了。申時都要過了，他還不會背！

倒是穆以堯不嫌棄他，小大人一樣認真地教他一遍又一遍，即使竇東煩了不想背，也不好打斷，只得繼續跟著穆以堯一句一句背。

蘇箏仰頭望天，照這個進度，小胖墩不用去私塾了，因為私塾已經快散學了。

不遠處吃草的幾隻羊也吃飽了，開始悠閒地在草地上散步，耳邊分別是流利的背書聲和斷斷續續的背書聲。

「堯堯，你們倆要不要休息一下，吃完石榴再背書？」蘇箏提議道，也讓她的耳朵休息一下。

穆以堯很聽蘇箏的話，立馬說好。

竇東力氣大，兩手使勁一掰，石榴就分成兩半了。

兩個小孩一人拿著一半，蘇箏也拿起她剛剛沒吃完的繼續啃。

竇東背了半天書，好不容易停下來，現在只覺得手裡的石榴特別甜，咬得咯咯響，連石榴籽都一起嚼碎吃了。

「竇東，你怎麼在這兒？」

聽到熟悉的聲音，竇東咀嚼的動作僵了僵，緩慢回頭。

「先……生。」竇東塞了滿嘴的石榴，此刻嚼都不敢嚼。

嗚嗚，顧先生的眼神好可怕。

穆以堯比他好一點，乖巧地說：「先生好。」

顧川略過穆以堯，看向在他身後高一個頭多的竇東，問道：「又逃課了？」

竇東不敢說話，他發現自己還是很害怕顧先生，下午逃課的那點勇氣早沒了。

蘇箏看得於心不忍。「咳咳，竇東雖然逃課了，但是他一下午都在背書。」

竇東戰戰兢兢地接話。「是的，先生。」

「那會背了嗎？」

竇東點頭如搗蒜。「會了，會了。」

顧川道：「背來聽聽。」

巨大的心理壓力之下，竇東磕磕絆絆把書背完了，背完後自己先鬆一口氣，抬眼偷看先生的表情。

顧川抓住他偷看的小眼神，竇東立馬視線轉移，盯著自己的腳尖。

「下次再敢逃課，就罰你默寫十遍，聽見了嗎？」

竇東耷拉著腦袋。「聽見了，不敢了。」

「嗯，先回家吧。」

竇東聽到可以走了，像小炮彈一樣飛奔著回家。

穆以堯想和新朋友一路，奈何他的羊跑不快，只得放棄。

「走吧。」顧川看著剩下的兩人，接過穆以堯手裡的鞭子。

顧川了解過穆以堯的家庭，父母早逝，兩個叔叔也不管他，家裡只有他和爺爺相依為命，爺爺身體還不好。不過這個孩子聰明懂事，蘇箏又喜歡他，平日裡能幫他就順手幫一把。

蘇箏和穆以堯走在前面，顧川趕著羊走在後面。

半路上，顧川突然勾起嘴角笑了笑，放在以前，打死他也想不到，幾年之後他會在鄉野趕羊，還趕得挺開心。

「先生，師母，我先回家了。」到了路口，穆以堯說。

「去吧。」

等周圍只剩他們兩人，蘇箏以胳膊肘搗顧川的胸口。「他們怎都那麼怕你啊？」

顧川垂眼看她。「那妳怎麼不怕我？」

蘇箏挺直身板，理所當然。「你是我男人，我為什麼要怕你？」

顧川瞟了她一眼。「還不是的時候，也沒見妳怕我。」

蘇箏想了想，嘿嘿笑了兩聲。「那倒也是。」

她覺得大概是美色沖昏頭腦，落崖醒來後，見到他的第一眼就喜歡。

顧川道：「別傻笑了，不餓啊？」

「餓了，走，回家做飯。」

蘇箏風風火火拉著顧川走，嘴上囉哩囉嗦說著話。

顧川安靜地聽著，夕陽把兩人的身影拉得很長很長。

蘇箏打開院門，一眼看到被養得油光水亮的馬低著頭吃草，而且還是新鮮的草，品相上佳。

「你上山竟然還記得割草？」

顧川走過去摸摸馬的鬃毛，神情柔和。「可不是嗎？不把牠餵飽，誰載妳去集市？」

蘇箏嘀咕。「那也不用上山去割草啊。」

顧川輕笑。「妳不會跟一匹馬吃醋吧？」

蘇箏跳腳。「怎麼可能！」

她不會承認自己覺得顧川對馬太好了，有時候比對她還好！

晚上，顧川燉了雞肉蘑菇湯，燉了半個時辰，雞肉的肉香和蘑菇的清香混在一起，相當好喝。

蘇箏連喝了兩大碗，喝完她就不想動彈，防止今晚顧川還拉她散步，她早早洗漱爬上床。

等顧川刷好碗進屋，就看到某人把自己捂得嚴嚴實實，只露出兩隻閉著的眼睛，濃密的睫毛洩漏主人的心情，不安地抖了抖。

「別吃飽就躺著。」顧川把她拉起來，隨手拿了一本書坐在床頭。

蘇箏生怕顧川讓她讀書，遂緊張地問：「你要幹麼？」

顧川奇怪地看了她一眼。「不是妳說要我讀書給孩子聽嗎？」

他想了一下，為了防止孩子遺傳蘇箏的智商，他得努力點，讀書是第一步。

「哦，你讀吧。」蘇箏無所謂地說，不是讓她讀就行。

不過很快她就後悔了，顧川讀得太枯燥了，本來不睏的她現在都想睡了。

「兒子說他睏了。」

顧川面無表情。「他不睏。」

「他睏了。」

「他不睏。」

兩人幼稚地重複了幾遍，最後是顧川先笑了，把書隨手放在桌上。「行了，睡覺吧！明天吃完晚飯在院子裡走一走，不然我就讀書給妳聽。」

至於讀書，嗯，可以改到午飯後。

蘇箏摸了摸肚子，心中對兒子說：兒啊，千萬別遺傳你爹的性子，還是像娘吧。

第六章

這天早上蘇箏起床發現下雨了，雨絲細而密，迎面吹來的秋風捲起零星的雨，帶來一股冷意。

平日在院子裡神氣十足的馬這會兒乖乖地窩在草棚裡，許是發現了蘇箏在看牠，鼻子裡重重呼出一口氣，留給蘇箏一個冷漠的側臉。

蘇箏無言。

這匹馬不待見她不是一、兩天了，準確來說，這匹馬除了顧川以外誰都不愛搭理，之前村裡的人過來借馬都被顧川回絕了。

有顧川的寵愛，這匹馬活得非常高傲。

她瞪著高傲的馬頭，這匹馬再這樣下去，她就要給牠下巴豆了！

顧川站在廚房門口輕飄飄打斷她的怒視。「妳站在那裡幹麼？還不打傘過來吃飯？」

「……喔。」蘇箏拿過放在門邊的傘，小心地走到廚房，生怕鞋面沾上泥水。她最討厭下雨了，哪裡都濕漉漉的。

陰天，即使是白天，廚房也很昏暗。

蘇箏坐在小交杌上，伸長腦袋看顧川端過來的早飯，有紅薯粥還有肉餅，餅的兩面用油煎得金黃，咬一口酥酥脆脆，配上剁碎的肉餡。

最後顧川在她面前放了一碗蛋羹。

蘇箏不滿道：「怎麼又是蛋羹！我不想吃了。」

自打上次從醫館回來，她每天早上雷打不動一碗蛋羹，她現在最討厭的食物就是蛋羹了！

顧川拿起肉餅咬了一口，和她商量。「那明日換成水煮蛋？」

他沒照顧過孕婦，生怕自己照顧得不好，詢問了村裡幾位阿婆，他特地買雞蛋給蘇箏吃。

蘇箏拿著勺子來回攪著蛋羹。「我也不想吃水煮蛋。」

顧川現在摸清蘇箏吃軟不吃硬的性子。「我聽說吃雞蛋對身體好，我特意找劉老太買了雞蛋，妳若是不喜歡吃，那便算了吧。」

他嘴上說算了，臉上的失落顯而易見。

果然蘇箏見他這樣，糾結了一下說：「其實也沒有那麼不喜歡，我吃。」說完她苦大仇深般吃下一勺蛋羹。

顧川低下頭，掩住眼裡的笑意。

嗯……她這樣也挺可愛的，雖然笨了點。

吃完蛋羹，蘇箏喝了心心念念的紅薯粥，知道她愛甜，顧川還放了點糖進去。

蘇箏吃得飽飽的，一碗粥下去，早上起床的那點涼意被驅散了，渾身暖乎乎的。吃完，她懶得動，老實的坐在交杌上。

顧川把蘇箏吃剩的半個肉餅吃了，便問：「等天晴了，要不要去妳爹那兒？」

蘇老爺膝下就這一個女兒，還懷著身孕，這麼久沒回去，估計早就盼著蘇箏回去了。

誰知蘇箏竟然搖頭。「我不去。」

顧川感到意外，也覺得不太對勁，按蘇箏的性子，回蘇家她很開心。他想起上次去蘇家，蘇箏也不願久留，急匆匆要跟他回家。當時他只當蘇箏是被和離書嚇到了，跟他回家有安全感，現在想來恐怕並非如此。

他試探她。「妳爹估計都想妳了。」

「想我，我也不回去，我不想見到我爹，也不想見到黃氏。」

「怎麼，他們惹妳不開心了？」

蘇箏突然生氣了，騰地一下站起來，提高了音量。「你好煩，非要提他們！」

她扭頭氣呼呼回屋了，本來吃飽了挺開心的，現在一點都不開心，下雨天果然沒有好心情。

顧川把沒喝完的粥往桌上推了推，放下筷子，跟在她後面進屋。

蘇箏正坐在床上生氣，連顧川進來，她眼皮子都沒抬一下。

顧川坐在她旁邊。「不想回去我們就不回去，一切都看妳心情，妳前兩天不是說想去鎮上？等天晴了，帶妳去玩。」
半晌，蘇箏應了一聲。
顧川不再問她為什麼不想回蘇家，靜靜地坐在她身邊。
蘇箏藏不住話，冷靜下來說：「我不喜歡黃氏，她背地裡搞些歪門邪道，搞不好我當初落崖就是她設計的！」
前面一句話是真的，黃氏能在她死後虐待她兒子，說明平日對她的好都是裝出來的，最後一句話是她胡扯的，當初是她帶著丫鬟小廝出去玩，因為貪玩才落崖。
但是，說者無意，聽者有心，顧川把這話記住了。
蘇箏這會兒沒那麼氣了，又說道：「不過，平心而論，若不是我貪玩，也不會遇見你。」
「然後我就被妳纏上了，救個人搭上了自己。」
「嗯？」
見蘇箏瞪眼，顧川微微一笑。「榮幸至極。」
顧川拍拍她的頭。「坐在窗邊看會兒書，我去洗碗了。」
蘇箏看著顧川走出去，便往床上一歪。
她才不看書，躺著多舒服！
當顧川回到臥室，下意識搜索蘇箏的身影，因為知道她的性子不會聽話乖乖去讀書，所以看到她整個人四肢舒展、仰面躺在床上時，他一點都不意外。
顧川拿了一本書出來。「我讀給妳聽。」
你說什麼！
蘇箏瞪圓眼睛，手肘支起上半身，見顧川捧著一本書坐在床邊，一副打算開嗓的樣子。
顧川讀書實在太過平淡，通篇沒有起伏，她擔心兒子聽多了會變呆。
「不不不！我睏了！兒子也睏了！我們要睡了！」說完，蘇箏拉過被子，把整個頭蒙在被子裡。
妳好歹把身子一起蓋起來吧？只蓋個頭怎麼回事？
顧川把蘇箏的頭從被子裡挖出來。「才吃完早飯怎麼會睏？」
蘇箏敵不過他的力氣，生無可戀地被他拉起來。
顧川瞧見她的表情，笑了。「突然覺得我們家應該再養一頭豬。」
這牛頭不對馬嘴的話題，蘇箏不懂他的思路，怏怏不樂地問：「養豬幹麼？有馬還不夠嗎？」
養豬可以和妳作伴。
顧川看著她但笑不語。
蘇箏想了想。「還是別養了，院子裡已經有馬了，再給豬搭個窩太擠了。」
顧川看著她。「妳說得對，養一個就夠了。」

蘇箏很莫名地看著他，不明白顧川為什麼看著她笑，她覺得好像怪怪的……

顧川把蘇箏拉到窗邊坐下，在桌上鋪好紙、備好筆。「不想讀書就練字吧，隨便抄哪一篇都可以。」

看著面前的紙筆，她傻眼，自己上一次寫字，都記不得是什麼時候！

蘇箏扭頭，眼巴巴地看著站在她身後的顧川，張口想拒絕。「我……」

「我知道妳也希望孩子好，我懂，為人父母，我們的心情是一樣的，修身養性，從小做起。來，妳看看，想先寫哪一篇？」顧川微笑，貼心地把書翻開。

蘇箏無語了。

竟然找不到反駁的理由，好氣啊！

她把書隨便翻了幾頁，又倒回去找出剛剛看過最短的那篇，盯著字落下第一筆。

看見她的字，顧川微微皺眉，覺得穆以堯的字再練都會比她好，不過到底怕把人惹毛了，這話他只敢放在心裡想。

蘇箏苦哈哈地抄了一頁紙，翻了新的一頁繼續寫，越寫越頭大，不用回頭就知道顧川一直站在她身後，周圍都是他身上特有的草木清香。

蘇箏不合時宜地想，顧川身上之所以有這股清香，一定是因為他經常割草餵他的寶貝馬，沾上了草味，要不然就是因為他經常往山上跑，山上有各種各樣的植物。

顧川骨節分明的手指在桌上輕敲兩下，嗓音低沈動聽。「別走神，繼續寫。」

蘇箏嘴硬道：「我沒走神。」

新的一頁沒寫幾個字，她就沒耐心了，漆黑的瞳孔轉了一圈，主意就有了。

蘇箏嘴角帶笑，回頭對顧川說：「我想吃竇東家的豆腐，也想喝加糖的豆漿。」

顧川明知道她心裡打什麼主意，也不捨得拒絕她，在吃的方面，他不會拒絕蘇箏的要求。

「那妳在家等著，我出去買，不准又睡在床上，吃了午飯再睡。如果發現妳又回去睡覺了，我就讀一晚上的書給妳聽。」

他叫蘇箏寫字，主要是不想她一大早就躺在床上。

蘇箏的小算盤被看破了，不耐煩地朝顧川揮手。「知道了，你趕緊去，我沒打算躺著。」

比起去床上躺著，她現在更害怕顧川讀書，她好怕兒子以後不陰鬱了，結果成長為書呆子。兒子只要像她一樣，每天開開心心就好了，他的父母會把所有的愛都給他。

這麼一想，蘇箏摸了摸肚子又傻笑起來。

顧川不明白蘇箏為什麼突然要傻笑，不過看她這樣子，他也不打算問，反正蘇箏估計是人傻歡樂多。

他撐起油紙傘，出門去買豆腐，高䠷清瘦的背影消失在雨幕中。

人傻歡樂多的蘇箏在他走後第一時間扔下手中的筆，對著微微隆起一點點弧度的肚子說話。「兒啊，你可千萬要像娘，像娘比較討姑娘喜歡。雖然娘還沒什麼朋友，但那是她們都嫉妒娘，換個性別，嫉妒就會變成喜歡了，以後在那群姑娘裡挑一個最漂亮的做媳婦。」

別跟那個謝呈喜歡同一個姑娘了。

不過蘇箏想了想，也不會有這個可能，這輩子她不會讓兒子遇見謝呈，更不會有機會和他做好朋友！

秋雨綿綿，一連下了好幾天，放晴那一日，蘇箏激動到差點去抱院子裡的馬。

當然，最後沒成功抱到馬脖子，原因是馬很嫌棄她，見她過去甚至甩著尾巴往後移了兩步。

蘇箏啐了一口，她明明看見顧川經常摸牠的毛，這匹馬非常享受的樣子。換她就不行了？一匹馬還搞歧視？

蘇箏壞心眼地拿樹枝把牠吃的草挑出去一大半，捉弄完之後，她神氣地扠腰。

馬非常不屑，甚至用屁股對著她。

好在顧川的出現及時打破了一人一馬的硝煙。

「我去山上一趟。」

「你去山上幹麼？我也要去！」下雨天她一直悶在屋裡，哪兒也不能去，覺得自己都要發霉了。

顧川搖頭。「今天不行，剛下過雨，路面太滑。」
蘇箏慘兮兮地說：「可是我好無聊啊。」
顧川摸摸她的腦袋安慰她。「我很快就回來了。」
「我也想出門，你說帶我去鎮上也沒去。」
「這幾天一直下雨，等路面乾了再帶妳去鎮上，要不我把穆以堯叫過來陪妳？」
蘇箏想了想。「還是算了吧，你快點回來。」
她從竇東娘口中聽了穆以堯的事，他小小年紀就要照顧爺爺，還得幹各種雜活，可比她忙多了。
蘇箏眼巴巴盼他回來的模樣讓顧川笑了。
「老實在家等我，看到好吃的，我替妳帶回來。」
「嗯。」
顧川走後特地把院門關上了，他想，如果蘇箏不喜歡蘇家的丫鬟，他得從別處找一個丫鬟陪她，她一個人在家，他也有點不放心。
顧川走後，蘇箏重新把目光投向了馬。
馬的四蹄動了動，在被拴著的情況下，盡可能離女主人遠一點。
不過蘇箏還是沒摸到馬，因為穆以堯來了，他站在外面敲門，聲音軟乎乎的。「師母，妳在家嗎？」

他昨天跟爺爺聊天，無意間提到師母說之後就有小弟弟和他一起玩了，爺爺讓他今天送羊奶給師母喝。

聽到穆以堯的聲音，蘇箏立刻放棄馬，過去替他開門。「在家。」

穆以堯手裡捧著一個瓦罐，白淨的小臉掛著笑容。「師母，這個給妳喝。」

「這是什麼？」蘇箏打開一看，是羊奶，她知道這羊奶大概是給穆以堯爺爺補身子的，不太想收。

穆以堯雖然人小，但他聰明，小小年紀父母早逝，慣會看人臉色，當下小臉一板，表情嚴肅。「爺爺說了，這是我們家喝不完的，妳一定要收下，不然爺爺會生氣的。」

蘇箏微笑。「好，那我就收下了。你進來玩。」

穆以堯往院子裡探進一個腦袋，聲音低了一度。「先生在嗎？」

蘇箏道：「他不在，怎麼，你也怕他啊？」

聽到先生不在，穆以堯鬆了一口氣，小身板踏進院子。

「也不是怕，但是先生在的話，就會緊張。」穆以堯一進院子就看到馬，張大了嘴。

「哇，師母，你們家有馬！」

「是，這是你們先生的馬。」

穆以堯長到七歲，還沒見過村子裡誰家有馬，都是驢和牛，偶爾去鎮上才會看到馬，所以這還是他第一次近距離接近馬。他興奮地圍著馬轉了好幾圈，對蘇箏說：「師母，牠好乖啊，比我的羊還乖！」

蘇箏心道：牠不是乖，牠只是無視你，還是你的羊乖。

蘇箏不打算打斷穆以堯的興奮，她站在院子裡，木著一張臉。「呵呵。」

好在穆以堯開心，沒注意蘇箏的心口不一，光是圍著馬轉他就很滿足了，馬的高傲在他看來都是：牠怎麼能這麼乖？半天都不動一下，好老實啊！

不過他到底不敢離馬太近，更不敢像蘇箏那樣奢望摸馬毛，他在地上發現了一根長樹枝，把一堆離馬太遠的草推近一點。

高傲的馬終於賞了他一個眼神。

蘇箏把家裡的糕點拿出來，招呼穆以堯過來。「堯堯，別看馬了，去廚房洗個手，過來歇一會兒。」

哪知穆以堯看到桌上擺的糕點，急忙說：「師母，我要回去了，爺爺還在家等我呢，我下次再來。」

說完，他跑了。

爺爺交代了，師母給他東西別吃！顧先生和師母對他好，他也要對他們好，等他長大了就可以回報他們。

蘇箏叫他。「等等，你瓦罐還沒拿！」

穆以堯早跑遠了，一個字都沒聽到。

「……算了，等顧川回來讓他和糕點一起送過去吧。」

穆以堯回去後，她兩手托腮，無聊的坐在桌邊，琢磨著下次去鎮上得偷偷買幾本話本子，雖然她不愛看書，但她愛看話本子啊。

第七章

顧川回來時，從背簍裡掏出一捧青紅相間的棗子。

蘇箏眼睛一下子就亮了，眉眼彎彎，聲音帶著雀躍。「竟然有棗子！」

看到她高興，顧川心底的羞恥感稍微減輕了點，他長這麼大，還是第一次像小孩一樣爬樹摘棗子。

背簍裡別的東西還沒來得及收拾，他就先去幫蘇箏洗棗子。

洗過的青棗表層浮著一層水霧，陽光下更顯剔透，就是個頭小了點，不過蘇箏自認為她不挑，興沖沖拿了一顆來啃。

嗯，脆脆的，還不錯。

一連吃了好幾個之後，蘇箏終於良心發現，拿了一顆棗子走到院子裡。「你吃嗎？」

顧川正低頭擺弄他的漁網，聞言搖搖頭。「不吃。」

「吃吧，挺好吃的。」蘇箏不容拒絕，反手就塞進顧川的嘴裡，然後她像是完成任務一樣，拍拍手又坐回屋裡，兩口就是一顆棗子，吃得津津有味。幾縷陽光打在她白嫩的側臉，眼角眉梢俱是愉悅。

顧川卻僵在院子裡，低著頭半天沒動靜，嘴上彷彿還有蘇箏手指的溫度，有些燙。

半晌，他嘴唇動了動，不大的青棗被咬成兩半。他皺了皺眉，回頭看在客廳吃得開開心心的蘇箏，一臉複雜。

這棗子，不僅不甜，還又酸又澀。

顧川看不下去了，扔下手裡的漁網，奪下蘇箏正欲吃下的棗子。「這棗子不能吃，別吃了，妳若喜歡，過幾天去鎮上買給妳。」

蘇箏一臉懵，為什麼不能吃，她覺得挺好吃的啊？

她重新拿了一顆，在顧川過來搶之前快速塞進嘴裡，吃兩口把核吐出來。「我覺得挺好吃的。」

顧川盯著她，目光奇怪，蘇箏一頭霧水，然後見他一聲不吭地走進臥室，沒多久，扒拉出一個小木箱出來。

顧川放到桌上打開。「妳看。」裡面整整齊齊擺著一排銀兩，竟有百兩之多。「我並不窮，而且也不懶。」

所以她不用省這幾顆棗子錢。

蘇老爺是做生意的，在蘇箏看來一百兩不算多，但是顧川能拿出這些她還是挺驚訝的，不過她不明白顧川為什麼突然把錢拿出來。

想了想，蘇箏真誠誇讚。「你真厲害！」

除了顧川想要誇獎，蘇箏想不到別的理由。

顧川覺得蘇箏演技不太行，嘴上誇他，實際眼裡並沒多少真心，這些銀子還沒盤子裡的青棗吸引她。

莫非，因為這是他摘的棗子，所以她才吃得一臉滿足？

這樣一想，顧川心情更複雜了，複雜的同時，又覺得蘇箏蠢乎乎。但是他不反感這樣的她，心底甚至萌生一股暖意，酥酥麻麻，最後他重重地揉了一把蘇箏的腦袋出去了。

蘇箏覺得顧川剛剛的目光複雜，她看不懂，便搖搖頭繼續吃棗子，心想讀書人的想法大概比較多。

一捧棗子很快被她不知節制地吃完了，她走到顧川身邊看他幹活。

下了幾天雨，山裡的蘑菇長得很好，知道蘇箏愛喝蘑菇湯，顧川採了一些回來，還捉了一隻雞準備燉湯。可惜的是下雨前放在河裡的漁網破了，裡面的大魚全跑了，剩下的小魚則放了。

顧川把馬棚打掃了一遍，馬養在院子裡，必須要弄乾淨點，不然有味道，最後他替馬添上新鮮的草。

蘇箏這才發現晾在院子裡的漁網破了。「這裡破了這麼大的洞？」

「嗯，等晾乾了補一下就行了。下午穆以堯過來了？」顧川看到放在廚房的羊奶。

顧川不說，蘇箏都要忘了。

「啊，對！你快去把罐子還給他。」蘇箏盯著她喜歡的蘑菇，再想想穆以堯可愛乖巧的樣子，忍痛割愛。「再帶點蘑菇給他。」

顧川失笑。「這麼喜歡蘑菇？山上很多，下次再去採。」

顧川琢磨著要不要學著曬蘑菇乾，留給蘇箏冬天吃。

因為處理雞較為費時，顧川打算擱置明天中午做，所以晚上只有蘑菇豬肉湯。

蘇箏端起碗喝了一碗半，蘑菇煮的湯特別鮮美，她非常迷戀，百喝不厭。

吃完飯，她自覺地在院子裡走兩圈，每次繞到廚房門口，還刻意停留一小會兒，以確保顧川看見她在散步。

沒辦法，不走路又會被顧川逮到機會讀書給她聽，她嘆了一口氣，覺得她太難了，心疼她自己。

顧川刷鍋時，早發現她在他眼前晃悠了，心思昭然若揭，他悄悄勾起嘴角，眼底是細碎的笑意。

顧川收拾好擦乾手，蘇箏發現他出來了，腰桿挺直，雙手背在身後，走得更認真了。

顧川問：「院子不夠大，出去走走？」

蘇箏急忙拒絕。「不用，不用，我已經走了好多圈了。」

顧川笑了笑，他是故意逗她的，天氣漸漸轉涼，而且今晚有風，還是不出去的好。看她不自覺瞪圓眼睛的樣子，挺可愛的。

蘇箏呆了，她很少看見顧川笑，他一天到晚木著一張臉，現在腦子裡只有一個想法，不愧是她一眼看中的男人，笑起來真好看！

顧川挑眉。「還不回屋？」

然而蘇箏被美色所迷，兩手摟住顧川的肩，踮起腳親了他一口，親完還舔舔嘴唇。

顧川的耳根紅了，面上泛起熱意，他前半生，從未遇見像蘇箏這般的女子。大膽，驕縱，純真，不講道理，偶爾會膽怯，心底卻又有她的小小善良，鮮活又明亮，張牙舞爪，卻又吸引著他靠近。

蘇箏親完人就回屋了，完全沒發現顧川像木樁子一樣杵在那裡，開開心心地坐在床邊，等顧川打水進來。

顧川站在院子裡緩了會兒，跳動的心臟才平靜下來。

他揉揉額角，覺得奇怪，蘇箏以前不是沒親過他，剛開始嫁給他那幾天恨不得天天都黏著他，只是，感覺好像不太一樣？

「我要洗漱！」裡屋傳出蘇箏清脆的嗓音。

顧川扔掉腦子裡亂七八糟的思緒去打水。

早上，蘇箏喝羊奶竟然吐出來了，把顧川嚇了一跳。

她捂著嘴跑到外面乾嘔了幾聲，什麼也沒吐出來，反而難受到眼底漫出一層水霧。

顧川一直跟在她身後，見她直起身子，及時遞了杯溫水給她。「是不能喝羊奶嗎？」

蘇箏湊過去，就著顧川的手喝了兩口，用衣袖擦擦濕潤的眼睛，搖搖頭。「不是，兩個月左右會有孕吐，這是正常反應，吐一段時間就好了。」

上一世她也孕吐過，好像過沒多久就好了。

正常反應？顧川狐疑地看她，決定還是找個有經驗的婆子問問再說。

「不過我不喝羊奶了。」蘇箏對剛才直衝腦門的噁心感心有餘悸。

顧川哪裡還敢讓她喝羊奶。「妳等一下，我把廚房收拾好，妳再進來。」

「嗯。」

蘇箏再進廚房時，羊奶已經不見了，地面上的痕跡也處理乾淨了。到底是難受，早飯沒吃多少，勉強吃了半個饅頭，喝了點粥。

顧川看得直皺眉頭。

蘇箏這幾天也不活蹦亂跳了，整個人病懨懨，飯量急劇下降，前段時間養出來的那點肉都沒了。顧川心裡擔憂，整天吃這麼點飯哪裡行。

「喝點湯吧。」顧川把雞湯端進臥室，這雞湯是他一大早就開始燉的，表面的油都被撇掉了。

蘇箏忍著噁心喝了兩口，顧川還沒來得及高興，她就全吐出來了，比前兩天吐得還狠，眼淚都出來了。

顧川輕拍她的背，拿帕子擦了擦她嘴角，聲音焦急。「好點了嗎？」

蘇箏淚眼汪汪，盯著這碗她想喝卻喝不下的雞湯，心裡可惜，難過地質問顧川。「你前幾天為什麼不做給我喝？」

她的眼裡還有水氣，臉上是未乾的淚珠，這副模樣凶巴巴地說話，委實惹人憐愛。顧川一顆心軟了又軟，心疼地吻了一下她的眼睛，柔聲說：「是我的錯，等妳好了，我重新做給妳，想吃什麼都可以。」

他難得幼稚地摸了摸蘇箏的肚子。「你乖一點，不要再鬧你娘了。」

蘇箏被顧川細心哄著，心底卻覺得更難受了，她哇的一聲哭出來，摟住顧川的脖子，越哭越傷心。

上輩子她懷孕時，因為已經和顧川和離，愛面子的她不願出門，漫長的孕期就只窩在後院中，孕吐時哪有人這般哄著她？

顧川只當蘇箏是因為孕吐不好受才哭。「別哭了，我帶妳去鎮上看大夫。」

別的孕婦他沒見過，他只覺得蘇箏吐得太厲害了，一點油腥都碰不得，每天吃最多的菜就是醃菜，這哪裡能有營養？

蘇箏抽抽噎噎，聲音帶著重重的鼻音。「哪有人孕吐去看大夫的？」

顧川用指腹擦掉她臉上的淚痕。「別人去了，妳不知道而已，快去換一身衣服，等我回來帶妳去鎮上，乖。」

她身上這身衣服沾到雞湯，不能再穿，他也要去找韓秀才一趟，麻煩他代課。

到了外間，顧川才伸手摸了把濕漉漉的脖子，有淚水，也有……鼻涕。

蘇箏吸吸鼻子，讓呼吸通暢一點，慢騰騰地開始換衣服。她不去看大夫，她要去買話本子。

就這樣，兩人各懷目的出發了。

「停車。」

顧川勒停馬。「怎麼了？」

「我要吃麥芽糖。」

顧川把馬車停在不礙事的地方，四下看看，也沒看到哪兒有賣麥芽糖。「妳在車上等我，我下去找。」

蘇箏連連點頭。「去吧。」

顧川正打算走，扭頭又看了蘇箏幾眼。

蘇箏睜圓眼睛，掩飾心虛。「怎麼了？」

顧川似笑非笑。「我覺得還是先去醫館吧，然後再去買麥芽糖。」

「不行！我現在就想吃！」

顧川翻身上馬。「這附近沒有賣麥芽糖，可能醫館附近就有了。」

蘇箏坐在馬車裡氣得跺腳，扒著車簾。「我不去醫館！」

顧川手持韁繩回頭看她，眼底帶笑。「哦？那妳說說妳想去哪兒？」

「我要去書肆！去買書！」

顧川覺得奇怪，她平時一讀書就像是受了虐待一樣，竟然會主動提出買書？

事出反常必有妖。

顧川搖搖頭。「妳最近都吃不下飯，還是先去醫館再說。」

蘇箏眼睛都氣紅了。「我說了我不要去醫館！」

「那你想買什麼書？」

「買話本子！」蘇箏氣急，一不留神就把目的說出來了。

在顧川一副「果然如此」的目光中，蘇箏氣悶地拉下車簾。

顧川挑起車簾。「妳說說妳為什麼不想去醫館？」

蘇箏裝作沒聽見他的話，甚至把身子扭過去，不看顧川。上輩子她孕吐，就是自己好的！

顧川覺得蘇箏此刻像極了受委屈的動物，還是用屁股對著人的那種。

「打個商量？」

蘇箏這才賞他一個眼神。

「妳和我去醫館，我就帶妳買話本子。」顧川怕先帶她買話本子，買完她就耍賴不去醫館了。

蘇箏思考了一下。「行。」

顧川笑了笑，現在是順好毛的小乖乖了。

到了醫館，李大夫替蘇箏把了把脈。「孕吐很嚴重嗎？」

蘇箏還沒說話，顧川就回答了。「很嚴重，吐了好幾天了，吃不下什麼飯，只能吃點醃菜、水果、喝點粥，葷腥一點都碰不得。」

李大夫道：「無事，我給你開個方子。」

顧川說：「麻煩大夫了。」

拿了幾帖藥從醫館出去的蘇箏有點暈。「孕吐也能治？」

看她迷糊的樣子，顧川失笑。「當然能治，妳在想什麼？」

蘇箏沈默，上一世她孕吐難受想請大夫，黃氏說每個女人懷孕都要走這一遭，哪裡需要大夫，忍一忍就好了。當時身邊的丫鬟都這樣說，她就咬牙忍了，現在想來，黃氏八成是故意的。

顧川不知道蘇箏怎麼又突然一臉憤憤的表情，他也沒在意，她一向亂七八糟的念頭太多。

「走，帶妳去書肆。」

兩人正準備走，就聽身後傳來略耳熟的聲音。「小姐，姑爺。」

蘇箏不自覺眉頭輕蹙，回頭一看，是蘇家的小廝。

小廝一見蘇箏就說：「小姐，老爺生病了，我來醫館替老爺拿藥。您好久沒回家了，要不要回去看看老爺？」

「我爹病了？」蘇箏驚訝，不等小廝回答，她就急忙說：「我現在就回去。」

顧川拉住即將竄出去的她。「妳先別急著跑，注意身體，我去把馬牽過來。」

小廝知道小姐懷孕了，連連點頭附和姑爺的話。「對、對，小姐，您千萬別著急，老爺只是發燒，不嚴重，就是比較想您，經常在家念叨您。」

很快顧川就過來了，等蘇箏坐穩了，他趕著馬車去蘇家。

「小姐回來了！快去通告老爺！」守門的人看見趕車的顧川便興奮地說，同時用胳膊肘捅捅他的同伴，他的同伴跑進去通報。

守門的人則小跑到馬車跟前，笑容滿面。「姑爺，馬車給小的，小的把馬牽到馬房。」

顧川微微頷首，拍拍馬頭，示意馬老實點，這才把韁繩遞給守門的人，跨著長腿走在蘇箏後面。

「箏箏回來了。」蘇老爺得到下人通知，在屋裡躺不住，套上外衣急匆匆出來了。自女兒嫁出去後這還是第一次她這麼久沒回來，他都在想她再不回來，他就親自去大陽村看女兒了。

蘇箏聽說她爹病了當下很著急，真見到她爹無大礙，又想起前世他把她送給官老爺後，並沒有好好照顧她的兒子，心裡是非常矛盾的。「嗯，你不舒服？」

蘇老爺一向心大，沒注意到女兒對他沒有往日親近，倒是顧川多看了蘇箏一眼，手悄悄伸過去，握住蘇箏的手。
蘇老爺擺擺手。「嘿，小事，前兩天著涼了，倒是妳，怎麼瘦了？」
「最近不想吃飯。」
蘇老爺一邊嚷著女兒女婿進來坐，一邊看了顧川一眼，問：「怎麼會不想吃飯？要不，爹派個婆子過去，妳看行嗎？」
他記得女兒之前回來提過顧川不喜生人，所以首先看向女婿。
顧川剛想答應，蘇箏已經先拒絕了。「不行，你別派人過來。」
蘇老爺知道女兒的臭脾氣，忙說：「好好好，不派，不派，想要時再跟爹說。」
「嗯。」
蘇老爺讓兩人坐著，喚來管家，讓他通知廚娘做些小姐喜歡的點心送過來，又吩咐丫鬟備好水果。
三人還沒坐多久，就見黃氏進來了，丫鬟在她身後舉著托盤。
黃氏氣質柔美，笑容恰到好處，很難讓人不產生好感。
「箏箏回來啦！妳不在時，妳爹天天念叨妳，我耳朵都要聽得長繭了，特意讓廚房做了山楂糕，妳嚐嚐看。」黃氏又看向一旁的蘇老爺，款步上前，笑說：「多大的人了，出來時衣服也不整理好，也不怕小輩笑話。」
嘴上說著，黃氏就上前，替蘇老爺撫平衣領的皺褶。

作。

「無事，都不是外人。」蘇老爺笑呵呵的，話是這樣說，身子坐著沒動，任憑黃氏動

蘇箏在一旁翻了個白眼，拿起山楂糕咬了一口，顧川還沒來得及阻止她別吃，她就齜牙咧嘴地吐出來了。「呸！廚房怎麼做的？一點兒都不好吃！」

這話立馬吸引了蘇老爺的注意。「我讓廚房做別的。」

顧川心道，剛剛是誰眼巴巴地盯著山楂糕……

不過他注意了一下黃氏，她眼底分明閃過一絲晦暗，雖然她掩飾得極快，但他曾經身邊圍繞太多這樣的人。他的目光落在山楂糕上，若有所思。

丫鬟很快端來別的點心，蘇箏吃了幾口就不動了，心裡想著剛才酸甜酸甜的山楂糕，不太高興。

顧川湊近她小聲說：「回去帶妳買糕點。」

這下蘇箏高興了，歪頭對顧川笑，笑容很甜，一雙桃花眼彎成漂亮的月牙，眼裡閃著光。

顧川放在桌下的手動了動，忍住想揉一把她頭髮的想法，她真的是小孩子脾氣。但他喜歡她這樣，開心就笑，不順心就鬧，生氣了哄一哄就好，喜怒哀樂全在臉上，簡簡單單的心思，不用費心去揣測。

蘇老爺聽不見小倆口在說什麼，但見女婿把女兒逗笑了，兩人之間的相處氛圍明顯比以

前好。

蘇老爺得意地想，他女兒這麼好，女婿怎麼會不喜歡？說實話，上次女兒氣沖沖回娘家，嘴裡嚷嚷著要和離，他嚇了一跳，生怕小夫妻倆真的和離了。箏箏性子倔，氣性上來了容易衝動，幸好兩人和好，他就放心了。

蘇老爺突然想起來。「你們吃飯沒？」

「還沒！」蘇箏大聲說，她不餓，但是顧川什麼都沒吃，肯定早就餓了！

「我也沒吃，一起吃。」

黃氏捏緊了帕子，心想這個時辰，怎麼可能還沒吃午飯？

蘇箏找到落雪，嘀嘀咕咕小聲交代她，落雪在一旁聽得直點頭，兩人很神秘。

等顧川吃完飯，蘇箏就不想待了，嚷嚷著要回去。

蘇老爺吩咐管家準備補品給他們帶回去，才依依不捨地送兩人出去了。

落雪跟在小姐身後眼巴巴看著，她也想跟小姐一起走。

大概是落雪的眼神太炙熱了，蘇箏感受到她迫切的心情，上馬車前摸摸鼻子，昧著良心說：「咳咳，過幾個月妳再跟我一起回去。」

蘇箏覺得被顧川伺候的感覺非常好，暫時不想讓落雪過來。

落雪非常相信她，重重點頭說：「我知道的，小姐。」

姑爺不喜人多，等小姐誕下子嗣，地位提升了，她就可以跟小姐在一起。

最後蘇箏抱了抱她爹。「一把年紀了，就得注意身體，別生病了。」

蘇老爺受寵若驚，連聲說好，這還是女兒嫁人後第一次抱他，他都沒介意女兒說他年齡大。

黃氏抱了幾疋漂亮的布料，顏色質感皆是上等。「箏箏，這幾疋布是鋪子裡的新貨，我不知道妳現在衣服的尺寸，就沒讓裁縫做，妳帶回去做。」

蘇箏挑刺。「妳為什麼只準備我一個人的布，卻沒準備給顧川的？」

黃氏愣了下，很快說道：「箏箏說得對，是我考慮不周了。妳等會兒，我把妳爹要用的布疋先給顧川。」

蘇箏毫不客氣。「我不要，想要的話，我自己會去鋪子裡拿。」

蘇老爺道：「對，家裡的鋪子隨便妳拿，反正以後都是妳的，爹掙錢就是給妳花的。」

顧川在一旁說：「岳父，我們來鎮上還有點事，時辰不早，我們就先走了。」

「好，路上小心。」

等顧川趕著馬車走遠了，黃氏溫柔的眉眼間帶上一點失落。「老爺，你說箏箏是不是生我氣了？」

蘇老爺瞟了她一眼，沒好氣地說：「妳又不是不知道，箏箏那麼喜歡顧川，結果妳布疋只準備她一個人的。」

黃氏委屈道：「鋪子裡新到的這批貨全是女人穿的啊。」

然而，蘇箏的馬車這會兒已經看不見了，蘇老爺不再站在外面，背著手回屋了。
留下黃氏獨自咬牙，覺得蘇箏那小丫頭就是故意針對她，別人的孩子果真養不熟。

第八章

顧川先帶蘇箏去糕點鋪子，在蘇家她沒吃幾口飯，吃些糕點墊墊肚子也好。

蘇箏一口氣挑了七、八種糕點，顧川付錢時，在老闆心痛的目光下，把看起來不是很新鮮的品項挑出來。

餘光看見蘇箏瞪他，顧川解釋道：「糕點別買太多，回家都吃不完，吃完了我們下次再來買。」

他總不能當著老闆的面，明說有的糕點是賣剩下的吧。

蘇箏看了看糕點，這次確實買得不少，勉強同意顧川的建議。「行吧。」

等客人走遠了，老闆啐了一口，嘀咕道：「長得人模人樣，結果買個東西不乾脆，長得好有啥用？」

像他，雖然長得不好看，但是他疼媳婦啊！老闆這麼一對比，瞬間覺得自己是個好丈夫。

蘇箏問：「我們現在回家嗎？」

顧川搖頭。「等下回去，帶妳去做兩身衣服。」

黃氏的舉動倒是提醒他，確實得給蘇箏做幾套衣服。

蘇箏點了點小腦袋，愉快地跟在顧川身邊。黃氏給的布疋她不屑要，但是顧川帶她去買衣服，她還是很開心。

顧川沒去蘇家的鋪子，而是帶蘇箏去一家他相熟的鋪子，他的衣服都是在這裡做的。鋪子不大，裡面是一對夫妻。

顧川一進去，老闆就迎上來。「您好久沒來了。」

其實這位客人不算經常來，每換季才來一次，老闆能記住他，實在是周身氣質和相貌太好，讓人想忘記都難。

顧川指向蘇箏。「來給她挑幾身衣服。」

老闆娘從裡面出來。「這是你媳婦？這麼漂亮，兩位真是一對璧人，很般配。」

顧川點頭，回答老闆娘前一句話。

蘇箏則最喜歡別人誇她，尤其聽見老闆娘說她和顧川般配，簡直喜得要飄起來了，當下覺得老闆娘十分合她眼緣，非常友好地笑了笑。

「夫人長得好，自然穿什麼都好看，你看看可有喜歡的？」老闆娘指了指上面掛的成衣。

「我們不看成衣，現做。」想了想，顧川特意交代。「腰線放寬一點。」

「好，那先挑布疋。」老闆娘很精明，瞬間心領神會，給了顧川一個明白的眼神，帶蘇箏去挑布疋。

蘇箏看中了一疋淺粉色、一疋鵝黃色，最後又覺得那疋淺綠色也挺好看的，一時猶豫不決。

老闆娘看出她的猶豫，建議道：「要不就粉色和黃色？這兩個顏色特別襯膚色。」

結果蘇箏小手一揮，豪氣地說：「不，這三個我都要。」

挑好了布，老闆娘帶蘇箏去裡間量尺寸。

沒多久，等在外間的顧川見蘇箏走出來，問：「好了？」

「好了，我們回去吧，我都累了。」蘇箏點點頭。買新衣服的興奮勁，已經在量尺寸的過程中過去了。

顧川付了訂金，約定好來取的時間，便帶蘇箏回去了。

蘇箏今天晃悠一圈，躺在馬車裡就睡著了，主要是顧川在馬車裡墊了厚厚的棉花墊子，躺上去軟軟的，特別舒服，讓她想不睡著都難。

到家了，顧川喊了兩聲沒人回應，掀開簾子一看，果然她又睡著了。

他小心翼翼把人抱到床上，脫了外衣和鞋子，拉過被子把她蓋得嚴嚴實實。

知道她睡覺不老實，顧川怕她睡得不舒服，把她頭上戴的珠釵都取下來，目光落在她的睡顏。

不得不承認，蘇箏這張臉是挺好看，這會兒規規矩矩地躺在這兒簡直像個小仙女。

不過，等他過一會兒再來看，就不是現在這樣了，如果非要用言語形容一下，大概是被子睡得亂糟糟，像打著呼嚕四仰八叉的小豬？

顧川被自己這個形容逗笑了，他伸手捏了捏蘇箏的臉，很快放開。

小豬也行，總歸都是自家的。

他起身把案桌上沒來得及收的雞湯處理好，輕手輕腳地打掃一下環境，然後去廚房把中午抓的藥煎了，等蘇箏醒過來可以直接喝。

煎好藥，蘇箏還沒醒，他把藥放鍋裡溫著。趁現在有空，把馬牽到院子外，他打了一桶水，開始刷馬。

老馬異常聽話，顧川拍牠頭時，還眷戀地蹭了蹭他的掌心。

蘇箏出來時就看到這樣一幕，她氣得雙手扠腰。

這匹馬就是不待見她，搞歧視！

「嘿嘿……」蘇箏盯著馬突然奸笑出聲，湊到顧川身邊，伸出手。「刷子給我，我來刷。」

顧川沒把刷子給她，而是說：「醒了？先把藥喝了，在廚房裡。」

「我……洗好馬再喝。」

顧川搖頭，指著馬。「用不著妳，已經快好了。」

顧川不給她，蘇箏就上手搶。「你給我嘛！」

顧川舉高手臂，讓蘇箏拿不到刷子，另一隻手則怕蘇箏摔倒，圈住她後腰。兩人貼得極近，近到顧川能看清她根根分明的睫毛，纖長濃密，像兩排小扇子。

蘇箏揪著顧川的衣領跳了半天，也沒拿到刷子，腮幫子氣得鼓鼓的。「你給不給我？」

顧川低頭看她氣呼呼的樣子，眼底閃過笑意。「妳先說說看，妳想對我的馬做什麼？」

蘇箏鼓起的氣一下子癟了，半天也沒說出口，畢竟馬的主人就在眼前，她總不能說出心裡話，她想把馬的毛全部逆著梳，再修一修牠的尾巴，讓牠成為一匹醜馬！

見她不說話，顧川放輕力道，彈了一下她腦門。「別打歪主意，去喝藥。」

蘇箏捂著腦門嘟囔道：「不要彈我……」

顧川兩三下洗好馬，讓牠站在太陽下曬乾，牽著蘇箏一起去廚房。

兩人手牽手去廚房，留下一匹馬孤單地站在陽光下，目送主人走遠的背影，寂寞地甩了甩濕漉漉的尾巴……

「喝藥。」顧川把藥端出來遞給蘇箏。

蘇箏端著一副苦瓜臉，捧起碗一飲而盡。

顧川及時塞了一塊花瓣形的糕點給她，嘴裡有了甜味，蘇箏皺得歪七扭八的眉毛才舒展開。

晚上，顧川做的飯菜很清淡，有竇東娘送的醃白菜，配紅薯粥，蘇箏能吃小半碗。還有白麵饅頭，裡面不放肉餡，因為蘇箏吃不得且聞到也不舒服，所以顧川特意摘了野菜剁成餡放在裡面。

另一方面，他尋思著得找塊空地種點蔬菜，這樣蘇箏想吃時比較方便。

吃完飯，蘇箏就回房間了。因為她最近飯都吃不下，顧川也不敢讓她散步了。

然而，回房間的蘇箏悄悄回頭往廚房看，顧川正背對著門吃飯，她腳步拐了個彎，小心翼翼走到馬車旁，找到她藏進棉花墊子下的話本子，飛快地往懷裡一塞，又探頭探腦地回去了。

她在房裡走來走去，很焦躁，覺得放在哪裡都不安全，書架上肯定不能放，顧川會經常翻，衣櫃也不能放，兩人的衣服都是顧川在整理。

還沒等她想好放在哪兒，顧川進屋了，問道：「怎麼不點油燈？」

蘇箏情急之下撲到床上，把話本子塞進她睡的那邊。

顧川點好燈就看見蘇箏趴在床上，橫跨了一張床，他用膝蓋觸碰她掛在床沿的腳。「別壓著肚子。」

蘇箏悄悄把鼓起來的那一塊被褥理平，翻過來解釋道：「我沒有壓到肚子。」她把上半身支起來了。

她一本正經解釋的模樣還挺可愛，顧川彎了彎嘴角，捋了捋她的頭髮，本來就亂糟糟的頭髮被擼了一把之後更亂了，幾根新生的碎髮呆呆地立起來。

平日蘇箏會不高興顧川動她頭髮，但她今天剛藏了話本子，心虛，所以這會兒她也不計較，而是催顧川趕緊洗漱睡覺。

熄了燈的房間，窗外的月亮是唯一的光亮。蘇箏躺在床上，身下壓著她的話本子，光想一想就很滿足，她翻個身抱住顧川的胳膊，閉上眼睡了。

胳膊的觸感太軟，顧川有些不自在，他試著抽回手臂，但蘇箏抱得太緊，動作大又怕吵醒她。

顧川心道：算了，給她抱著吧。我睡著就感受不到了。

此刻萬籟俱寂，手臂的觸感越發明顯，肌膚灼熱，顧川閉著眼努力了許久，發現自己睡不著。他輕嘆一口氣，索性不睡了，睜眼盯著漆黑的房梁。

好在蘇箏睡覺不老實，很快就不滿足這個姿勢，自動放開顧川的胳膊，變成平躺著。

顧川動了動胳膊，摸黑替蘇箏掖好被子，不知何時才入睡。

早上吃飯時，蘇箏竟然吃完了一個白麵饃饃，這可是她最近吃得最多的一頓，顧川一聲不吭又遞了半個饃饃過去。

蘇箏吃完了才發現這點，驚喜地說：「我竟然不想吐了！」

顧川見她不難受了，心裡也高興，偏偏嘴上要說：「昨天是誰不願意去看大夫？」

蘇箏搖頭晃腦、裝模作樣地說：「是誰？我忘記了。」

顧川眼底帶笑。「不喝粥了？我先吃完的話就妳洗碗。」

怕洗碗的蘇箏趕緊端起碗迅速喝完。

吃完早飯，蘇箏賴著不走，一會兒抬頭看看顧川洗碗的進度。這麼赤裸裸的目光，顧川想不發現都難，他放下碗。「妳是不是又在打什麼主意？」

蘇箏癟著嘴不高興。「你怎麼能這樣想我？我只是覺得那群孩子一天沒見到你肯定想你了，你應該加快動作！」

顧川不信任地看向她。「真的？」

蘇箏冷哼一聲，站起來就走。

顧川走之前拍了拍他的馬，他怕蘇箏欺負他的馬，先安慰牠一下，才朝屋裡說：「我走了。」

蘇箏不理他，過了一會兒打開窗戶探頭看，確定顧川真的走了，興奮地把她珍藏的話本子拿出來，又把吃的都擺在旁邊，確定她伸手就可以拿到，這才坐在窗邊津津有味地看。一看就容易入迷，她連快到中午了都沒發現。

顧川從私塾回來先看了他的馬，發現馬好端端的，並沒有受到傷害。進屋後他更驚嚇，最討厭看書的蘇箏竟然沒躺在床上，而是捧了一本書看！

他不由好奇，湊近一看，只見上面寫著：張逍自那日見過何若瑩後驚為天人，日思夜想，終於忍不住在一個深夜探香閨，從窗縫裡塞了一紙書信，信裡訴盡愛慕。何若瑩早上發現了這封信，她一個深閨小姐，何曾見過如此露骨的心意？一時氣得小臉緋紅，抖著手銷毀了信紙。張逍哪會一紙書信就放棄了？他開始夜夜送信，信收得多了，何若瑩冰冷的內心不禁泛起一絲漣漪……

顧川看不下去了，他越來越擔心孩子像蘇箏……

怕突然出聲嚇到入迷的蘇箏，顧川輕手輕腳走出去，特地製造出一點動靜，讓蘇箏知道他回來了。

蘇箏聽見門咯吱一聲，驚覺顧川回來了，匆匆藏好書。

顧川再次進臥室，蘇箏捧的書已經換了，再仔細一看，書拿反了……

「回來啦。」蘇箏把書放回書架上，伸了個懶腰。「看了一早上書，有點累。」

顧川抽了抽嘴角。「那妳躺著，等煮好飯，我再叫妳。」

蘇箏往床上一躺。「好！」

做飯時，顧川覺得不太對，天天送書信……這套路怎麼感覺有點熟悉？

突然，他手上的動作頓住了。

當初，蘇箏好像也做過類似的事……

午飯，不用顧川叫，蘇箏自己聞到香味就過來了，托著腮坐在一旁等顧川盛飯。

吃飯時，顧川突然問她。「妳當初是怎麼想到天天送東西給我？」

「嗯？」蘇箏叼著雞翅膀愣了一瞬，很快她反應過來，深沈地說：「大概是出於愛的本能吧！」

書上說過「精誠所至，金石為開」，她按照書上說的做，在她經歷了兩個多月的風吹日曬後，顧川果然同意娶她了！

顧川一臉冷漠。「呵呵。」

他信她才怪！

飯後，蘇箏去找馬說話，嘴裡絮絮叨叨不知道在說些什麼，從表情來看，應該還夾帶著幾句恐嚇。

顧川沒去管他的寶貝馬，乘機走進臥室，打算找到蘇箏藏起來的話本子。

臥室一共就這麼大，顧川掃了一眼，書架、衣櫃、床，蘇箏肯定不會放書架上，被發現的可能性太高，只剩下衣櫃和床。他翻了翻衣櫃，沒有收穫，便把目光投向床鋪。

蘇箏和馬溝通完感情，放過生無可戀的馬，趾高氣揚地回屋了，一進屋她就發現顧川在鋪床。

鋪床？

她震驚了，一屁股坐到床上，喊道：「不能鋪床！」

顧川抱著半截被子居高臨下睨她一眼，明知故問。「為什麼？」

蘇箏小手揪著床單。「因為我還要睡覺。」為了保險一點，她乾脆往床上一躺，開始耍賴。「反正就是不准你鋪床！」

「哦。」顧川放下被子。

見他不鋪床了，蘇箏鬆了一口氣，抱住被子，把被褥死死壓在腦袋下，生怕顧川改變主意。

「對了，這個是妳的嗎？」

蘇箏緩緩抬頭，顧川的手上揚著一本她非常眼熟的書。

蘇箏呆住了。

他什麼時候從被褥裡拿出來的？她能說不是她的嗎？

顧川看著書名一字一頓地讀。「《追妻十八計》？」

他翻開，一目十行看了幾頁，挑選片段讀道：「天天送書信？精誠所至金石為開，堅持下去，一定能得到美人心？冬日的雨打在臉上，冰冷刺骨，寒風一吹，彷彿都變成了細小的刀刃，一寸寸割傷肌膚。張逍抹了一把臉，他知道，他的機會來了，他打算去何家的屋簷下躲雨，試問，誰會忍心見一個在冬日的冰雨裡凍得瑟瑟發抖、一身狼狽的人無動於衷，不請他進去喝杯熱茶呢？」

讀到這裡顧川合上書，好以整暇地看著蘇箏。「說到下雨，我記得妳下雨天也來找過我，給我送傘，不過不是書中寫到的冬季，而是在炎熱的夏季。等妳把傘送到我手上時，暴雨已經停了，妳也淋得像落湯雞一樣。」

蘇箏僵著一張臉，冷冷搭腔。「是嗎？」

顧川篤定說：「是啊，當時我還納悶，為什麼妳明明有傘，衣服還是淋濕了？」他晃了晃手裡的書。「現在想想，莫非，答案在這裡？」

他記得當時蘇箏身上的衣服濕了大半，精心梳的髮鬟變得亂糟糟，一支珠釵插在側邊搖搖欲墜，裙襬和鞋子滿是泥污，手裡拿著兩把油紙傘等在私塾外面，看上去一副慘兮兮的模樣。

她見他出來，朝他揚了揚手裡的傘。「我來給你送傘。」然後她硬著頭皮說：「雖然……現在雨停了，但是以後……還是會下雨，是吧？拿著傘，有備無患。」

剛下過雨的小山村似乎更清新一點，翠綠的樹葉被雨淋過，顏色更顯飽滿，偶爾有幾滴水珠順著葉尖滴落。金色的陽光傾灑而下，耳邊聒噪的蟬鳴聽起來也不若往常擾人，一切如此美好。

眼前是低著頭有些窘迫的姑娘，顧川鬼使神差地伸出手。「傘給我吧。」

然後，滿身狼狽的姑娘猛然抬起頭，烏黑清透的瞳孔似被暴雨洗過，亮得驚人。她對他笑，眉眼彎彎，滿心歡喜地把傘遞到他手上……

蘇箏趁顧川不備，一個猛撲搶過書。

顧川回神，趕緊扶住她，生怕這冒冒失失的人把自己摔了。

蘇箏搶到書翻了幾頁，隨即滿臉嫌棄地扔在一旁。「這書還是昨天去我爹那兒，落雪怕我悶在家裡，硬塞給我的，我一頁都沒看過，這都寫些什麼亂七八糟的啊！下次去我爹那裡，一定得扣她月錢！」

顧川問：「這麼說來妳不看？」

蘇箏回答得斬釘截鐵。「當然不看！」

「那行，放在廚房燒火吧。」顧川點點頭，拿起書就要往廚房走。

「嗳……」蘇箏拉住他胳膊，不讓他走。

「嗯？」顧川低頭看她。

蘇箏撓撓耳垂。「這……好歹也是落雪的心意，落雪從小就和我在一起，感情深厚，你就這麼燒了不太好吧？她知道肯定會傷心的，還是留著吧，下次還給她。」

顧川想了想，在蘇箏緊張的眼神下，把書扔在桌上。「妳說得也對，那留著吧。」

見狀，蘇箏鬆了一口氣，拉著顧川一陣東拉西扯，引走他的注意力，生怕他再想起話本子裡的情節。同時，她內心十分後悔，就不該圖省事，把以前的話本子帶回來，差點被顧川發現真相！

顧川看她絞盡腦汁想話題的模樣，忍不住想笑。在她實在想不出話而苦惱皺眉時，他覺得還是別為難她了，本來就不聰明，別更傻了。

顧川開口，嗓音裡有掩飾不了的笑意。「妳先睡一會兒，我去山上看看。」

蘇箏現在巴不得他出去，聽他這樣說，瘋狂點頭，並且催促他。「那你快去吧，早去早回！」

目送顧川走後，蘇箏拿起罪魁禍首的話本子懊惱地捶了兩拳，然後重新給它找了一個新位置，床底下。

她探頭看看，位置還算隱秘，顧川應該沒事不會往床底看，頓覺安心不少，這比放在被褥裡安全多了。

第九章

顧川不放心家裡，因此上山也不貪心，講究速戰速決，獵兩隻野雞，採些野菜蘑菇，夠吃就行了。半路上看見果子也給蘇箏摘一點，順便割點新鮮的草給馬吃。他腳程快，揹著背簍，天還沒黑就回來了。

遠遠地，他就看見了自家的房子。

蘇箏看見雞第一個反應是嫌棄，她懷孕後經常喝雞湯，已經喝膩了，所以她撇撇嘴，滿臉抗拒。「我不想喝雞湯了。」

顧川頭也沒抬，徑自把東西分類。「這不是給妳吃的，我打算送人。」

顧川估摸著蘇箏也喝膩雞湯了，打算過兩天帶她去鎮上逛一逛。

蘇箏自作多情了一把，一時語塞，不過很快，她就氣呼呼地瞪著顧川。

顧川感受到背上灼熱的視線，一回頭，就發現蘇箏氣鼓鼓的。

顧川不解地問：「怎麼了？」

蘇箏覺得又氣又委屈。「你是不是因為話本子生氣了！」

顧川一臉茫然。「沒有啊。」

見蘇箏噘著嘴，滿臉不開心盯著地上的兩隻雞，顧川略微一想就明白了。他不禁笑了，伸手捏了捏蘇箏的臉。「妳腦子裡究竟裝的都是什麼？」

他是那麼刻薄的人嗎？再說，就算生氣了，他也不會不給她肉吃啊！

蘇箏甩開他的手，一雙黑白分明的眼睛看向顧川，表達的全是「那雞是給誰吃的」？

顧川解釋。「我打算把雞送給韓老先生，麻煩他幾次了。」他頓了頓，好笑道：「我們一起去吧。」

本來他打算自己去，想一想還是帶上她，免得她又想到什麼奇奇怪怪的東西。

蘇箏鼓起的氣一下子被戳破了，昂起下巴驕傲地說：「那行，既然你都說了，就一起去吧。」

顧川手握成拳咳了兩聲，遮住嘴角的笑意，免得有人看到又生氣。

顧川一手提著雞，一手牽著蘇箏，前往韓秀才家。

韓秀才家只有他和妻子在，唯一的兒子在縣裡當捕快。韓秀才因為捨不得生活一輩子的鄉村，又掛念著村裡的這些孩子，不願去縣裡。老兩口一直住在老房子裡，兒子有空就會回來看看他們。

韓夫人正在院子裡洗菜。

「韓夫人。」顧川道。

韓夫人抬頭，見到是顧川夫婦，笑道：「快進來坐，老爺在裡屋，我這就叫他出來。」

她甩甩手上的水，邊走邊說：「老爺子，顧川過來了。」

韓秀才聽到妻子嚷嚷就走出來了，招呼兩人進來。

看顧川把提的雞放在院子裡，韓夫人說：「來就來，還帶什麼東西？等下拿回去。」

顧川道：「一點心意，而且是山裡的野雞，根本不用錢，還要多謝謝韓老先生幫我。」

蘇箏從顧川背後探出頭。「就是，可不能不收，不然白來一趟不說，下次都不好找韓老先生幫忙啦！」

韓夫人笑了笑。「那下次讓他代顧川上課。」

蘇箏點頭。「可以，可以。」

顧川輕敲了一下她腦袋，帶她進去坐。

韓夫人沒見過顧川媳婦，只聽說小姑娘經常來村裡找顧川，磨著顧川娶她。今日一見，發現跟顧川還挺相配的，兩人一個靜一個鬧，正好互補。

顧川和韓秀才面對面坐著，一老一少聊天，蘇箏低著頭無聊地捏著顧川的手指。

顧川和韓秀才說了一會兒話，低頭解救出自己的手。

蘇箏剛想把他的手重新拉過來，就聽見他向韓秀才告辭了，她心頭雀躍了一把，放過了他的手。

「別急著走，我媳婦已經做你們的飯了，我們兩個老人家吃不了那麼多，你們走了，她可就白忙活了。」韓秀才說完，轉頭對蘇箏溫和地說：「覺得無聊了？」

雖然他看不到蘇箏的小動作，但他看到顧川是低頭看了他媳婦之後才開口告辭的。

蘇箏睜眼說瞎話。「……沒有，還好。」

顧川心道：是誰無聊到把我的手指一根根摞在一起的？

顧川推了推蘇箏。「妳去廚房幫忙一下。」

既然留在這兒吃飯，就不好讓主人家一個人忙活，而且還是一個老太太在忙活。

蘇箏心中雖不願，還是委屈地去了，畢竟在外人面前，總不能讓顧川去吧。

蘇箏走後，韓秀才笑了。「這丫頭，配你正好，又喜歡你，難為一個小姑娘追著你這塊冰追了那麼久。」

顧川笑了笑，端起面前的茶喝了一口，心想：你不知道那些感人的瞬間全是她的套路。

而他如今，心甘情願上套。

兩人在韓家吃完飯就告辭了，此時天已經黑了，顧川怕蘇箏摔倒，牽著她走得很慢。

蘇箏今天幹活了，現在心中只覺得萬分疲憊，就向顧川撒嬌要他揹她。

顧川怕她不舒服，彎腰抱起她。

蘇箏摟住顧川的脖子，嬌聲嬌氣地說：「今天我洗了好幾種菜，那水可涼了。」

顧川聽得有點心疼。「回家幫妳焐焐。」

以前他還會讓蘇箏做一些力所能及的家務，自她懷孕後，腰都沒讓她彎過。

蘇箏把臉埋進他脖子裡嗯了一聲，並說道：「我再也不在韓秀才家吃飯了！」

顧川笑了笑。「下次還是我自己過來。」

蘇箏想了想加了一句。「你也不准留在他家吃飯！」

萬一顧川學了韓秀才那套，不做飯了怎麼辦？

顧川念在她今晚委屈了，答應她。「好。」

蘇箏過了孕吐期後就特別愛吃，一天到晚嘴不閒著，肚子也漸漸隆起弧度，只是天越來越冷，她也越來越懶。

懷孕四個多月時，她最愛的就是床，整天賴在床上不起來，非得顧川強制性讓她起床，不然一躺就是大半天。

顧川進屋看到蘇箏還在睡，嘆了一口氣。「快起床，今天天氣好，曬曬太陽。」

蘇箏連忙把頭蒙進被子裡，聲音充滿抗拒。「我不起來，我不要曬太陽。」

顧川笑了。「不是讓妳曬太陽，我打算曬被子。」

蘇箏裝作聽不見，悄悄把被子拉緊一點，翹著屁股埋在被子裡一動也不動。

顧川大手輕輕一撈，就把她從被窩裡挖出來了，不顧她的意願強行替她套上衣服。「妳前幾天不是答應穆以堯要帶他去鎮上？」

蘇箏迷迷糊糊地想起這回事。「是喔。」

穆以堯很喜歡她家的馬，她上次說要帶他坐馬車去玩，他高興得不得了。

「可是，也沒說是今天啊？」

顧川問：「那妳想什麼時候帶他去？」

蘇箏啞然，她還沒想好。

顧川拍拍她的頭。「既然答應了孩子就要早點做到，況且我們也需要買點年貨備著，萬一下雪去鎮上就不方便了，快下來穿鞋。」

蘇箏把腳伸過去放在顧川腿上，懶散地說：「你幫我穿。」

顧川的視線觸及她鼓起的肚子，認命地拿鞋替她套上。

蘇箏用熱水洗漱，顧川則把被子抱到院子裡曬。

吃完飯，顧川說：「妳在家等我，我去把穆以堯接過來。」

天冷，太陽剛出來沒多久，並不暖和，哪怕蘇箏穿得很厚，她還是在廚房裡縮成一團，聞言，抬了抬脖子。「你去吧。」

沒多久，顧川就帶著穆以堯過來了，穆以堯在先生面前不敢多話，一板一眼跟在後面，見到蘇箏才放鬆多了，眉開眼笑地叫師母。

蘇箏問他。「你吃飯了嗎？」

「吃過了，我一早就起來幫爺爺做飯了。」

聽到這話，顧川挑眉看蘇箏，意思是妳看，小孩都比妳勤快。

蘇箏雖然尷尬，還是誇了誇穆以堯。「你好厲害啊。」

穆以堯咧嘴笑了笑，嘴裡呵出一團白霧。

顧川道：「可以走了，穆以堯先坐上去。」

穆以堯也不需要別人幫忙，小身板靈活地上去了，坐在馬車裡左看看又看看，很好奇。不過他懂事地不亂碰裡面的東西，老老實實坐在側邊，屁股只有一半在墊子上，生怕自己占地方。

蘇箏落在後面，見穆以堯鑽進去了，她湊近顧川說：「不是我要睡覺，是你兒子喜歡睡。」

顧川低頭看著蘇箏精緻的眉眼，目光落到她的肚子上，因為冬天衣服穿太厚，肚子不是那麼明顯了。

他伸手摸了摸她的肚子，心裡默唸：孩子，委屈你了，總是幫你娘背鍋，答應爹，你千萬別學你娘這點。

顧川扶著蘇箏坐上馬車。

蘇箏讓穆以堯往中間坐一點，馬車空間大，坐下兩人綽綽有餘。

「堯堯，你冷不冷？」

穆以堯搖頭。「不冷。」

馬車裡很暖和，一點也不透風。

穆以堯看向蘇箏的肚子。「弟弟什麼時候會出來？」

「夏天，天氣熱時他就出來了。」

穆以堯心想：原來弟弟怕冷，喜歡夏天。

平時蘇箏坐車很容易想睡，今天和穆以堯聊天，也不覺得無聊，感覺很快就到鎮上了。

穆以堯倒是很興奮，偶爾他有機會來鎮上能坐村裡的驢車，但驢車很慢，而且去時要趕早，這還是第一次這麼快就到了。

蘇箏把簾子掀開一條縫，往外看了一眼，大概是年關將至，街上人很多，鬧哄哄的，小販的吆喝聲聽著也比往日熱情一點。

顧川扭頭說：「韓先生託我替他兒子送點菜，先去送菜再回來逛？」

蘇箏指著不遠處。「你先去買幾個肉包子再去送菜。」

顧川依言買了幾個，然後趕著馬車去韓秀才兒子家。

蘇箏和穆以堯一人分了兩個包子。

蘇箏笑咪咪，把穆以堯的拒絕都堵回去。「不能不要喔，不然我會不高興的。」

穆以堯接過熱氣騰騰的肉包子，摸了摸懷裡的銅板，出門前爺爺給他錢，他掏出四個銅板遞給蘇箏。

蘇箏看著他小手心躺著的四個銅板，說：「堯堯，你可能不知道，其實你的顧先生非常有錢，所以你不要在意這點小錢。我們對你好是因為有緣，因為喜歡你，如果你真的介意，就等你長大了再還給我們。」

「謝謝師母，我長大了加倍還給妳。」穆以堯慎重點頭。

顧先生幫他出的私塾費用，他都記著呢！

蘇箏沒當回事，笑嘻嘻催促他快吃包子。

穆以堯這麼乖，她樂意為他花錢，殊不知數年以後，穆以堯當真履行他七歲時的諾言。

蘇箏咬了一口肉包子，皮薄肉多，店家是個實在人，不過裡面太油了，雖然好吃，她也只吃了一個就吃不下。

穆以堯吃完了一個，拿著剩下的包子猶猶豫豫地問：「師母，這個我可以帶回去嗎？」

他想帶給爺爺嚐嚐。

「給你就是你的了，當然可以。」

兩人正說著話，顧川就回來了，他找了家客棧停車，給了小二費用後，帶著兩人去逛。

蘇箏把手裡的包子遞給顧川。「給你吃。」

這麼愛吃的人竟然會留一個包子給他？

原本顧川受寵若驚地接下，然而，吃了一口後，他就明白了，略微激動的心情也平靜了。包子餡肥肉太多，蘇箏不喜歡。

很快，蘇箏的目光瞄準路邊的烤紅薯。

蘇箏過去買了兩個，顧川跟在後面付錢，一大一小，一人分了一個。

紅薯很燙，蘇箏握在手裡，隔著袖子暖手。

「還有別的想吃的嗎？一起買完。」

顧川本打算去買肉，哪知蘇箏搖頭。

「我不去，我在這裡等你。」

那裡都是賣肉、賣魚的，味道有點重。

看著前面的人山人海，顧川點頭。「也行，你們別亂跑，在這裡等我回來。」

顧川前腳剛走，便傳來一道女子的聲音。「蘇箏？」

蘇箏一回頭就看見身邊跟著兩個丫鬟、一身珠光寶氣的江寶珠。

嗯，從小就人如其名，一身珠光寶氣。

蘇箏看著她滿頭的頭飾想，不知道她走起路來，頭重不重？

穆以堯拉她衣角。「師母，妳認識她嗎？」

「認識，她算是師母的朋友。」蘇箏點點頭，不想讓穆以堯小小年紀就明白人與人之間的複雜，善意地撒了個小謊。

下一刻，江寶珠無情拆穿她，冷笑說：「我和她才不是朋友呢！」

江家和蘇家生意上是競爭對手，她和蘇箏更是從小爭到大，氣人的是她從來沒爭贏過！本來她知道蘇箏要嫁到鄉下時可高興瘋了，以為終於可以壓她一頭。結果看到她相公，她就知道又輸了，她上哪兒去找一個這麼好看的男子比過蘇箏？

穆以堯看看這個，看看那個，疑惑了。

蘇箏摸摸穆以堯的腦袋，問江寶珠。「妳叫我幹麼？」

江寶珠也不知道叫她幹麼，看見她時下意識就叫了。

「哼，發現妳在鄉下變黑了，善意過來提醒妳一下。」江寶珠這話完全是信口雌黃，沒話找話，因眼前的蘇箏待在鄉下不但沒變醜，皮膚晶瑩剔透，比以前還要白嫩幾分。

蘇箏鬥嘴就沒輸過，這下也不握住溫暖的紅薯，挺直身體，頗有氣勢地說：「當然沒有妳白，妳都像夜明珠一樣白！」

江寶珠反問道：「白和夜明珠有什麼關係？」

蘇箏理所當然地說：「夜明珠會發光啊，妳白得也發光。」

渾身珠寶，能不發光嗎？

「妳……」江寶珠直覺這不像是好話，想繼續反駁蘇箏，奈何一時想不到言詞，甩甩滿頭珠釵，怒氣沖沖地走了。

全程圍觀的穆以堯仔細想了想，兩眼放光地看向蘇箏。「師母，妳說得對！」

雖然他沒見過什麼是夜明珠，但師母說得有道理，有時候他也覺得師母會發光。

蘇箏剛想說話，顧川就揹著背簍回來了，她把手上已經涼的紅薯扔進背簍裡，回家熱一熱，然後給顧川吃，她捂著嘴偷笑，一時忘了要和穆以堯說話。

顧川瞥了她一眼，默認了她的舉動，帶著一大一小回去。

晚上蘇箏鑽進被窩裡很開心，曬過的被子蓬鬆柔軟，躺上去很舒服，而且被窩也早被顧川焐熱了。她把腿蹺到顧川身上取暖。

顧川道：「腳怎地這麼冰？下次別在床下這麼磨嘰了。」

蘇箏不吭聲，她是存心磨嘰的，這樣她上床時被窩就是暖乎乎的。

顧川身上暖，她喜歡貼著顧川睡，今晚也不例外，整個人緊緊靠著顧川，縮在他懷裡。

顧川低頭問她。「聽到沒？」

蘇箏埋在顧川懷裡不想回答，察覺到顧川要把她扒拉出去，連忙點頭。「聽到了、聽到了。」

顧川這才作罷，任由她在他身上取暖。他大手習慣性覆蓋在她已經圓鼓鼓的小腹上，屋內昏黃的光線映在他柔和的眉目上，他跟她商量。「年後把落雪接過來照顧妳？」

肚子漸漸大了，放她一個人在家，顧川真不太放心。

蘇箏抱緊顧川。「不太想。」

顧川挑眉。「不喜歡她？那重新找個人過來。」

蘇箏搖頭。「不是，我不想別人過來。」

她的髮絲鑽進顧川的衣領裡，有點癢，顧川稍微拉開兩人的距離。

顧川不解。「為什麼？」

蘇箏小聲說：「落雪來了，你是不是就不會對我這麼好了？」

她喜歡顧川對她的照顧。

顧川簡直敗給她的大腦了。「妳的想法非常奇特，這小半年白伺候妳了，妳在心裡這樣想我？」

蘇箏聽出他的意思，把腦袋湊近了些，高興地說：「那就是你不會變嘍，那就讓落雪過來。」

顧川不再回應她這種傻乎乎的問題，滅了油燈，掖好被子閉眼睡覺。

蘇箏沒睡，過了一會兒她拍了拍顧川。

顧川閉著眼握住她作亂的手，言簡意賅。「說。」

蘇箏難得扭捏。「你是不是因為孩子才對我好？」

她剛剛想了想，顧川是在她懷孕後才對她這麼好的！

顧川不否認。「算是吧。」

若是蘇箏沒懷孕，雖然也會對她好，但不會這麼縱著她，洗碗、收拾房間這些力所能及的小事，他會讓蘇箏做。

「我就知道！」蘇箏翻個身不理顧川了，也不黏在他身上了。

顧川把她拉回來。「妳知道什麼？」

蘇箏生氣地說：「你是因為兒子才對我好，你根本就不喜歡我，沒有兒子，你早就跟我和離了。」

當初顧川是被她纏得煩了才娶她，和離書也送得毫不猶豫，他就是不喜歡她！

這樣一想，蘇箏還挺傷心的，她是這麼喜歡他。

顧川心道：當初和離還不是某人逼著我參加考試，天天找我吵架？

和蘇箏沒辦法講道理，顧川反問她。「那妳呢？妳是喜歡兒子還是更喜歡我？」

這個問題讓蘇箏一時語塞，她喜歡顧川，也喜歡兒子。

「妳也答不上來。」顧川拍了拍她。「趕緊睡，別整天瞎想。」

「喔。」蘇箏重新躺好，正打算睡，肚子突然被踢了一腳。

兒子在跟她打招呼！

和她的興奮相比，顧川有些僵硬，他的手放在蘇箏的小腹上，自然也感受到剛剛的動靜，他難得愣住，問蘇箏。「是孩子動了？」

蘇箏摸摸肚子。「兒子在跟我們打招呼！」很快，她想起來什麼，緊張地摸著肚子說：「兒子，你是不是聽到爹娘的對話了？放心，爹娘都很喜歡你，你就是我們的小寶貝。」

顧川被她的語氣逗笑了，他看過相關的書，反應過來就懂了，只是第一次親手感受到，覺得很神奇。

於是夫妻倆也不睡覺了，緊張兮兮地等兒子再動一動。然而不知道孩子是不是睡著了，剛才只是在抗議爹娘太吵，動過那一下之後就不動了。

等了一會兒，蘇箏睏了，打了個呵欠。「睡覺吧。」

「嗯。」

蘇箏徹底陷入夢鄉前，嘴裡咕噥。「雖然兒子是小寶貝，但我也是寶貝！大寶貝！」

顧川輕笑，順著她說：「是是是，妳是大寶貝！」

第十章

年前的雪悄無聲息降臨了，到處白茫茫，四周一片寂靜。

蘇箏懶洋洋地被拉起來吃早飯，手裡抱著湯婆子。

吃完飯，蘇箏不打算睡覺，興奮地和顧川說：「我們一起堆雪人吧！」

顧川一直不喜歡蘇箏總是睡覺，遂點點頭。「可以。」只是，他懷疑地看向蘇箏。「妳會？」

蘇箏挺起胸口，不服氣地說：「我怎麼可能不會？我們這裡每年都下雪，我經常堆雪人。」

半個時辰後，顧川看著兩個不算圓的球沈默，下面一大攤雪，上面一小攤雪，兩個不規則的玩意兒，拼成了一個「雪人」。

蘇箏滾雪球累得都冒汗了，被顧川的神情刺激到，她指著雪人說：「你看，這是身子，這是頭，這不就是雪人嗎？」

顧川面無表情。「哦，是。」

妳說是就是。

蘇箏扠腰。「那你堆一個給我看看。」

顧川正打算堆個真正的雪人給蘇箏看時，穆以堯過來了。

穆以堯提著竹筐，站在門口笑，露出一顆小虎牙。「先生，師母，爺爺讓我送點紅薯給你們。」

顧川招手讓他過來。

蘇箏道：「你們家紅薯夠吃嗎？」

穆以堯回道：「夠的，爺爺種了很多。」

以前冬天他們家紅薯吃不完，爺爺會託村長幫他帶到鎮上賣，不過紅薯不值錢，而且鄉下戶戶都有，很多人拿去賣，賣不了幾個銅板。顧先生幫他們祖孫倆很多，爺爺說今年的紅薯就不賣了。

顧川看了一眼竹筐，村裡人確實家家戶戶都種紅薯，想到蘇箏愛吃紅薯，就收下了，等下給穆以堯一塊臘肉讓他帶回去。

穆以堯無法忽視眼前的一堆雪，猶豫地問蘇箏。「師母，這是雪人嗎？」

在蘇箏點頭時，穆以堯表情很難以置信。

蘇箏趕緊甩鍋，指著顧川。「這是你先生堆的！」

顧川無語。

穆以堯內心經歷了一番掙扎，艱難地開口說：「其實仔細看看，好像還挺特別的。」

蘇箏無言。

日子一天天過得飛快，在蘇箏懷孕滿五個月時，新年即將到來。

過年前一天，顧川就在準備明天的菜，蘇箏背著手站著，像小尾巴一樣跟在他屁股後面。

顧川轉身時差點又撞到她，忍無可忍把她拉到小交杌上坐著，並告訴她。「妳老實點。」

蘇箏一臉委屈。「我這不是想和兒子離你近一點嘛。」

可惜顧川早就看穿她，見她扮可憐也不心軟，冷著臉說：「我看妳就是閒。」

被訓了，蘇箏噘著嘴不理顧川了。

過沒一會兒，看著擺在桌上的食材，蘇箏舔著嘴唇，又眨著亮晶晶的眼睛主動找顧川說話。「我們晚上包餃子吧！」

包白菜豬肉餡的，好吃！

顧川有些為難，包餃子是個精細活兒，很麻煩，而且他不知道能不能包得好，但是他看看兩眼冒光的蘇箏，還是說：「好。」

兩人正說著話，大門被叩了兩聲。

「顧先生在家嗎？」

「在的，村長。」

顧川請他進來坐，給他倒了碗熱茶。

村長是個六十歲左右的老頭，個頭不高，人也瘦，但是瞧著很有精神。他擺擺手，示意顧川不用麻煩，開口說明來意。「顧先生，我就不跟你兜圈子，直接說了，村裡沒幾個識字的，以往的對聯都是韓老先生一個人寫。韓老先生年紀大了，精力有限，你看，今年能不能麻煩你和韓老先生一起寫？放心，耽誤不了多少時間。」

顧川應下。「可以，什麼時候寫？」

沒想到顧川這麼快就答應了，村長激動道：「等會兒就可以，就在韓老先生家。」想想他補了一句。「顧先生，村裡人是兩個雞蛋換一副對聯，也有拿別的東西交換，或者，你有沒有什麼需要的菜？我提前跟他們說。」

言下之意，就是很少有給錢的。

顧川淺笑。「我都可以，你們看著給就行。」

其實他也可以不要，但是怕壞了村裡的規矩，給一些人養成不勞而獲的習慣就不好了。

「欸，好！我這就去安排，你直接來韓老先生家就好。」村長高高興興走了。

村長走後，顧川喚來蘇箏。「妳要和我一起過去，還是在家等我？」

蘇箏毫不猶豫地說：「我跟你一起過去！」

顧川推她去臥室。「換件厚一點的衣服。」

兩人到韓家時，院子裡已經有不少人了，大人小孩都有，五、六個媳婦聊著天，小孩子幾乎都圍在堂屋，韓夫人特意放了糖和瓜子，一群小孩子都圍著她轉。

有人喊了聲。「顧先生來了。」

人群讓出一條道給顧川。

顧川把蘇箏帶到竇東娘那兒，示意她跟著竇東娘，然後他走到韓秀才身邊。

竇東娘笑了笑，拉過蘇箏，免得她被人衝撞，揶揄蘇箏。「瞧顧先生緊張的，平日裡冷著一張臉，真看不出來這麼疼媳婦。」

蘇箏被打趣也不害臊，笑咪咪的。

顧川當然要疼她了！

旁邊不知是誰家的媳婦兒問了一句。「幾個月了啊？」

蘇箏摸肚子，脆生生地答道：「五個月了。」

周圍有兩個嫁進來沒多久的小媳婦，看著蘇箏的肚子露出羨慕的眼神。

蘇箏雄赳赳、氣昂昂地給她們看，一臉驕傲。

不遠處執筆的顧川抽空看了蘇箏一眼，他長得高，視線能輕易穿過人群看見蘇箏，見她跟小孔雀似的站在人群中，不由笑了笑。

竇東娘仔細看了看蘇箏的肚子。「妳這胎應該是兒子，我懷我家那小子時肚子也是這樣尖尖的。」

蘇箏非常贊同地點頭。「我也覺得是。」

兩個小媳婦看向蘇箏的眼神更羨慕了，誰不想一舉得男，在婆家站穩位置？

其中一人猶豫地開口。「閒暇時我能去妳家坐坐嗎？」

她想去沾沾喜氣，嫁過來快三個月了她還沒懷上，婆婆嘴上不說，心裡肯定念叨。

蘇箏回道：「當然可以啊。」

一個開口了，另一個開口就容易多了，兩人約好有空一起過去。她們聽婆婆說過顧先生的媳婦是鎮上有名的富商之女，本以為不好相處，今日一見，人並沒有她們想像中高傲。

穆以堯不知從哪兒鑽過來了，朝蘇箏攤開掌心。「師母，吃糖。」

小小的掌心躺著兩小塊麥芽糖。

蘇箏捏了一塊放進嘴裡。「謝謝堯堯。」

穆以堯抿嘴笑笑，這些糖是韓夫人給他的。

「堯堯，我們去先生那裡？」蘇箏指指顧川。

她大半天才想起來看看顧川，結果這一看不得了。明明她男人寫字的樣子很好看，怎麼這群熊孩子都圍在韓秀才身邊？尤其是竇東，那大個子占據了一大塊位置，相比之下，顧川身邊除了需要對聯的大人就沒別人了，顯得空落落的。

穆以堯聞言有一點猶豫，但他看著師母的眼神，總覺得如果他不答應，後果會很嚴重。於是他違背內心點點頭，比起顧先生，他更想去看韓先生寫字，因為他的好朋友竇東已經幫他占好位置了。

蘇箏牽著穆以堯走過去，兩人站在顧川的左手邊，探頭看顧川寫字。

穆以堯看著顧川的字，不禁想自己一定要很努力，成為像先生一樣優秀的人，然後孝敬爺爺和師母。

蘇箏就一個想法：挺好看的，她替兒子多看看。

竇東悄悄給穆以堯使眼色，示意他過來，穆以堯搖搖頭，用嘴形告訴他不去了。叫了幾次穆以堯都不過來，竇東氣得跳腳，白占地方了。

蘇箏沒注意到兩個小朋友的眉來眼去，探頭專心看顧川寫字，腦袋不自覺越湊越近。空隙間，顧川看了她一眼，偏生這人不自覺，壓根兒沒理解到顧川的意思。

顧川只好道：「穆以堯，你站前面來，看得清楚一點。」

穆以堯乖乖應了一聲，剛好隔開了蘇箏。

蘇箏看不清了，於是她走到顧川右手邊看。

顧川心想，還不如站他左手邊呢。

他忍耐著寫完了。

村民有給大白菜的，有給雞蛋的，還有紅薯的，總之東西五花八門。韓夫人把顧川的那份裝起來，等會兒直接提回去。

兩位先生都寫完了，竇東氣呼呼去找穆以堯。「你剛剛為什麼不過來？位置我都找好了。」

他把穆以堯當兄弟才幫他占位置的！

穆以堯溫聲說：「對不起，給你糖吃。」

竇東看看麥芽糖，放在嘴裡化著，甜甜的。

嗯，他覺得穆以堯很勇敢，大家都不敢圍在顧先生身邊！他敢，而這麼勇敢的人是他好兄弟！

等村民都走了，顧川提著竹籃向韓秀才告辭。

「韓老先生，我也先回去了，竹籃稍後給您送過來。」

韓秀才道：「這個不急，家裡好幾個呢，什麼時候送都行。」

下午，顧川開始包餃子，蘇箏在一旁看著來了興致，挽起袖子自告奮勇要幫顧川擀餃子皮。

顧川對此抱持懷疑的態度，但見她興致高昂，也不想潑她冷水，勉為其難地把擀麵棍給她。

蘇箏果然沒辜負顧川的期待，興高采烈地擀出一塊……橢圓形，挺長的一塊橢圓形。

她看看顧川擀的圓形，再看看自己的，整個傻眼了。

顧川被她的表情逗笑了，莫名看懂她的想法，他垂眼，遮住眼底的笑意，一臉平靜地說：「這個，大概是需要天賦。」

顧川沒擀過餃子皮，試擀了幾個後就找到手感了。

蘇箏不信邪，氣勢洶洶開始擀第二個，然後是第三個，第四個……

最後她怒氣沖沖地扔了擀麵棍。

顧川估計蘇箏要生氣了，趕緊順毛。「可能這個擀麵棍不適合妳。」

蘇箏憤然。「對！這個擀麵棍一點都不好用！」

顧川沈默地擀出圓形的餃子皮，每一片厚薄度都差不多。

蘇箏被引起鬥志，央求著顧川教她包餃子。

顧川教了她半天，她終於包出一個軟趴趴的餃子，放在一排漂亮的餃子中顯得格格不入。

但是蘇箏很高興，得意洋洋地說自己會了，顧川看了一眼，勉強點頭應付她。

醜就醜吧！左右就他們兩人吃，他不是那麼在意外在。

蘇箏雖然包得慢，但是她一直想要動手做，最後她數一數，發現自己包了二十多個，開心地說：「我包的餃子我要自己吃！」

顧川點頭。「可以。」

雖然是一鍋煮熟，但是醜的都是蘇箏包的，很好辨認。

蘇箏坐在小交杌上，看著顧川燒火煮餃子，然後她眼睛轉了轉，搬著小交杌坐到顧川旁邊，輕輕摸了一下他的耳朵。她手上有殘留的麵粉沾到他耳朵上，見他毫無反應地繼續燒火，她偷偷笑了笑。

她手涼，就這麼摸過來，他怎會不知道？

顧川略一側頭看到她手上的麵粉，就猜到她剛剛在做什麼，見她笑得像隻偷腥的貓一樣，他微微一笑，隨她去了。

灶裡燒著火，火苗竄上來照得人的臉也紅紅的，比別的地方暖和，蘇箏乾脆坐在這裡不走了，兩人並排坐著，等水燒開煮餃子。

餃子煮好了，蘇箏樂呵呵地洗好手，捧著碗等顧川盛。

只是，等撲面而來的熱氣散了點後，顧川和蘇箏看到一鍋餃子皮和肉湯，兩人齊齊傻眼。

顧川用勺子攪了兩下，確定破皮的餃子都是蘇箏包的。

這餃子怎地這麼不爭氣！

蘇箏又氣又惱，瞪了顧川一眼。「看什麼看，我就喜歡吃分開的餃子！一口皮一口餡，不行嗎？」

是嗎？看表情不太像。

於是，顧川把鍋裡沒破的餃子盛到蘇箏碗裡。

蘇箏笑咪咪地端走了。

等她心滿意足吃了幾個餃子後，看向顧川那一碗亂七八糟的餃子皮，終於良心發現。

「你嚐嚐我這碗吧。」

顧川還沒來得及拒絕，蘇箏端碗撥了一個完整的餃子給他，然後從他碗裡撈了一個餃子。

破皮的餃子吃起來水水的，沒什麼味道。

顧川因為她的舉動笑了。「仔細品嚐，破皮的餃子味道好像也不錯。」

最後的結果是兩人都吃撐了。

蘇箏捧著肚子在房間裡一圈圈地走，直到感覺不那麼撐了才坐下。

顧川打來熱水泡腳，蘇箏嫌水燙，白嫩的小腳浮在水面上，不肯放進水裡，瞥了一眼旁邊的大腳，壞心眼地把它按進水裡。

顧川猝不及防，只能無奈地看向笑倒在他身上的蘇箏。

蘇箏摟著顧川的胳膊，小腳踩在他的大腳上玩，不肯安安分分地泡腳。

顧川把她的腳踩到水裡。

蘇箏短促地叫了一聲，然後發現水並沒想像中燙，腳泡在裡面還挺舒服的，就不反抗了。

顧川把擦腳布遞給她，等她擦乾了，催她上床睡覺。

蘇箏道：「我要梳一遍頭髮再睡。」

「明天再梳。」顧川無視蘇箏的反抗，把她塞進被窩裡，穿鞋去倒洗腳水。

蘇箏以為會是冰冷的被窩，結果觸到一個湯婆子，開心地抱在懷裡。

顧川上床時帶著涼意，她沒像平時一樣第一時間偎過去，等顧川身體熱了才湊過去。

雖然她下午包的餃子不太好，但也是忙活一場，她躺在溫暖的懷裡沒多久就睡著了，再醒來時已是半夜。

蘇箏也不想醒，但被尿意憋醒了，晚上她喝了不少餃子湯。

等她披上衣服哆哆嗦嗦帶著一身寒意躺回被窩時，發現她好像不是那麼睏了。

蘇箏閉著眼醞釀睡意，強迫自己睡覺，半夢半醒間，她好像聽到桌子附近有動靜，咯吱咯吱的聲音。

蘇箏不由得摟緊了顧川。

聲音並沒有消失。

蘇箏推了推顧川。

顧川被她推醒，啞著聲音問她。「怎麼了？」

蘇箏小聲說：「有動靜。」

然而，兩人一說話，動靜就沒了。

顧川忍住睏意等了一會兒，咯吱咯吱的聲音又響起，他說：「老鼠而已。」

蘇箏嚇得瞪圓眼睛，那點可憐的睡意一下子就沒了。她見過一次老鼠，長得挺醜的，跑得又快。

她扯著顧川手臂。「你把牠趕走！」

顧川拍拍她。「沒事，明天收拾一下就好了，先睡吧。」

蘇箏差點跳起來。「不行！你快把牠趕走！」

萬一老鼠跑到床上，萬一咬了她一口呢？想想就可怕。

「還不是妳那些吃的到處亂放，所以才引來老鼠。」

蘇箏那些拆了沒吃完的糕點、瓜子、核桃、糖果等等東西全都亂放，唸了她好幾次，屢勸不改。

蘇箏是真的怕老鼠，此刻軟聲乖巧地說：「我下次再也不亂扔東西了，真的。」

知道今晚老鼠不走，他是沒法好好睡覺了。顧川起身點亮油燈，在老鼠逃走的瞬間隨手拿個東西砸中牠。

砸中老鼠，顧川在心底嘆了一口氣，他從小跟著師父習武，從沒想過有一天會用在老鼠身上。

蘇箏早在顧川點燈時就把自己蒙進被窩，聽到動靜也不敢探出頭，問顧川。「老鼠跑了嗎？」

顧川應了聲。「嗯。」

蘇箏這才放心地鑽出被子，捧著顧川的臉親了一口，眼睛亮晶晶，誇讚道：「你真厲害。」

顧川挑起眉毛，對於她的主動還是挺享受的，也不介意剛剛打老鼠了。

直到蘇箏轉頭，發現躺在地上的老鼠。

蘇箏嚇了一跳，氣得狠狠地捶了顧川一拳。「你不是說牠跑了嗎？」

死了和跑了，也沒什麼區別吧，不是差不多嗎？牠不是不會再叫了嗎？

蘇箏吼道：「趕緊把牠的屍體扔了！」

第十一章

夜裡沒睡好，早上又強行被拉起來的蘇箏，此刻睏倦地坐在床邊，一雙漂亮的桃花眼也沒了平日的狡黠，耷拉著眼皮，看起來無精打采。

早飯，顧川煮了昨天包好的餃子，當然，今天沒有破皮的餃子。

吃完飯，蘇箏的睏意才退去一點。

顧川把家裡整理收拾了一番，尤其是蘇箏的零食，一樣樣整齊地擺放好。

蘇箏對於昨夜的老鼠心有餘悸，現在也不偷懶，把梳妝檯打掃得乾乾淨淨。

一切都弄好了，顧川塞了本書讓蘇箏看。「妳沒事就看看書，我去洗菜。」

蘇箏從窗戶看見顧川提著桶子出門挑水了，便一把扔了手裡的書，抱著暖乎乎的湯婆子焐手。

她本來就沒睡醒，一看書豈不是更睏？

不過她見顧川挑水回來了，立馬又裝模作樣坐在桌邊看書。她也不是特別懂自己現在為什麼這麼聽話，大概是不想孩子他爹生氣吧？

她點點頭，覺得自己找到了理由，在兒子面前吵架不好，會影響兒子的心理健康！

唉，當一個事事都為兒子著想的娘好難。

顧川是不知道蘇箏一個人內心也能這麼多戲，他給她書只是單純怕她無聊，至於看不看，他倒是不強求，他已經看透蘇箏的本質。

顧川不怎麼怕冷，剛打來的井水也不是很涼，他把菜洗好後，將肉放在盤子裡，中午直接炒就可以了。

進屋時，顧川略驚訝地挑眉，蘇箏還在看書。冬日的暖陽從窗外照進來，平添幾分靜謐美好，放在書紙上的手指白皙如玉、纖細漂亮，從顧川的角度看過去，剛好是她的側臉和紅潤的唇。

不過，美好的畫面在蘇箏說話的那一刻終止。

蘇箏覺得表面工夫做足了，不甚溫柔地合上書，對顧川說：「洗好菜了？」

「嗯。」顧川覺得還是看眉飛色舞的蘇箏習慣一點，微微揚著頭說話，烏黑的眼睛總是水潤潤的，一副驕傲又矜持的模樣。

蘇箏一低頭，見顧川的手被水冰得發紅，就把湯婆子遞過去。「給你暖手。」

顧川愣了愣，心裡一暖，隨即勾著嘴角笑了笑，把湯婆子推過去。「我不怕冷，妳自己用。」然後他拿起放在桌上的書問蘇箏。「妳剛剛看到哪兒了？」

蘇箏一愣，心想早知道他會問，她就注意一下是哪一篇了。

顧川瞬間懂了，剛才她就是做做樣子而已。

他攬著蘇箏，兩人一起坐在椅子上，翻開書一起看。

蘇箏坐在顧川腿上故作認真地看了一會兒，實則半點都沒看進去，她不自在地動了動，問顧川。「重不重？」

她還是有自知之明，自己比以前胖了不少。

顧川認真感受一下腿上的重量，開口道：「有一點。」

知道自己胖是一回事，自己男人說胖又是一回事，蘇箏當下就不開心了，挪動臀部就要下去。

顧川摟住她的腰。「妳要是一點都沒胖，我還得擔心呢！胖了好，胖了說明你們母子健康。」

蘇箏依然不太開心，氣嘟嘟地說：「等兒子生下來了，我一定會瘦的！」

顧川沒把她這話放在心上，好笑地捏了捏她的臉，長了點肉的臉其實還挺好捏的。

中午，蘇箏吃得飽飽的，搬張椅子坐在外面曬太陽，曬得整個人昏昏欲睡。

下午，顧川問蘇箏。「妳還想包餃子嗎？」

蘇箏猛搖頭，她不想再吃散開的餃子了。

其實過年時，村裡殷實點的人家會炸些丸子、做些麵食類的吃食，但是顧川不會做，蘇箏就更不用說了，兩人只能包餃子意思一下。

晚飯後，小村比較熱鬧，往常村裡人為了省錢，天黑就上床睡覺了，今夜家家亮著橘色燈火，偶爾能聽到幾聲孩童興奮的說話聲，讓這個黑夜格外熱鬧。

蘇箏和顧川坐在堂屋，桌上擺著瓜子、糖果。

顧川坐姿依然筆直，蘇箏早就睏了，這會兒在椅子上癱著，強迫自己睜眼。

顧川看她一眼，笑了。「睏了就回屋睡覺吧。」

蘇箏道：「不行！這是我們在一起過的第一個年，一定要守年夜！」

勸不動她，顧川就陪她，一邊注意她的動靜。果然，過沒半個時辰，蘇箏的腦袋開始一頓一頓，身子也要往一邊歪去。

顧川眼疾手快扶住她，把她抱到床上，然後替她除了外衣，脫了鞋子，把人塞進被子裡。最後他打來一盆溫水，把帕子浸濕，動作溫柔地替她擦臉。

顧川盯著蘇箏安穩的睡顏，懷疑此人是不是故意的，藉此讓他幫她洗臉，畢竟之前她犯懶時，曾經央著他幫她洗臉，只是都沒得逞而已。

大年初二，村裡人開始穿街走巷拜訪，最熱鬧的莫過於村長家、韓秀才家和顧川家。

私塾裡的孩子，有的跟著母親一起來，有的則是自己過來，手裡或多或少都提著東西，不過顧川一樣沒收，讓他們都帶回去。

因為知道這些小孩子今天要過來，蘇箏把家裡的零食都擺在桌上給孩子們吃。

顧川則給這些小孩每人準備一個小紅包，裡面錢也不多，就幾個銅板，但也夠這些孩子高興了，他們規規矩矩向先生和師母行禮，一個個拿著紅包。

有的孩子們拜完年就跟著母親去下一家繼續拜年，幾個自己過來的小孩乾脆就賴在顧川家不走了。

雖然顧先生總是板著臉，但是孩子們敏銳地發現今天的顧先生沒有往日嚇人，而且這裡還有笑起來很好看的師母。

懷裡揣著熱呼呼的紅包，嘴裡吃著甜甜的糖，一個個喊著師母的聲音脆生生，直把蘇箏喊得暈乎乎，高興地陪他們一起玩。

顧川心想，大概自己對這群孩子太寬容了。

初五，顧川陪蘇箏回了一趟蘇家，這次落雪也一起跟過來了。

落雪終於可以和小姐在一起，從坐進車廂開始就嘰嘰喳喳說個不停，內容基本上是各路八卦。

蘇箏聽了時不時點頭，一臉入迷。

在外面趕車被迫聽了一耳朵八卦的顧川無語，一時不知道讓落雪陪蘇箏這個決定好不好，他本來覺得有人陪伴，蘇箏應該會比較開心，現在他卻有點擔心自己的耳朵。

家裡有兩間空房沒人住，一間打算留給孩子住，另外一間放了點雜物，正好收拾出來給落雪住。

落雪性子活潑，來大陽村沒幾天就和村裡人混熟了，蘇箏更是被她照顧得面面俱到。

這天，落雪從外面進來。「小姐，村頭賣豆腐的竇大姊邀我一起去地裡挖野菜。」春天來了，地裡有很多野菜，煸炒或水煮來吃，味道都不錯。

蘇箏的眼裡露出嚮往，她也想去。

顧川捲起書敲了一下她的腦袋，對落雪說：「妳去吧！」

「好！」落雪應了聲，興高采烈地提著籃子出去了。

蘇箏捂著腦袋，頗感委屈，她不想坐在這裡陪他看書……

顧川嘆氣，目光溫柔地落在蘇箏高高隆起的肚子上。「妳已經六個多月了，不適合跟她一起去挖野菜。」

蹲下都費勁，還去地裡湊啥熱鬧？萬一腳沒踩穩，人摔倒了怎麼辦？

蘇箏也明白這個道理，她只是不想看書而已，這會兒膩在顧川懷裡不起來，手指揪著他胸前的衣服。

顧川被蘇箏搞得也看不下去，索性放下書陪她說話，蘇箏說話他聽著，需要時他配合一下蘇箏。

過了一會兒，蘇箏突然直起身子問他，語氣認真。「你當時娶我是不是特別不樂意？」

顧川回想一下，好像也沒有很抗拒，他那時覺得這個姑娘傻乎乎，執著得可愛，和這樣一個心思簡單的人生活一輩子，應該也不錯吧！

雖然那個讓他心軟的雨天是套路，不過她淋的雨是真的。

顧川笑了笑逗她。「架不住妳胡攪蠻纏，追『夫』十八計。」
蘇箏沒笑，眉頭輕皺說：「可是，你那麼輕易就給出了和離書……」
上輩子的和離書，她直到死都沒釋懷。
顧川聽出她語氣不對，低頭看她。
「沒有很輕易，我想了很久才決定的，我喜歡簡單的生活，如果我們想法不同，與其日後成為一對怨偶，倒不如趁早分開。」
蘇箏想了想，假設她不知道上一世發生過的事情，她確實會繼續逼著顧川參加考試，因為越是了解顧川，就越會發現他的好，待在鄉野山村就此埋沒未免太過可惜，然後兩人又會是無止境的爭吵。
當然，爭吵的是她，顧川一般喜歡採取冷戰。
「那，如果我沒有懷孕，接下和離書呢？」
顧川說：「那我會離開這裡，去一個沒人認識我的地方重新開始。」
蘇箏啞然，上輩子確實是這樣，她發現自己懷孕後，再也找不到顧川。
她用力捶了他一下。「以後也不准離開！我們吵架了也不能離開！」
蘇箏力氣不大，捶兩下並不疼，顧川也不反抗，任由她捶了幾下，雖然他覺得蘇箏這個「也」字用得不對。
等蘇箏不捶了，他說：「不會吵架了，也不會離開。」

以前他不清楚自己的心意，現在明白自己喜歡蘇箏，哪裡還捨得離開？更何況她還懷著孕。或許，他很早就喜歡她了，只是他沒意識到而已。

蘇箏想起上輩子，眼圈有點紅，仰著頭說：「也不准跟我冷戰！」

「好。」

想了想，蘇箏說：「不僅不能冷戰，還得哄我！」

「好。」

「還有別的，不過我暫時還沒想到，等我想到再說，你都得說好！」

顧川看著蘇箏微紅的眼圈，還是答應。「好。」

雖然他不知道蘇箏剛剛為什麼不高興，不過李大夫說了，孕婦心思敏感情緒易變，他順著就行了。

蘇箏這才開心一點。

顧川吻了一下她的臉，學著蘇箏叫他的稱呼，說道：「走吧！孩子娘，帶妳出去轉轉。」

蘇箏沒動，指了指她的嘴，盯著顧川看。「再親一口。」

顧川輕笑一聲，抱著蘇箏坐在他腿上，低著頭慢慢湊近……

可能是因為愛吃糖，蘇箏的唇甜甜的，顧川細細舔了幾下，輕微的水聲在臥室中響起。

最後蘇箏被放開時，臉是紅的，嘴巴也是紅的。

川。

她有點懊惱，以前兩人在一起時也是這樣，先挑起事的是她，最後勾著人不放的卻是顧川。

顧川的唇色比往日豔了許多，此刻略勾著唇問蘇箏。「還要不要去走走？」

蘇箏看了一眼顧川的唇又移開目光，鬱悶地說：「不去。」

嘴巴這個樣子怎麼好出門？而且……她還有點腿軟。

最後顧川只好牽著蘇箏在院子裡散步。

蘇箏看著只養了一匹馬的院子說：「我們在院子裡種果樹吧！桃樹可以，桃花好看，桃子又好吃，石榴樹、柿子樹、李子樹、杏子樹、棗子樹、梨樹這些也都可以。」

她停頓了一下，一口氣說這麼多樹，把自己說得想吃了。

蘇箏篤定道：「兒子肯定也喜歡吃。」

顧川陪著她在院子裡轉圈。「妳說的這些，我可能要去找村長買地。」

在蘇箏疑惑的眼神下，他悠悠地說：「不然種不下。」

「我又沒說都種。」

顧川語氣驚訝。「是嗎？我瞧妳說的，孩子應該都挺喜歡吃的。」

蘇箏想了想水果的味道，不由得舔了舔嘴唇。「都種其實也行，院子裡就種葡萄樹。」

她指著院子的一個角落。「那裡我要種花。」

見她饞嘴的模樣，顧川藏起眼裡的笑意，點頭道：「好。」

轉了幾圈，蘇箏就不願意走了，她挺著肚子走得累。
顧川倒了杯茶給她，蘇箏很快喝完了，又把杯子遞給他。「我還要。」
顧川在水裡放了糖，甜滋滋的。

「小姐，江寶珠來啦！」落雪從外面跑進屋裡，手裡還提著空桶。
蘇箏第一反應是問：「她來幹麼？」
落雪搖頭表示不知道，她看見江寶珠就飛快跑回來了。
她不會來和她家小姐吵架的吧？她家小姐懷著孕可不能動氣，要是來吵架的，不讓她進來！落雪握著拳頭暗自下了決定。
「江小姐，就是這兒了。」
江寶珠說了一句。「多謝村長。」隨後她悄悄打量這個小院子。
村長站在院門口喊了一嗓子。「顧川家的，有位江小姐找妳。」
蘇箏從裡屋走出來。「謝謝村長了。」
村長笑呵呵地說：「謝啥，小事，我剛好在村頭幹活，一聽是找妳的，順便把她帶過來。妳們聊，我先走了。」
走的時候村長還在心裡想，這鎮上的女娃娃就是不一樣，一個個都長得跟天仙似的。
等村長走了，蘇箏挺著肚子倚在門板上，斜眼看江寶珠。「找我幹麼？」

江寶珠示意丫鬟留在外面，自己邁步走進去，一邊走一邊說：「我是來這附近轉轉，想到妳在這裡，順便來看看而已。」她刻意加重了順便兩個字。

蘇箏翻了個白眼。「那妳看到什麼好看的了嗎？」

江寶珠還真沒發現這破地方有什麼好看的，於是她乾脆換個話題，看看周圍面露嫌棄。「妳竟然在院子裡養馬？那得多臭啊。」

蘇箏問：「妳聞到臭味了嗎？」

說她的馬臭，她第一個不承認。顧川對馬多好啊，伺候得面面俱到，打理得乾乾淨淨。落雪來了之後也照顧這匹馬，牠簡直快跟她同等待遇了。

江寶珠還真沒聞到，她又仔細嗅了嗅，空氣中一點異味都沒有，她拉下臉。

蘇箏開始攆人。「既然是順便看我，看也看過了，我就不留妳吃飯了。」

江寶珠簡直要氣死了，覺得自己來找蘇箏簡直是找虐。

落雪心裡佩服自家小姐一如既往厲害，同時悄悄地說：「小姐，江小姐好像要哭了。」

蘇箏驚了。「不是吧？她今天這麼脆弱？」

江寶珠一個人站在那裡，氣得說不出話，瞧著還挺可憐的。

蘇箏摸摸鼻子，兩人雖算不上朋友，但從小就認識，她用眼神示意落雪。

落雪收到，揚聲問：「江小姐，要不要進來坐坐？」

「哼！」江寶珠沒走，一屁股坐在凳子上。

落雪倒了一杯水給她。

江寶珠喝完一杯水後，心情平靜了，說話也不帶刺。「聽說城南的桃花開了，妳要不要和我一起去看？」

城南有一大片桃花林，開花時特別好看，每年春天鎮上的公子小姐都會去看，結果今年那些小姐們竟然沒有邀請她，雖然她也不是很想去看，但是直接忽略她，太過分了！

所以江寶珠來找和她一樣沒朋友的蘇箏。

蘇箏略微一想就明白了，坐在江寶珠對面。「桃花有什麼好看的，又不是沒看過，而且一大堆人吟詩作對，妳又不會。」

「雖然我不會，但我可以聽啊。」

蘇箏內心翻了個白眼，心想：妳不是普通的聽，妳聽完總要刺上幾句，沒人邀請妳很正常。

不過今天的江寶珠比較脆弱，她就不刺激她了。

江寶珠又問：「妳去不去？」

蘇箏搖頭。「不去。不過我可以帶妳去山腳下看看風景，現在還可以挖野菜。」

「那裡有什麼好看的？」江寶珠嘴上這樣說，她還是站起來，等蘇箏帶她去。

「落雪，帶上竹筐和三個鏟子。」

幾人慢悠悠晃到山腳下，有不少婦人在這裡挖野菜，見蘇箏過來了紛紛打招呼。

「顧川家的，肚子這麼大了，還有多久生啊？」
蘇箏早就算過日子了，笑著回應她。「快了，還有兩個多月。」
說話的大姊看了看江寶珠。「這是妳朋友？」
「是吧。大姊，我們先過去了。」蘇箏含糊地說完，快速離開。
來到一處空曠的地方，江寶珠問：「這裡有什麼好看的啊？」
蘇箏道：「妳再看看。」
江寶珠又仔細打量了幾眼，好像有點讀書人所說的意境？
這時蘇箏遞了小鐽子給她，示意她挖野菜。
江寶珠說：「我不認識野菜。」
蘇箏笑咪咪。「沒關係，我認識，我告訴妳，妳來挖。」
江寶珠問：「妳為什麼不自己挖？」
蘇箏指了指肚子。「我蹲著不舒服。」
江寶珠狐疑地接過鐽子，開始聽指揮挖野菜，總覺得好像哪裡不太對。
另一邊，落雪也在教江寶珠的丫鬟挖野菜。
雖然江寶珠挖得慢，但是落雪和她的丫鬟兩人動作都快，不大一會兒就挖了一筐野菜。
反正來都來了，蘇箏又順便讓她們割點草回去餵馬。
江寶珠沒幹過活，挖了一會兒野菜，來回走了兩趟就累到不行。

蘇箏微笑。「妳這不行啊，我一個孕婦走路都沒妳那麼累。」

其實她之所以不累，全都歸功於顧川天天逼著她走路。

江寶珠咬咬牙，邁著兩條沈重的腿繼續走。

幾人到家時，顧川已經在家了，他輕飄飄看了蘇箏一眼。

蘇箏剛剛得意洋洋的勁一下子就被戳破了。

她對江寶珠說：「別惦記看桃花了，快點回家吧。」

「呵，我吃完飯再回去。」江寶珠在路上就想好了，不能回去，不然她辛苦挖的野菜就白挖了。

蘇箏無語，並不想留她吃飯。

顧川吩咐落雪去做飯，自己進屋，把地方留給外面的兩人。

落雪去做飯了，江寶珠的丫鬟瞅瞅自家主子，也自覺地跟著進廚房。

江寶珠自覺扳回一局，這會兒正挺直腰桿喝茶，一口氣喝了兩杯。

不過，蘇箏的相公長得可真好看，別說山村裡了，他們鎮上也沒這麼好看的。唉，不知道她以後的相公是什麼樣的。

吃完飯，江寶珠也不好多待，帶著丫鬟告辭了，她決定以後可以多來幾次，野菜做成麵餅還挺好吃的。

等人都走了，蘇箏問顧川。「嘿嘿，野菜好吃嗎？」

顧川似笑非笑。「還行，過來。」

蘇箏苦著臉說：「今天來的那位江小姐，沒人帶她一起玩，我才帶她去挖野菜。」

顧川淡淡點頭。「哦，我知道。妳來看看這本書。」

蘇箏慢騰騰走過去，她不明白，為什麼自己面對江寶珠時總能有各種話懟她，怎麼面對顧川時大腦就遲鈍了呢？

顧川塞了一本書給她，坐在她旁邊看著她讀書。

蘇箏皺著眉看了一會兒書，心裡惦記她的話本子，落雪去鎮上買了好幾本給她，她還沒看呢，其中一本好像叫《書生趕考記》？

顧川手指輕叩桌面，發出清脆的聲音。「別走神，好好看書。」

蘇箏又堅持了一刻鐘，實在不想看了，她放下書說：「書上說了，女子無才便是德。」

顧川挑了挑眉毛。「妳不是說妳懷的是兒子嗎？為了讓兒子有個好的榜樣，妳這個當娘的還是多看點書吧。」

蘇箏無語。

見她耷拉著腦袋無精打采地立起書，顧川揉了揉她的腦袋。「想出去我可以帶妳出去，妳肚子這麼大了，落雪一個小丫頭看不住妳怎麼辦？」

蘇箏太能鬧騰，落雪又聽她的，她們一起出去他真不放心，如果可以，他都想把蘇箏隨時隨地帶在身邊。

蘇箏一聽就扔下手裡的書，高興地抱住顧川，乖順地點頭。「好！」

顧川無奈地笑了笑，這會兒答應得好好的，轉眼就變耳邊風。

第十二章

天氣越來越熱，孕婦比常人更怕熱，以前這個季節，蘇箏最喜歡吃在井裡冰過的西瓜，今年一口都沒吃到，因為顧川不許她吃。

蘇箏噘著嘴不開心，她上一世懷孕好像也沒注意這麼多。

顧川很無奈，不冰的西瓜她不吃，一定要吃冰的，他能怎麼辦？

好在竇東和穆以堯過來了。

蘇箏雖然在鬧脾氣，在孩子面前還是很溫和的。

竇東個子大，跑在前面。穆以堯在後面跟著他，又熱又累，跑得臉蛋紅紅的，豆大的汗珠從額角滑下來。

「師母，我和堯堯抓了好多魚，給妳吃。」竇東手裡舉著木桶，他聽穆以堯說師母喜歡喝魚湯。

落雪遞了帕子給兩個孩子擦汗，穆以堯乖乖地用帕子擦汗，竇東則舉起袖子一抹臉就乾了。

蘇箏見他們的舉動笑了，這兩人能成為朋友，也挺不容易的。

孩子的心意，她也沒推拒。「那你們今天在這裡吃飯，我讓落雪做好吃的給你們吃。」

「好。」兩個小孩異口同聲地說。

他們吃過落雪姊姊做的飯，很好吃。

孩子們捉到的魚不大，落雪處理乾淨後放了鹽和薑醃製，打算裹上麵粉油炸。

兩個孩子本來圍在蘇箏身邊玩得開開心心的，沒多久被顧川喊過去讀書了。

穆以堯很珍惜能讀書的機會，而且顧先生這裡有好多書，他很開心。

竇東則開始後悔留下來吃飯了，放下魚就走，不好嗎？

幸好炸魚的香味很快傳出來，竇東那點小小憂傷瞬間就不見了。

外頭傳來落雪的聲音。「可以吃了，堯堯？東東？」

竇東恨不得飛奔過去，然而他只敢老老實實站著。

顧川道：「去吃吧，書晚點再看。」

竇東一下子躥到廚房，堯堯細心地把兩人的書放好，跟著去廚房了。

他們捉的魚不少，炸了一大盆，蘇箏把沒吃完的部分，讓他們帶回去給家人吃。

見兩人不想拿，蘇箏說：「天氣熱，吃不完會壞掉，就浪費了。」

竇東收了魚，拍著胸脯說：「師母，等弟弟出來了，我也帶他玩！」

顧川聽到這話皺眉，等人走了，才無奈地問蘇箏。「妳跟他們說是弟弟？」

萬一生出個女兒怎麼辦？

蘇箏還記著自己在鬧脾氣，因此頭一扭，哼了一聲，不搭理顧川。

晚上睡覺時蘇箏也不理顧川，冷哼兩聲就上床睡了。

顧川無言了。

就因為一顆冰鎮西瓜？

蘇箏半夜忽然醒來，因為她的腿抽筋了，這會兒動都不敢動。她推了推顧川，也沒注意到明明睡前自己離得遠遠的，現在怎麼會在顧川懷裡。

顧川睡得淺，蘇箏一推，他就醒了，語氣裡難掩關心。「怎麼了？」

蘇箏疼得眼淚汪汪。「腿抽筋了。」

顧川點亮油燈，熟練地幫蘇箏捏腿。她的腳水腫了，以前小巧玲瓏的玉足現在一按就陷下去，連鞋子都是落雪新做的。

半晌，蘇箏動了動腿。「好了。」

顧川重新擁著人躺下。

蘇箏又開始鬧脾氣，扭動身子打算離他遠一點。

顧川收攏手臂。「別鬧了，快睡。」

蘇箏道：「你連西瓜都不給我吃。」

顧川哄她。「等妳生了讓妳吃個夠。」

結果蘇箏更氣了。「你果然只關心孩子！生完孩子後，我的身體就不重要了，是嗎？」

……妳有理。

顧川乾脆把蘇箏摟在懷裡閉著眼睡了，任她如何吵鬧也不吱聲。

沒人理會，蘇箏就消停了，打了個呵欠，臉蛋在顧川懷裡蹭了蹭也睡著了。

夏夜的晚風從打開的窗子吹進來，習習涼風驅散了白日的躁熱，一夜好夢。

大陽村僅有一個接生婆，不過顧川仍不放心，又透過李大夫的介紹認識了另一位接生婆，並請來村裡暫住幾日，有兩位接生婆幫忙，他才比較安心。

蘇箏嘴上嫌顧川事多，心裡卻是歡喜，享受顧川對她的這份關心。

她也記不得上輩子兒子是哪天出生，那時候她整天把自己關在房裡，日子過得迷迷糊糊，只知道是在一個夜裡開始。

最近顧川讓她多走路，她的體力經過顧川這幾個月的督促好了不少。

「小姐，吃飯了。」落雪燉了豬骨湯，豬骨被顧川剁成小塊，她從早上就開始燉，燉得骨髓都出來了。

豬骨湯香而不膩，以前蘇箏很愛喝，現在天熱了，喝幾口就出一身汗，黏膩膩的，她就不愛喝了。

「小姐，妳嚐嚐看今天煮得怎麼樣？」落雪期待地看著蘇箏。

豬骨湯難道不是都一樣嗎？

蘇箏端著碗喝了一口。「挺好喝的。」

她喝了小半碗就不喝了，天氣熱，沒什麼胃口，倒是把顧川大清早摘的葡萄吃完了。

顧川忍不住問她。「不酸嗎？」

「有點酸，但是挺好吃的。」

「那我再去山裡摘一點。」顧川立刻放下手裡的蒲扇，說著也不嫌熱，大中午頂著太陽往山裡跑。

越是臨近預產期，顧川越是睡不好，夜裡蘇箏稍微有點動靜他就醒了，就怕蘇箏要生了。

蘇箏反而很淡定，每天吃了睡，睡了吃，見顧川這樣，她說：「你別瞎擔心，再說了，你擔心也沒用啊，你又不能替我生。」

顧川道：「我倒是想替妳生。」

她高高挺起的肚子看著都累，而且人懶怕疼又嬌氣，他生怕她生產時出什麼意外。

蘇箏愣了愣，然後捧起顧川的臉親了一口。「放心啦，不會有事的。」

生產是在一個夜裡。

蘇箏半夜覺得肚子痛，她睡得迷迷糊糊的，嘴裡卻哼哼唧唧的。

顧川聽到聲音立刻醒了。「箏箏，怎麼了？」

「肚子疼……」

肚子疼！

顧川嚇了一大跳，手忙腳亂地點燈，差點燒到自己手指，嘴裡還不忘安慰蘇箏。「妳別怕，別怕，我去叫穩婆。」

蘇箏搖頭，真誠地說：「我不怕，我覺得你怕……」

大半夜顧川把隔壁房門拍得啪啪作響。「落雪，落雪……快起來，蘇箏要生了，我去叫穩婆！」

落雪已經穿好外衣，連忙開門說：「姑爺，我去叫，你在房裡陪著小姐。」

蘇箏這會兒已經不怎麼疼了，見顧川進來她還說想喝水，顧川趕緊倒了杯水給她。

落雪一路跑過去，沒多久兩位接生婆就被她帶來了，均是衣衫不整，氣喘吁吁。

兩人一看蘇箏。「還早，落雪丫頭妳別急，先幫她煮碗麵條，再燒一鍋熱水。」

「好！」落雪應下。

蘇箏卻朝顧川說：「你去，我想吃你煮的。」

然後，兩位穩婆就看見顧先生乖乖去了。

兩人相視一眼，均看懂彼此的想法。

尋常人家也沒有大老爺們進廚房的，更不用說顧先生這等讀書人了。

顧川在麵裡放了兩顆荷包蛋，蘇箏不用穩婆說，全都吃光了，吃飽好有力氣生兒子。

「顧先生，您先出去吧。」大陽村的接生婆說。

顧川站著沒動，他不想出去，最後還是蘇箏踹了他一腳，不准他再進來。生孩子時多醜啊，她才不想讓顧川看見呢！

顧川接下落雪燒熱水的工作，讓她進去陪蘇箏。

蘇箏一開始還有心情陪落雪說話，後來肚子疼得受不了時，她把落雪也趕出去了。

蘇箏一向怕疼，這會兒躺在床上疼得滿頭冷汗，忍不住叫了出來。

門外的顧川聽到蘇箏的叫聲，心口一跳，想進去又想起蘇箏不讓他進去，急得在外面轉來轉去，裡屋傳來的血腥味和穩婆端出來的血水更是讓他心驚膽顫。

顧川不知道這一夜他是怎麼熬過去的，只記得天邊開始泛白時，他終於聽到裡屋傳來嬰兒的哭聲。

穩婆滿臉笑容地打開門。「恭喜顧先生，母子平安。」

屋裡還有濃重的血腥味，顧川的視線略過穩婆，落在昏睡過去的蘇箏身上。

穩婆解釋道：「顧夫人是太累了，睡著而已。」

落雪拿過紅包塞給兩位穩婆，紅包是顧川早就準備好的，無論生兒生女，紅包分量都不變。

兩個穩婆接過紅包悄悄掂重量，喜笑顏開地走了。

出了門，其中一人說：「劉家大姊，這家可真大方啊，這紅包比我在鎮上收的都多。」

劉大姊道：「那是，顧先生是我們村頂好的人，嫁給他真的太享福了，妳看哪家大老爺們會進廚房啊？」

另外一位穩婆深以為然。

「大妹子，在我家吃了早飯再回鎮上吧！」這陣子為了方便，鎮上來的穩婆都是住在她家。

「欸，好，多謝大姊了。」

顧川把蘇箏臉上汗濕的碎髮撥開，低頭吻了吻她蒼白的唇，無聲地說了一句謝謝。

旁邊躺著一個皺巴巴、紅彤彤的小嬰兒，顧川卻不覺得醜，看著兒子的目光滿是喜愛。

落雪也沒進來打擾，悄悄地準備早飯，等會兒蘇箏醒來就可以吃了。

蘇箏覺得自己這一覺睡了很久，醒來一眼就見到坐在床邊的顧川。

「兒子呢？」蘇箏說話時才發現自己的嗓音沙啞難聽。

顧川示意她看看旁邊，兒子就躺在她身邊。

蘇箏偏過頭看了又看，滿心都是歡喜，她見過兒子長大的樣子，長得很像她，特別俊俏！

顧川去廚房端了麵條進來。「吃點東西。」

「什麼時辰了？」

「辰時。」顧川小心地把蘇箏的上半身墊高。

蘇箏吸了一口顧川餵食的麵條。

顧川說：「幫妳接生的劉穩婆，她有個姪女等會兒過來照顧孩子。」

劉穩婆早就跟他提過此事，所以他就沒另外找奶娘。

蘇箏急了，也顧不得自己嗓子不舒服，不自覺加大音量。「不用別人照顧！我自己能照顧！」

她要好好和兒子培養感情，給他春天般的溫暖！

顧川趕緊安撫她。「妳別急，妳先好好養身體，等妳好了就妳自己照顧。」

蘇箏這才安心吃飯，然後開始提要求。「我要喝鯽魚湯。」

她要多吃點，好給兒子餵奶。

顧川哪有不答應的。「好。」

蘇箏被顧川強壓著休息十來天，每次她想發火，顧川就順著她，再不然就把孩子抱過來塞到她懷裡，弄得她有火都發不出來，不過好歹顧川答應讓她給兒子餵奶了。

剛開始他連她餵母乳都不同意，說是讓奶娘餵兒子，還是她求了好幾天才鬆口。

這會兒，兒子閉著眼躺在她懷裡吸奶的樣子很可愛，蘇箏喜孜孜，一會兒看看兒子的小腳丫，一會兒又被他握成拳頭的小手給吸引。

小寶寶吃著奶就睡著了，蘇箏把他放在身邊，捧著臉看他。

十來天的小傢伙被養得很好，白白胖胖的小團子，蘇箏可喜歡看他了。

顧川一直坐在窗口，他不好意思看蘇箏餵奶，所以避開了。等餵完了，他走過去，彎腰打算抱兒子出去。

蘇箏攔住他，小聲問：「你幹麼？」

「把兒子抱到隔壁啊。」

奶娘暫時住在隔壁，這些天都是她在帶兒子。

蘇箏胳膊虛摟住兒子。「不准抱！」

她不僅不准他把兒子抱給奶娘，她還要讓兒子在這裡睡！

顧川也很無奈，他是怕她身子虛精力不足，不想讓兒子鬧她。見蘇箏這麼堅持，他也不好強迫她，打算晚點再說吧。

結果晚上，蘇箏說什麼也不願意把兒子抱到隔壁睡。

半晌，顧川說：「他晚上尿床了怎麼辦？」

蘇箏眨眨眼機智地說：「那就讓孩子爹給他換尿布。」

顧川也是非常喜歡這胖小子，蘇箏都這樣說了，他也捨不得把兒子抱給奶娘了。

一家三口第一次躺在一張床上。

說實話，顧川對蘇箏的睡姿有點擔心，所以在蘇箏睡著後，他悄悄把兒子放到自己旁邊，小傢伙對於自己換了個位置一無所知，依舊睡得十分香甜。

顧川忍不住用指腹輕輕地碰了碰兒子白嫩嫩的臉。

孩子雖然可愛，本質上還是個磨人精，顧川剛睡著沒多久，就被他的哭聲吵醒了。他抱起兒子晃了晃，小傢伙絲毫不領情，仍然閉著眼睛哭。

顧川忽然福至心靈，他不會是餓了吧？

顧川輕聲喚。「箏箏？」

蘇箏毫無反應。

顧川推了推她，蘇箏依然毫無反應。

想想也是，兒子的哭聲都沒能吵醒她，他當然叫不醒。

只是現在怎麼辦？他抱著小傢伙陷入糾結。

半晌，顧川輕輕撩起蘇箏的衣襟，把小傢伙抱到蘇箏身前，引導他吃奶……

吃到奶的小傢伙瞬間不哭了，閉著眼，肉墩墩的臉蛋埋在蘇箏胸前。

在一旁護著他的顧川面紅耳赤，手指彷彿還殘留剛剛柔軟的觸感。

等兒子不吃了，他小心將他抱過來，胡亂地把蘇箏的褻衣掩上，臉上的熱度久久未散。

蘇箏這一夜睡得極好，醒來時床上只有她和兒子，她湊過去親了兒子一口。

顧川端了碗雞蛋麵進來。「醒了？」

「嗯。」蘇箏指著兒子得意地說：「你看，兒子是不是很乖？一夜都不鬧，以後兒子都跟我睡。」

忙活了一整夜，又是餵奶又是換尿布又是給兒子洗屁屁的顧川心累地表示不想說話。

顧川放下碗，對一無所知的蘇箏說：「吃飯吧。」

吃完飯，夫妻倆開始研究兒子叫什麼，顧川早就想了幾個名字，只是他自己都不滿意。

蘇箏乾脆說：「要不就叫寶寶吧？」

親切又好聽。

顧川趕緊搖頭拒絕，他實在想像不出他追在小傢伙後面叫寶寶的樣子。

他的目光望向窗外，一碧如洗的天空，無邊無際。

顧川道：「就叫顧絢吧。」

絢麗多彩，恣意灑脫。

顧川說完，見蘇箏愣住了，問：「怎麼了？不好聽？那換一個。」

蘇箏緩緩搖頭。「沒有，就叫顧絢吧。」

她愣住是因為上一世兒子叫蘇絢。

「再取個小名。」

蘇箏就想叫寶寶，奈何顧川怎麼都不同意，想了想，她突然興奮地說：「要不小名就叫小葡萄吧！」

小葡萄，多可愛！

顧川勉強接受這個名字，起碼聽起來比寶寶好多了。

擁有名字的小傢伙又開始哼哼了，蘇箏立馬走過去哄兒子。

顧川道：「我去私塾了，妳在家別出門，有事叫落雪，別亂來知道嗎？」

蘇箏垂眼看懷裡的兒子，敷衍地點了點頭。「知道了。」

顧川出門前又特地交代落雪和劉穩婆的姪女，他怕蘇箏趁他不在家時跑去洗頭、洗澡，她前兩天就說想洗頭髮，被他阻止了。

蘇箏確實想洗，她都覺得自己有味道了，上一世她就偷偷洗過，不過在這件事上，落雪聽顧川的，沒人幫她，她只好作罷。

蘇箏晃了晃兒子的小手，盼著滿月早點到來。

第十三章

小孩子長得快，幾乎一天一個樣，越來越可愛。

蘇箏和落雪兩人在裡屋捧著腮幫子看躺在床上的小葡萄。

蘇箏道：「妳看他長得多像我啊，這大眼睛、這嘴巴，簡直跟我一模一樣。」

落雪聞言仔細看了看，眼睛是有點像小姐，只是這嘴巴好像不太像吧？看看喜孜孜的小姐，落雪猶豫了下還是沒說出來，違背良心地附和自家小姐。「是挺像的。」

蘇箏沒發現落雪的言不由衷，忙著跟兒子互動。準確地說，是她單方面逗兒子玩，小傢伙懶懶散散的，還張嘴打了個呵欠，然後就閉著眼睛睡覺了，一天中他大多都是在睡覺。

小葡萄滿月當天，蘇老爺帶著黃氏從鎮上過來，村裡人也都過來探望蘇箏。像竇東娘，還有幾個經常在一起說話的媳婦甚至帶了雞蛋過來。她們自家養的雞下了蛋，她們存著沒吃，互相商量著一人帶了十個給蘇箏。雖然她可能不缺這些雞蛋，但這是她們的心意，而且他們各家的小孩經常來蘇箏這裡蹭吃蹭喝。

小葡萄睡著了，可能是大人的說話聲吵到他了，他撇撇嘴，像是要哭。

蘇箏輕輕地拍著他，幾個大人也不出聲了，盯著小葡萄看。

「他好可愛啊。」何家的媳婦小聲說。

蘇箏一揚腦袋，驕傲地說：「那是，我兒子當然可愛！」

竇東娘啐了她一口，笑說：「厚臉皮。」

怕打擾到小孩休息，而且蘇老爺今天也過來了，她們便先告辭，約好改日再來。

顧川進來把兒子抱出去給岳父看看，蘇老爺雖然嘴上跟他說話，心早就飄走了，急著看外孫。

蘇箏道：「你幹麼？他還在睡。」

顧川說：「抱給妳爹看看。」

蘇箏有一點不情願，還是說：「好吧，別把他驚醒了。」

她猜黃氏肯定也在外面，她不想看見她，打算等吃飯了再出去。

蘇老爺見到外孫很高興，小聲說：「跟箏箏小時候長得可真像。」

顧川看著閉眼睡覺的兒子陷入沈默，他看不出兒子更像誰，但沒那麼像蘇箏，也有像他的地方。

黃氏也探頭看，笑著說：「確實長得像箏箏。」

蘇老爺道：「箏箏長得像她娘，從小就是美人胚子，這孩子長大了肯定也好看。」

重點是他女婿也俊俏，孩子不管隨哪個人都好看。

黃氏臉上的笑容僵了僵。

小葡萄可能察覺到抱他的人不是平時熟悉的對象，醒了後張嘴就哭。

蘇老爺下意識地搖搖他，哄外孫，然而沒用，小傢伙越哭越大聲。

顧川伸手接過他。

蘇老爺嘀咕。「這小子，跟他娘小時候一樣難帶。」

這話顧川還是認同的，小葡萄整天最喜歡哭，尿了哭，餓了哭，醒了沒人陪他玩也哭，夜裡還愛鬧人，這絕對是隨了蘇箏，他小時候可沒這麼愛哭。

中午，蘇箏出來吃飯了，時隔一個月，她終於吹到外面的風。

一切都很好，要是見不到黃氏就更好了。

黃氏絮絮叨叨地跟蘇箏說一些要注意的事項。

蘇箏聽得煩，也懶得和她做樣子，開口打斷她。「該吃飯了。」

黃氏噎了一下，強笑道：「是，瞧我，一說起話就忘了時間，餓了吧？箏箏趕緊吃飯。」

蘇箏暗暗翻了個白眼，吩咐落雪上菜。

蘇老爺在一旁看得微微皺眉，安撫地拍了拍黃氏的手，黃氏朝蘇老爺微微搖頭，示意她沒事。

蘇老爺覺得要抽空和蘇箏談一談，她最近不回娘家不說，對黃氏彷彿也隱隱帶刺，他有時候甚至覺得蘇箏對他也帶著若有若無的恨意。黃氏嫁給他十年了，對蘇箏好壞，他都看在眼裡，黃氏簡直把她當自己的親生女兒看待。

顧川看到這一幕卻是心底一哂，自顧自幫蘇箏遞了雙筷子，在她面前放了碗豬蹄湯。「吃飯。」

顧川讓落雪也坐下吃飯，他和蘇箏都沒什麼講究，落雪來到這裡之後都是一起吃飯，蘇箏更是把她當半個妹子看待。

落雪看了看老爺，又看了看面無表情的姑爺，猶豫地在角落坐下。

黃氏低垂的眼底飛快閃過一絲嫌棄，再抬頭一臉溫和地說：「落雪燒菜的手藝漸長，辛苦妳照顧箏箏了。」

「不辛苦。」落雪聞言搖頭。她和小姐在一起比在蘇家快樂多了。

黃氏道：「一個人會不會照顧不過來？要不再給妳派個丫鬟過來？」

顧川打斷她。「不必麻煩，蘇箏習慣了落雪照顧，而且我也不喜歡家裡太多人。吃飯吧，菜都要涼了。」

蘇箏雖然心裡不痛快，但不會跟自己過不去，在黃氏囉嗦時，她已經喝完一碗豬蹄湯了，她把碗遞給顧川，示意他再去盛一碗。

吃完飯，顧川送蘇老爺出門，翁婿倆落在後頭說話。

路上，蘇老爺不禁感嘆。「顧川啊，平日裡多虧你包容箏箏了，箏箏有時候是任性了點。」

他很清楚自己女兒什麼脾氣，有時候連他都被氣得跳腳。他心疼箏箏小小年紀親娘就去世，又是他唯一的女兒，難免嬌寵了些。

顧川搖頭說：「還好。」

摸清蘇箏的脾氣後，他順著毛哄她就好。

蘇老爺聽著沒當真，只當是女婿不好意思跟岳父說實話，說好聽話哄他。

此時黃氏坐著馬車走在前面，幾個跟來的下人也離得遠，翁婿倆走在隊伍的最後。

蘇老爺人胖，加上又喝了點酒，走得比平時更慢，顧川則刻意放慢腳步。

「岳父，你記不記得我和箏箏是怎麼認識的？」

蘇老爺激動地說：「當然記得！」

要不是女婿，他差點就失去女兒了。

顧川問：「說起來，好端端的怎麼會落崖呢？」

蘇老爺嘆氣。「還不是她非要上山玩，差點沒命。」

顧川道：「岳父，落崖一事在我看來其實有些疑慮。」

蘇老爺看向女婿。「什麼意思？」

顧川搖頭。「沒什麼意思，我只是覺得私下查一下比較安心。」

事實上他已經查到一些，至於怎麼決定，還是要看蘇老爺。

蘇老爺若有所思。

蘇箏在屋裡逗著小葡萄，這會兒小傢伙沒睡覺，嘴裡咿咿呀呀叫著，也不知道他在喊什麼，流了一嘴口水。

「小葡萄喜歡這樣對不對？」蘇箏說著話，手上又輕輕撓了兒子兩把。

母子倆自說自話，看起來都挺開心的。

顧川一進臥室，率先聞到一股奶香。見到兩人風馬牛不相及的交流，他失笑，拿蘇箏的帕子幫兒子擦了擦口水。

蘇箏自認自己今天洗得非常乾淨，也不像前段時間那樣恨不得離顧川八丈遠了，反而黏在顧川身邊，把胳膊放到顧川鼻子前，眼神狡黠靈動。「聞聞，香不香！」

顧川猝不及防被糊了一臉，屏住呼吸，敷衍地說：「嗯，香。」

眼前是一截白嫩的手臂，白得晃眼。

最後一個字他幾乎是咬著牙說出來，莫名覺得羞恥，耳根處一片灼熱。

蘇箏沒注意到這些，她滿意地聞自己，也覺得挺香的，落雪在浴桶裡放了很多鮮花瓣，她還用了香胰子。

這會兒也不和兒子交流感情了，一屁股坐在顧川腿上，讓他深刻地感受一下自己的香，忘記坐月子的那個她。

顧川下意識摟住蘇箏的腰，他沒聞到什麼花香，聞到的全是奶香味。兩人距離極近，他低頭注視著蘇箏烏黑的眼睫，有些心猿意馬，正蠢蠢欲動時，旁邊自己玩的小傢伙可能是不滿爹娘的忽視，張嘴嚎啕大哭。

顧川伸手一摸，尿了。

怕尿布濕乎乎的小傢伙不舒服，那些亂七八糟的念頭全部擱置，他用棉布洗了兒子的小屁屁，並換上乾淨清爽的尿布，髒了的則順手洗乾淨放在外面曬，太陽大，一會兒就曬乾了。

蘇箏則抱著清清爽爽的兒子餵奶。

別看小葡萄還小，他很機靈，會認人。來找蘇箏玩的那幾個小媳婦看他可愛想抱他，一抱起來就哭，唯有在蘇箏懷裡時老老實實的，只是剛哭了一場，鼻頭紅紅的，眼尾還掛著淚，彷彿受了天大的委屈一樣。

幾個大人紛紛打趣他，在蘇家坐了一會兒就都告辭了，她們手上還有家務要做，快晌午了也得做飯。

中午，顧川才騎著馬從外面趕回來，他去鎮上買了一張小床，放在他們臥室，留給兒子長大一點時睡。

小傢伙還不知道即將到來的命運，在顧川伸手要抱他時，還乖乖地躺在顧川懷裡。

蘇箏去研究新買的小床，小床的四周都圍起來了，往臥室裡一放就覺得好可愛。想到有時候小葡萄自己能在小床上玩，比較安全，她喚來落雪鋪上新做的被褥。

顧川抱著小傢伙在院子裡轉了轉，他不哭不鬧的模樣很乖巧，顧川遞給他一根手指，他下意識握住不放，也不知道哪來的力氣。

迎來中秋節，蘇箏卻過得一點也不開心。

原因很簡單，顧川不准她吃螃蟹，一個都不行！

懷孕時不能吃螃蟹，現在還是不能吃螃蟹！

蘇箏眼神直勾勾盯著盤子裡的大螃蟹，這些螃蟹是早上村長兒子送來的。

落雪心底抖了抖，為了防止她家小姐發瘋，默默地把盤子端走。

顧川挾了雞翅膀放在她碗裡。「妳不是喜歡吃雞肉的嗎？」

蘇箏噘嘴，懷孕以來她吃最多的就是雞肉，而且她喜歡吃辣子雞，這些口味太清淡了，簡直是水煮雞。

但是顧川跟她吃一樣的，她不能吃的，他自己一口也不碰。

蘇箏沒法抱怨，惡狠狠地咬了一口雞翅。

吃完飯，蘇箏捏兒子的小臉，長嘆一聲。「兒子啊，娘為了你，代價太大了。」

餵奶比懷孕還忌嘴，尤其是口味要清淡，她已經吃兩個多月，都快要對食物失去興趣了，她想吃辣的。

顧川塞了一塊月餅給蘇箏，堵住她絮絮叨叨的說話聲。

小葡萄五個月時已經會熟練地翻身了，醒著時非常不安分，動來動去。

蘇箏也找到新樂趣，用手指戳他，一個小肉團子在床上晃胳膊蹬腿的樣子很可愛。

顧川捉住她的手。「妳別欺負他。」

蘇箏否認道：「我明明是在陪他玩。」

小葡萄見娘親不理他，蹬著胖乎乎的腿，咿咿呀呀叫喚。

蘇箏挑挑眉，意思是你看吧。

顧川抱起傻兒子，正準備把他塞進小被子裡，忽感手上熱呼呼的。

這次不是尿……

蘇箏聞到臭味了，連忙笑著跑出去。「我等下再過來，我突然有點口渴！」

她不明白，一個整天吃奶的寶寶，為什麼可以這麼臭！

顧川無語了。

他明明是不想兒子被蘇箏折騰，兒子為什麼要這樣對他！

顧川認命地幫兒子洗屁屁、換尿布，最後嫌棄地把他穿的衣服也換了，偏偏小傢伙還不安分，光著屁股蹬著腿，看起來非常興奮，顧川一個沒注意，差點讓自己的臉和兒子的小腳丫進行親密接觸。

顧川制住他亂動的四肢，兩三下把他包進被子裡，裹得嚴嚴實實。

小葡萄身體動不了，開始吐口水泡泡，嘴裡發出噗噗的聲音。

顧川再次無語了。

他兒子怎麼可以如此不愛乾淨？

兒子娘，怎麼可以兒子一拉屎，她就有藉口？

等在外面的蘇箏估摸著時間差不多了，這才端著茶進去，笑咪咪地遞給顧川。「我幫你也倒了杯茶。」

顧川確實也渴了，瞥了蘇箏一眼，接過茶一飲而盡。

蘇箏笑嘻嘻地去逗弄收拾乾淨的兒子，覺得乾乾淨淨香噴噴的小葡萄招人喜歡。

小葡萄很愛和娘親一起玩，渾然不知剛剛被嫌棄過，一看見蘇箏就咧著嘴笑，嘴裡發出聲音，雖然聽不懂孩子說什麼，但是不妨礙蘇箏跟著他一起興奮。

顧川見這母子倆，無奈地笑了笑，取出一本書坐在窗邊看。

冬日的陽光從窗外灑進來，小屋裡一家三口兩個鬧一個靜，卻極其和諧。

今年的雪下得比去年早，地上早早鋪了一層白色。

蘇箏怕冷，也不帶兒子出去玩，兩人一起縮在被窩裡。

「兒子，我是娘親，叫娘。」蘇箏一臉認真。

可惜小葡萄不給面子，腦袋直往蘇箏懷裡拱，他想吃奶。

顧川笑蘇箏。「他還沒六個月，怎麼可能會叫娘？」說著他伸手去捏兒子的胖臉蛋。

小葡萄可能覺得被打擾了，不耐煩地揮著小手，嘴角流著口水。

蘇箏笑彎了腰。

顧川覺得兒子非常沒有良心，幫他洗尿布的人是他，擦屁股的人是他，夜裡把屎把尿的人還是他，結果他卻更親近蘇箏。

雖然心裡這樣想，顧川還是把兒子剛換的尿布拿去洗，因為冬天冷，不洗勤快點，尿布會不夠用。

今年過年比去年熱鬧不少，主要是因為小葡萄太能鬧騰，不會說話就喜歡亂叫亂動，明明什麼菜都吃不了，在蘇箏懷裡也不安分，鬧得蘇箏無法好好吃飯。

顧川把他接過去，餵了他一嘴米糊，小葡萄吃得一臉滿足。

蘇箏趁著機會趕緊吃飯。

顧川給兒子準備了壓歲錢，放在他睡覺躺著的被褥下。

蘇箏一進來就看到顧川給兒子塞錢，她向顧川伸出手，手心朝上，意思非常明顯。

顧川把她的手握在手心裡，給她暖手。

蘇箏用力把手抽出來，氣呼呼地說：「為什麼你給兒子準備了壓歲錢，卻沒有準備我的？」

去年也沒準備她的，兒子果然比她重要！

顧川只好說：「明年一定有妳的。」

蘇箏瞪眼。「不行！我今年就要！」
顧川無言了。
他有錢，但一時半會兒他找不到紅包袋啊！
蘇箏眼珠滴溜溜轉，張開手臂抱住顧川脖子，踮起腳尖在他耳邊說：「沒準備壓歲錢也行，今晚讓小葡萄去小床睡。」
話裡的意思分外明顯，顧川一瞬間覺得面皮滾燙，被她吹過氣的耳朵更是要燒起來了。
他暈乎乎地想，這招又是蘇箏從哪個話本子上學來的？

第二天，蘇箏渾身痠軟，沒能爬起來。
大年初一她賴床了。
也不知道顧川是怎麼跟落雪說的，反正落雪沒來叫她起床，蘇箏迷迷糊糊地又睡著了，再次醒來時，是被胸前的動靜弄醒的。
蘇箏睜開眼就看見顧川放大的臉，她用力拍了他胳膊一巴掌，發出清脆的響聲，用一種覺得他喪心病狂的眼神看他，嗓音還帶著沙啞。「昨晚還不夠嗎？還來？」
昨晚到後來她腿都站不住了。
顧川看著雪白肌膚上的青紫痕跡，不自在地錯開視線，指向旁邊吸手指的小葡萄。「他餓了。」

蘇箏眨眨眼，委屈道：「我也好餓。」
她摸摸肚子，已經餓扁了。
顧川道：「有餃子，我現在就去煮。」
蘇箏把兒子濕漉漉的手指從他嘴裡拿出來，擦了擦他的口水，給他餵奶。
小傢伙是真心餓了，閉著眼大口大口吃。估計是剛哭過一場，眼尾還帶著淚花。
蘇箏親親他的小臉蛋，用手帕擦乾他濕漉漉的眼睛，輕輕拍他。「睡吧！」
小傢伙慢慢閉上眼睛。

年後的雪斷斷續續下了兩天，第四天終於出太陽了。
中午，蘇箏抱著兒子在院子裡曬太陽，渾身曬得暖烘烘。
顧川拿著不知道什麼時候買的撥浪鼓，站在旁邊逗小葡萄玩，小傢伙看得目不轉睛。
吃完午飯，竇東娘過來了，蘇箏招呼她一起坐著曬太陽。
竇東娘看看蘇箏懷裡的小葡萄。「這小子養得可真好，白白胖胖的。」
「他挺能吃的。」
竇東娘逗了孩子一會兒，探頭朝屋裡看看。「落雪丫頭呢？」
蘇箏道：「她在裡屋，說要幫小葡萄做身新衣服。」
天氣熱了，小葡萄就不用裹在被子裡了。

竇東娘誇了一句。「落雪丫頭心靈手巧，誰娶到她也是好福氣。」
蘇箏揚揚腦袋道：「那是。」
竇東娘話鋒一轉，試探地問：「要不讓落雪嫁到大陽村得了。」
蘇箏沈思了下。「得落雪自己喜歡。」
竇東娘咳了兩聲。「其實，我今天來是受人所託，村長家的小兒子託我來說媒。」
蘇箏懂了。「他看上我們家落雪了？」
竇東娘點點頭。
蘇箏道：「我得問問落雪才能回妳。」
上輩子她死得早，不知道落雪過得好不好，這輩子她希望落雪能幸福。
「成，村長家的小兒子，妳也了解，是個實在人。那我就先回去了，等妳消息。」
竇東娘走了，蘇箏還在想，村長家的小兒子，她好像沒見過吧？
「落雪……」
「小姐。」落雪從屋裡出來，她在裡面聽到兩人的對話了。
「村長家的小兒子，要不咱們悄悄去見一見？人不錯的話，我再回覆竇東娘。」
落雪難得結巴了。「小姐……不用見，我已經見過了……」
也是，落雪經常和左鄰右舍出去，見過也正常。
落雪接著說：「柴房的柴火有的是他砍的。」

蘇箏這下真的震驚了，把事情理順之後，說：「所以妳是喜歡他的？」

落雪垂頭默認。

「那等顧川回來問問具體情況，如果人可靠，妳喜歡的話就嫁。」

落雪驚喜道：「謝謝小姐。」

蘇箏昂起下巴。「無論妳將來嫁給誰，我都會備一份豐厚的嫁妝給妳。」

突然她覺得頭皮一痛，低頭一看，兒子的手裡抓的全是她的頭髮！

蘇箏扳開他的手，打了他屁股一下。「不准抓娘親的頭髮！」

小葡萄也不知道聽懂沒有，咿咿呀呀，胳膊亂舞，口水流了一地。

晚上，顧川抱著書坐在床頭看，蘇箏偷偷笑了笑，把一旁睡著的兒子放到他懷裡。

顧川下意識接住，不解地看向蘇箏。

蘇箏指著兒子。「別看我，是他，他想要別人抱。」

兒子大一點以後確實不樂意躺著，顧川沒多想，一手抱兒子一手拿書。

蘇箏悄悄把顧川的頭髮塞進兒子手裡，小葡萄手裡無論拿什麼都會用力攥緊。

果然，在顧川抬頭時，頭皮驀然一痛，他低頭一看，自己一縷頭髮握在兒子手裡，小傢伙彷彿得到新的樂趣，攥著頭髮不停來回拽。

顧川無言。

蘇箏把自己埋在被子裡，開心到身子一抖一抖的，被子也跟著她的身軀幅度抖動。
下午她被拽那一下可疼了，孩子爹怎麼樣也得感受一下吧！

第十四章

今年上元節，顧川和蘇箏打算去蘇家過。

蘇箏本來不想去，她不耐煩應付黃氏，總忍不住想懟她，但是顧川讓她多陪陪蘇老爺，蘇老爺就她一個女兒，肯定孤單。

蘇箏不知道她爹孤不孤單，但她看了看小葡萄，還是決定去，因為她兒子還沒去過鎮上呢！

蘇老爺見到女兒女婿相當驚喜，連忙吩咐管家讓廚娘燒幾道蘇箏愛吃的菜，從女婿手裡接過外孫樂呵呵地抱著。

蘇箏目光晃了一圈，問：「她呢？」

蘇老爺立馬反應過來了。「她回娘家了。」

上次聽了女婿的話，他本來沒在意，後來可有可無地查了查，還真查到一點問題。

這幾天蘇老爺找個理由把黃氏支出去了。

她不在，蘇箏的心情略好了點，和落雪去了她以前住的房間。

顧川在外面陪著蘇老爺說話，兩人有一搭沒一搭聊著。

蘇老爺有心想問顧川是不是知道些什麼，但還沒開口，懷裡的小葡萄鬧了起來，小傢伙被不熟的外公抱了這麼久，這會兒不高興了。

顧川把兒子接過來說：「他估計是餓了，我帶他去找蘇箏。」

外孫餓了是頭等大事，蘇老爺立馬說：「欸，好，你快去。」

顧川還沒來得及敲門，蘇箏就自己出來了，小葡萄的哭聲實在中氣十足，她在屋裡就聽到了。

顧川道：「估計是餓了。」

結果餵奶他也不吃，不過躺在娘親懷裡，哭聲倒是止住了，顧川猜測他可能是到了新環境，看不到娘親心裡比較不安。

蘇箏指了指院子外面。「我們帶兒子去盪鞦韆。」

這鞦韆是她爹當年特意請人做的，她小時候可喜歡了。

蘇箏抱著兒子坐在鞦韆上，用眼神示意顧川推她。

顧川也不敢用力，輕輕地晃著，小葡萄沒坐過鞦韆，相當開心，小手抓著娘親的衣服笑呵呵。

蘇箏抱緊兒子，嘴上調侃。「還有臉笑，剛剛是誰哭了？」然後她看向顧川說：「兒子也不知道這脾氣像誰？」

顧川不吱聲，心裡卻想：難道不是像妳嗎？愛哭，其實有時候就是乾嚎，有人陪他玩就不嚎了。呵，我小時候一定不是這樣的性子。

蘇箏卻從顧川的沈默中領悟到那麼一點意思，她笑咪咪地追問道：「你覺得兒子這性子像誰？」

顧川說：「像我。」

一家人吃完湯圓，蘇箏就要回去了，趁天色還早，她要帶小葡萄出去逛逛，然後在天黑前回大陽村。

蘇老爺對女兒說：「晚上就別回去了，在這裡歇下，明天再回去，妳的房間經常打掃，很乾淨呢。」

蘇箏本想拒絕，抬頭不經意間看到她爹期盼的神色，心一軟就點頭同意了。「行吧。」

蘇老爺很高興，囑咐蘇箏早點回來，並吩咐丫鬟把房間重新打掃一遍，怕蘇箏回來餓，又讓廚娘準備消夜。

時辰尚早，天還沒黑，街邊的燈籠並未亮起，來來往往的人不算太多，再晚一點這條街會很熱鬧，有猜燈謎、舞獅、放花燈等活動。

不過這樣也夠小葡萄看得目不轉睛，小傢伙一興奮，就控制不住流口水，口水順著下巴流到衣服上。

顧川見狀嘆氣，拿帕子幫他擦掉。

「這個好看嗎？」蘇箏手裡拎著一盞兔子形狀的燈籠問顧川，笑得眉眼彎彎。

顧川點頭。「好看。」

小葡萄也看到了，興奮地在爹懷裡撲騰著，襁褓都要裹不住他了，嘴裡發出聲音，伸手要拿娘手裡的燈籠。

「這個不能給你拿，你可以看看。」蘇箏挑著燈籠在他眼前晃了一圈。

小傢伙伸了幾次手都沒碰到，最後嘴一癟，委屈地哭了。

顧川道：「妳別逗他了。」

蘇箏悻悻地收起燈籠，不讓兒子看見，嘴裡嘟囔。「愛哭精，有得看不好嗎？非要自己拿，你會拿嗎？」

聽清蘇箏念叨什麼的，顧川再次無言。

蘇箏的怨念很快就沒了，她看到賣胭脂的攤販，裝胭脂的盒子小巧玲瓏，她一下子被吸引過去。

小販見有生意來了，熱情推銷。「夫人，這批胭脂都是新到的貨，顏色正，味道也好聞。」

他打開一盒讓蘇箏看，蘇箏聞了一下，確實挺好聞的，是花香，但她聞不出是什麼花。

蘇箏看向顧川，因為她的錢剛剛買燈籠了，她嫌麻煩，一向很少帶錢在身上。

小販懂了，立刻換個人推銷。「這位公子，你娘子長得好，塗上這個肯定更好看，而且這個也不貴，只要二百文。」

顧川搖頭，表示不買，一手抱兒子，一手拉蘇箏走。

小販見客人要走急了，在後面喊道：「覺得價格高了回來談，給你便宜點，一百五十文也行啊……」

見客人都走得快要看不見背影了，小販明白這單生意成不了，暗罵自己看走眼了。早知道客人會嫌貴，他就喊一百二十文了，本以為能宰一筆，結果把人嚇得頭都不回。

蘇箏是不想走，奈何力氣敵不過顧川，被迫跟著他走，她氣死了。「為什麼不買給我？」

顧川道：「容我提醒妳一句，妳的梳妝檯上有好幾個，我就沒見妳用過。」

蘇箏每天早上能認真梳個髮髻都算勤快了，而且剛剛的胭脂明顯沒有她以前買的成色好。

蘇箏跺腳。「那又不一樣！」

在顧川看來都沒差，反正她都不用，他也不跟她爭辯，識趣地轉移話題。「要不要去放花燈？」

蘇箏不耐煩地說：「不放！」

兩人又走了一段路，蘇箏想要買胭脂的心就沒那麼強烈了，這才發現顧川一直牽著她的手。

蘇箏哼了一聲，倒也沒掙開，提著燈籠和顧川並肩走。

天色漸暗，路上行人逐漸增多，各個小攤小販亮起了燈籠，各種各樣的燈籠照亮了漆黑的夜空。

蘇箏道：「不早了，我們回家吧。」

顧川點頭同意，兒子也該睡覺了，平常這個時辰，他已經躺在床上了。

小葡萄確實睏了，回去的路上就在顧川懷裡睡著了。顧川把襁褓往上拉一點，遮住他圓墩墩的胖臉蛋。

蘇箏提著火紅的兔子燈籠走在他身側，她難得良心發現。「要不我來抱一會兒吧。」

小葡萄雖然不重，但是抱了一路胳膊難免會痠，她在家要是抱的時間長了，胳膊也疼。

顧川搖頭。「不用。」

不用抱孩子，蘇箏樂得開心，提著燈籠一蹦一跳地走在前面。

顧川不禁懷疑，這燈籠究竟是她買給兒子玩的，還是買給她自己玩的。

蘇箏出嫁前睡的床比顧家的要小不少，一家三口躺在上面稍微有點擠。

顧川提議。「要不我睡在中間吧？」

他覺得蘇箏的睡姿，半夜翻身壓到兒子的可能非常大。

「可以！」蘇箏一聽立馬答應了。

她正覺得睡在中間不舒服，左邊是小葡萄，右邊是顧川，和顧川換了位置後舒服多了。

不過這樣一來她就睡在最外側，一翻身就要掉下去一樣，她手腳並用緊緊扒住睡在中間的顧川，腦袋在他胸口蹭了蹭，找好位置後閉上眼睡著了。

顧川卻僵住了，垂眼看枕在他胸口上黑乎乎的小腦袋，還有搭在他身上的腿。鼻端縈繞著她身上特有的甜香，身軀感受到她溫軟的身子。

顧川突然覺得有點熱，可能是床太擠了。

第二天，蘇箏一早起來，便打算回大陽村。

蘇老爺問：「箏箏，天氣暖和了要不要回來住一陣子？」

蘇箏道：「床太小了。」

蘇老爺道：「我等下就叫管家換床！」

蘇箏看著蘇老爺期盼的樣子，到底應了一聲。「我有空就回來。」

蘇老爺立馬道：「天氣暖和了，我派人去接妳。」

最近蘇箏發現小葡萄多了個技能，他會爬了！

不，準確來說也不是他會爬了，而是他想學爬。

小葡萄還爬不好，腹部緊緊貼著被褥，四肢根本不知道用力，只會不規則滑動，兩條胖乎乎的後腿亂蹬，蹬了半天還在原地，蘇箏簡直要笑死了。

顧川洗完臉進來也發現床上有趣的一幕，彎著嘴角笑。

「川川，你看他這樣，像不像小烏龜？」

小烏龜？兒子像烏龜，那他倆像什麼？

顧川臉上的笑沒了，甚至有些震驚地問：「妳剛剛叫我什麼？」

蘇箏抬頭看顧川，重複了一遍。「川川啊，怎麼了？」

顧川覺得耳朵有點燒，此時也顧不得兒子像不像烏龜，黑著臉制止她。「不准叫！」

蘇箏瞪眼。「為什麼？我就叫！川川，川川，川川……」

哼，許你叫我箏箏，不許我叫你川川啊？

顧川聽不下去了，耳根處的熱一點一點蔓延到冷白的皮膚上，他恨不得去把蘇箏的嘴堵上，最後他扔下在床上胡亂蹬腿的傻兒子，自己走出去了。

晚上，兩口子決定教兒子爬行，蘇箏坐在床尾，手拿一個撥浪鼓，晃動了幾下，引誘他。「小葡萄，到娘這邊來。」

小葡萄見到娘就咧著嘴笑了，露出嘴裡唯一一顆潔白的小牙齒，動胳膊想爬過去，然而他不知道怎麼使力，整個人急得不行，看起來特別有趣。

蘇箏覺得他這樣特別可愛，一個肉團子在床上蠕動著。

顧川好心地把他往前挪，讓他離撥浪鼓近一點。

小葡萄爬半天都沒學會，蘇箏搖撥浪鼓都搖累了，她扔了撥浪鼓說：「他好笨啊，不應該叫葡萄，應該叫笨笨。」

顧川無言了。

蘇箏接著說：「這麼笨肯定像你，爬都學不會。」
呵。
小葡萄不知道是蹬腿蹬累了，還是聽懂娘親嫌棄他笨了，總之，努力了半天沒能爬到娘親那兒，也沒人來抱他，他癟癟嘴，哭得超大聲，特別委屈。
蘇箏趕緊把撥浪鼓拿到他面前。「給你玩，別哭了。」
然而小傢伙並不領情，依然閉著眼嚎啕大哭，由於是趴著，口水眼淚都糊到被子上了。
顧川把肉團子抱起來塞進蘇箏懷裡，從櫃子裡拿出新的被褥換上。
小傢伙躺在蘇箏懷裡還在哭，胖胖的臉蛋在蘇箏胸前滾來滾去。於是那些眼淚口水全部抹在蘇箏的褻衣上，浸濕了胸前一小塊布料。
鋪好床的顧川見到這一幕不厚道地笑了。
這時恰逢兒子尿了，蘇箏的手剛好放在他屁屁上，觸手一片溫熱。
蘇箏烏黑的眼眸閃過一絲狡黠，把小葡萄放進顧川懷裡，壞笑著說：「你抱著他，我去洗洗。」
顧川自然也發現兒子尿了，無奈地嘆了一口氣，認命地幫兒子換尿布。
小葡萄現在換尿布一點也不老實，兩條短腿胡亂蹬著，剛剛還哭得萬分難過，現在又笑起來了，也不知道在笑什麼。
顧川拍了一下他的屁股，然後把他放在床上，讓他自己玩。

小葡萄仰躺在床上，整個拳頭塞到自己的嘴邊，流了一手口水，偏偏他不自覺，伸著濕答答的手要爹抱他。

顧川沒抱他，教他說：「叫爹，叫爹我就抱你。」

小葡萄懵懵懂懂地看著顧川，見爹絲毫沒有要抱他的意思，嘴巴一張又要哭。

顧川只得拿帕子把他的手擦乾淨，把他抱在懷裡。

小葡萄被人抱著就開心了，緊緊攥著顧川的衣服。

顧川大手掐著他腋下把人提起來，小葡萄根本不會站，小腿軟綿綿的，除了肉多一點用都沒有，一鬆手就倒。

顧川問他。「你自己反思一下，你是男孩子，怎能這麼愛哭？」

小傢伙咿咿呀呀說著只有他自己才能懂的語言，然後手舞足蹈對顧川吐了一個口水泡泡。

顧川無言了。

蘇箏再回房的時候，想起落雪的婚事，便向顧川旁敲側擊。

「村長家的小兒子？」

蘇箏點頭。「是。」

顧川想了想，道：「還不錯，村長一家人也都老實本分，在村裡風評挺好的。替落雪問的？」

「嗯，你怎麼知道？」

顧川微笑，去年秋天兩人就有些互動，村長的小兒子經常送東西、替落雪幹活。見蘇箏在等他答案，他說：「去年中秋妳眼饞的螃蟹不就是他送的嗎？」

「原來兩人這麼早就看對眼了。」蘇箏驚訝，捶了顧川一下。「你知道不早告訴我？」

顧川無言了。

整天跟落雪待在一起的人是誰？這麼明顯都沒發現，怪他？

既然兩人都有意，蘇箏也不拖沓，隔天直接給竇東娘回覆。

竇東娘那邊挑了個良辰吉日來下聘，雙方約好成親的日子。

等村長一家和竇東娘都回去了，落雪挽起袖子收拾堂屋。

蘇箏搖了搖小葡萄的手臂。「你什麼時候才會叫娘親啊？」

落雪笑著說：「小姐，小少爺還沒滿九個月呢，大一點就會了。」

蘇箏看向落雪，挑唇笑道：「也是喔，等妳回門時，別說娘了，姨姨可能都會叫了。」

落雪沒蘇箏臉皮厚，聽到這話紅著臉不說話了，低頭悶聲幹活，任蘇箏如何調侃她也不搭腔。

蘇箏戳戳小葡萄的胖臉蛋。「哎呀，落雪姨姨害羞了。」

小傢伙以為娘親在和他玩，興奮地揮舞著蓮藕般的短胳膊，啊啊亂叫像是和蘇箏說話，瞧著傻乎乎的。

第十五章

自從小葡萄出生，竇東來顧先生家的次數比以往多，以前他看到顧先生恨不得躲八丈遠，好讓先生看不見他，現在倒是會經常和穆以堯一起過來看弟弟。

不過今天是竇東自己過來的。

蘇箏問他。「堯堯怎麼沒和你一起過來？」

竇東摸了摸濕漉漉的腦門，有些惆悵地說：「他的羊不見了，我們找了很久都沒找到。」

穆以堯現在很傷心，他還沒告訴爺爺，想自己再找找看。

蘇箏皺眉。「羊怎麼會不見了？」

穆以堯將那些羊看得跟寶貝一樣，雖然現在又多了幾隻羊，變成了一群，但是穆以堯不至於忙不過來。

「不知道，堯堯現在回去了，他說要再數數羊的總數。」竇東搖頭。他來看小葡萄後就要回去上課了。

蘇箏見他滿頭大汗，遞了帕子給他。「擦擦汗，陪小葡萄玩一會兒。」

竇東擦了擦臉上的汗，喝了兩大碗涼茶，這才舒服點。

他們在外頭找羊可熱死了，山裡村裡全找了一遍。

小葡萄睜著烏黑的眼睛看竇東，好像在辨認他是誰，過了一會兒咧嘴笑了，揮著蓮藕臂要去抓竇東。

蘇箏乾脆把他給竇東抱著。

雖然不是第一次抱小葡萄了，竇東還是有點緊張，小心翼翼地抱著他，生怕自己抱得不好。

蘇箏交代落雪。「妳看著小葡萄，我去看看堯堯。」

「好。」

稍後，蘇箏到穆以堯家，就見穆以堯背對著外面蹲在羊圈裡，連背影都透露出一股悲傷。

「堯堯？」蘇箏喚他。

「師母。」穆以堯確實挺傷心的，見到師母也提不起勁。

蘇箏問他。「羊不見了？」

穆以堯噓了一聲，他往裡面看了一眼，示意蘇箏小聲點，爺爺在屋裡睡覺。

蘇箏拍拍他腦袋，小聲說：「你別難過了，搞不好你的羊等下就自己跑回來了。」

穆以堯點點腦袋，眼睛盯著自己的鞋尖。

「丟的那隻羊，是大羊還是小羊？」

穆以堯抽抽鼻子。「是一隻小羊。」

他打算賣掉幾隻大羊，再把小羊養大，結果從私塾回來發現少了一隻羊。

蘇箏道：「那牠可能是迷路了，我讓顧川幫你找找。」

穆以堯點點頭。

丟了一隻羊，穆以堯本來不想讓爺爺擔心，不過還沒到晚上，老人家就看出來了，逼問了兩句，穆以堯就說了。

老人家布滿皺紋的手摸了摸孫子的腦袋。「爺爺去找村長，讓村裡人幫我們找羊。」

大夫要他多喝羊奶，孫子就用心養那幾隻羊，現在羊多了，孫子想賣點錢給家裡花用，沒想到丟了一隻羊，可得少了銅板。

祖孫倆一起去找村長。

村長帶著村裡的壯小夥把村裡找了一遍，包括穆以堯經常去放羊的山頭，眼看天就要黑了，也沒找著羊。

跟去的幾個壯漢嘀嘀咕咕。「這羊八成是被哪個昧良心的人偷了。」

「我看也是，不然村裡都翻遍了，怎麼可能找不到一隻羊。」

村長聽著後面幾人的話皺眉，穆家祖孫倆日子過得艱難，村裡人都會幫他們一把，誰要是昧下他家的羊，那真是缺德。

顧川眸光閃了閃，湊近村長低聲說了幾句話。

於是大晚上，村長敲鑼打鼓把人全都聚到一起，清嗓子大聲說：「穆以堯養的羊丟了一隻，今早才丟的，你們有人看到過嗎？」

眾人紛紛搖頭。「沒有。」

一名大嗓門的婦子說：「一天到晚忙死了，活都做不完，誰能注意到啊？」

村長道：「安靜，既然都沒人看到，這樣吧，來幾個人跟我一起挨家挨戶搜一下，看看有沒有人昧下穆家的羊。」

「搜，搜！我倒要看看誰家連小娃娃的羊都偷。」

有人同意了，人群裡就都跟著喊。

唯有穆家老二皺眉說：「村長，這不太好吧？」

村長看著他說：「有什麼不好的？」

穆家老二為難地說：「萬一誰家在搜的過程中丟了點東西呢？」

人群中有人呸了一口。「能有啥好丟的？自己齷齪覺得別人也齷齪，我看搞不好羊就是你偷的！」

之前穆老頭和穆以堯都是跟穆家老二一起過生活，後來老頭子看不慣穆家老二苛待穆以堯，這才帶他出來。

穆家老二瞪了那人一眼。「你說誰齷齪呢？一隻小羊羔子我看得上？」

那人嘿嘿笑道：「那可說不準，畢竟你連每個月要給親爹的錢都斤斤計較。」

他最看不起穆家老二這種人，對自己親爹都不孝順，也就是穆老頭念著是親兒子忍了。眼見兩人要吵起來，村長站出來扮和事佬。「既然穆老二不放心，這樣吧，我帶著大夥兒先搜你家，你跟著我們一起，你看行嗎？」

穆家老二還沒找到理由阻止，剛剛跟他嗆兩句的人已經帶著大夥兒離開，他和他婆娘對視兩眼，慌慌張張地跟著一起去。

結果不出所料，在穆家柴房裡找到羊。

眾人紛紛看向穆家老二。

穆家老二臉上掛不住，朝著他兒子的腦袋來了一巴掌。「你說，你什麼時候把羊帶來的？」

他兒子捂著頭嚷嚷。「早上啊，你不是知道嗎？」

眾人的目光更鄙夷了。

穆家老二只覺得臉上火辣辣，他強行解釋道：「這渾小子早上撿到的，我忘記了。」

穆以堯跑過去抱住他的羊，摸了摸寶貝羊的毛。

穆老頭嘆了一口氣。「堯堯，我們回去吧。」

全程他看也沒看二兒子一眼，謝過村長和大夥兒後，顫顫巍巍地帶著孫子走了。

村長道：「今兒麻煩大家了，大夥兒都散了吧。」

大家鄙夷地看了穆老二幾眼就走了，跟來的一群婦女，一個個嫌棄地看著他們夫婦，更有人啐了一口。

隔天她們在河邊洗衣服時，嘴裡又多了談資。

蘇箏覺得自己很委屈，她每天掏心掏肺照顧傻兒子，每天都陪他說話、陪他玩，結果傻兒子第一聲叫的竟然不是娘，而是爹！

晚上他倆和平常一樣，坐在床上逗小葡萄玩，顧川手裡拿著一個布老虎逗他。「過來，過來，這個就給你。」

蘇箏在床尾拍了拍他肉墩墩的屁股。「快點過去，拿回你的小老虎。」

小葡萄烏黑的眼睛盯著他爹手裡的玩偶，張著小嘴巴，口水嘩嘩往下流，爬了過去。

他現在已經爬得挺熟練，全身都在出力，兩隻蓮藕般的短手臂在前面扒拉，肉乎乎的小身子一扭一扭，兩條腿在床上蹬啊蹬，爬得還挺快。

只是蘇箏看到他蹬著兩條短腿時，總會聯想到癩蝦蟆走路的樣子，不知道為什麼……

小葡萄終於爬到了顧川那裡，伸手抓過小老虎咧著嘴笑，流出一大串口水。

顧川把他抱到懷裡，拿帕子擦乾淨他下巴的口水。

小葡萄躺在顧川懷裡，小身子快樂得晃了晃，手裡捏著小老虎，他突然口齒清晰地喊了一聲。

「爹！」

顧川驚了，好半天才回過神，低頭不敢置信地問兒子。「小葡萄，你剛剛叫我什麼？你再叫一遍？」

小葡萄眨巴著眼睛看著顧川，卻不說話了。

顧川也不失落，剛剛那一聲爹夠讓他開心了，他激動地捏了捏兒子的胖胳膊。

蘇箏在一旁吃味，陰陽怪氣地說：「有那麼開心嗎？嘴巴都要咧到耳後跟了。」

顧川挑眉看了她一眼沒說話，嘴上還掛著笑。

這笑容在蘇箏看來有炫耀的意思，她捶了他一拳。「你是不是偷偷教兒子了？」

顧川沒躲，任她捶了一下。「天天和他在一起的是誰？」

蘇箏黑著臉說：「是我。」

顧川促狹地笑了笑。「哦，他可能知道每天幫他換尿布的人是他爹吧。」

「哼！」蘇箏哼了一聲。

看她氣鼓鼓的樣子，顧川很想要戳一戳她鼓起來的腮幫子。

蘇箏抱起躺在顧川懷裡玩的兒子，兩手抓著他腋下，讓他站起來，她搖了搖他的小身子，把小葡萄晃得左右搖擺。

蘇箏看著他，認真說：「叫娘！」

小葡萄自己晃了晃手臂，想讓娘再陪他玩。

蘇箏挫敗地陪他玩。「……你個笨笨。」

顧川見蘇箏失落便安慰她。「他還小，才九個多月，一周歲左右就會了。」

蘇箏絲毫沒有被安慰到，她白了顧川一眼，沒好氣地說：「那他怎麼會叫爹？」

顧川無言，摸了摸鼻尖，不說話了。

他哪裡知道傻兒子剛剛為什麼叫了一聲爹？

蘇箏是真的嫉妒小葡萄先叫爹，晚上睡覺都不纏著顧川了，緊緊貼著床邊，兩人之間空出了快一尺的距離。

顧川無奈地把她拉到懷裡。「這麼貼邊睡，夜裡掉下去怎麼辦？」

蘇箏冷哼兩聲。「我有那麼蠢？」

顧川彎了彎嘴角，心想：以妳豪邁的睡姿，那還真不一定。

他哄蘇箏說：「別氣了，從明天開始，只教小葡萄喊娘。」

蘇箏抬眼。「真的？」

顧川笑著親了親她的眼皮。「當然是真的。」

反正傻兒子已經會叫爹了。

蘇箏不知道他心裡的想法，聽他這樣說心裡的氣順了不少，顧川既然可以教會兒子叫爹，那也可以教會他叫娘！

竇東今天又被他娘打了，拿著棍子追了大半個村子。

「你去不去上學！」

竇東梗著脖子喊：「我不去，妳就是打死我也不去！」

可把竇東娘氣得火冒三丈，奈何她兒子今年十一歲了，長得又高又壯，跑了幾圈她就追不動了，站在原地彎著腰喘氣。「你個小兔崽子，我就看你什麼時候回來！」

唉……

竇東嘆了口氣，頗為惆悵。他又不像穆以堯那樣，一下子就會背書，他一看書就腦殼疼，一聽先生講課就犯睏。

他想一個人靜一靜。

竇東沒想到的是，他最不想見到的顧先生，在山頭割草。

竇東剛想躲回去，顧川已經看見他了，淡淡喊了聲。「竇東。」

竇東齜牙咧嘴地懊惱著，回頭時立刻換了一副笑臉。「先生。」

「又逃學了？」

竇東嘿嘿笑。「先生，我這就回去。」說著，腳往後退就想走。

「等等。」顧川猜到這小子心裡打什麼主意。「我估計你還沒走到，私塾都散學了，跟我一起回去。」

竇東心底暗暗發苦，也只能老老實實站住，說：「先生，要不我來幫你割草吧。」

顧川避過他，頭都不抬地說：「不用，你在一旁等著。」

他不需要一個小孩幫他幹活。
賨東只得乖乖站在一旁。
顧川割了一背簍的草，草的最下面是一捧櫻桃，他一大早進山摘的，他翻了翻，抓了一把給賨東。
賨東不僅不敢接，他反而更害怕了。
先生該不會是想先給他一顆糖，再把他揍一頓吧？
賨東悄悄地拿自己和顧川比較了一下，覺得自己打不過他。
而且先生要是打他，他娘肯定不會攔著，不僅不攔，她還會幫先生遞樹枝！
賨東一想到此，渾身瑟瑟發抖。
見賨東不接，反而低著頭看鞋尖，頭都要埋進地裡。顧川不解，直接把櫻桃塞到賨東手裡，然後揹起背簍，平淡地說：「走吧。」
賨東耷拉著腦袋，無精打采跟在顧川後面，連橘粉色的櫻桃都不甜了，他好像忽然懂得什麼叫食之無味。
令賨東意外的是，顧先生沒把他送到私塾，而是帶到顧家。
蘇箏正坐在堂屋逗小葡萄，手裡拿著一個鈴鐺，聲音清脆悅耳。小葡萄伸著手臂想拿，結果鈴鐺就在他眼前晃，怎麼也拿不到。
賨東走近了，聽見蘇箏說：「叫娘。」

小葡萄蹬了蹬腿，小身子抖了抖，烏溜溜的眼睛看著蘇箏，張嘴說：「啊！」
蘇箏重複。「叫娘。」
「啊！」小葡萄伸出胖乎乎的手臂撈著眼前晃的鈴鐺。
顧川卸下背簍，把鈴鐺給兒子，無奈道：「妳把他弄哭了又得哄。」
小葡萄見到爹爹，朝爹爹伸手，示意要爹爹抱。
顧川把肉乎乎的小團子接過來。
蘇箏這才看見站在一旁的竇東。「咦？竇東？」
這個時辰不是應該在私塾嗎？
竇東撓撓後腦勺，憨憨地笑，叫了一聲。「師母。」
顧川看了他一眼，指著牆角。「到那邊站著。」
竇東應了一聲站過去。
蘇箏用眼神詢問顧川怎麼回事，顧川回了她一個眼神，示意她安靜。
蘇箏奪過他懷裡的小葡萄，哼了一聲去找廚房裡的落雪。
當屋裡只剩他和先生兩個人，竇東內心更忐忑了，炎熱的五月他一點都感受不到熱，時間似乎過得極慢。
竇東偷偷用餘光看先生，發現先生端正地坐在椅子上，他收回視線，身板站得更直了。
過了一會兒，顧川起身去餵馬，竇東還是一動也不動。

不知道過了多久，竇東聽到顧川對他說：「過來。」
竇東抿著唇走過去。
顧川問他。「為什麼不想唸書？」
竇東盯著自己的鞋尖。「我不會背。」
與其唸書，他還不如幫爹娘幹活，奈何他一說不想唸書，他娘就揍他，說他不惜福，很多人家想上學都沒機會。
「那你以後想幹什麼？」
竇東陷入沈思，他想成為師母讀過的話本人物那樣，有一身武藝，保家衛國。
見他不答，顧川又問了一遍。
竇東小聲說：「我想習武。」
只是他明白，他娘不會送他去鎮上學武。
顧川問：「習武很辛苦的，你確定想學嗎？」
竇東點頭。「想的。」
「好，我知道了，你先回去吧。我和你娘說一下，散學了你來我家，我教你習武。」
竇東猛地抬起頭。
他沒聽錯吧？先生……要教他習武？
顧川皺眉道：「怎麼？有問題？」

「沒有，沒有……」竇東狂搖頭，暈乎乎地說：「先生，我回家了。」

竇東頭重腳輕恍惚地走了，都忘了跟蘇箏打招呼。

別說竇東了，就連蘇箏都不敢相信，她上上下下看了顧川好幾遍，不確定地說：「你不會是騙他的吧？」

顧川意味不明地哼了一聲，拿背簍裡的草去餵馬。

蘇箏跟在他屁股後面追問道：「你到底是不是騙他的？」

顧川還沒回她，她看到藏在草下面的櫻桃，一雙桃花眼彎成月牙，也不問武功的事了，樂呵呵拿著背簍走了。

洗好之後的櫻桃裝在瓷白的盤子裡，每一顆上面都泛著水光，越發誘人。

蘇箏拿了一個塞進嘴裡，很甜，快樂得眼睛都要瞇起來了。

「啊啊！」小葡萄看見吃的，揮舞著手臂也要。

蘇箏把他重新抱好。「你不能吃這個，你老實一點，等下餵你吃奶。」

小傢伙能老實才怪，在蘇箏懷裡撲騰著要吃，搞得蘇箏手忙腳亂，險些抱不住他。

顧川洗過手來抱兒子。「妳不能躲起來吃嗎？」

小葡萄現在不滿足吃奶和米糊、肉泥了，每次大人吃飯他都要鬧。

躲在房間裡吃櫻桃的蘇箏很憋屈，希望兒子快些長大，這樣就可以什麼都吃了！

想像是美好的，等兒子三、四歲時，他們母子倆一起吃香喝辣。然而現實很骨感，她兒子現在只是個喜歡吐口水泡泡、整天只會嗷嗷叫、生活不能自理的幼兒。

蘇箏充滿怨念地啃完櫻桃，吃得都不享受了，躲起來吃和光明正大吃，心情是不一樣的！

蘇箏一出房間，就見兒子小小一團窩在顧川懷裡，細嫩的手指揪著顧川的衣襟，另一隻手努力去抓顧川的頭髮，因為手短，抓了半天都抓不到。

蘇箏上前幫了兒子一把。

結果小葡萄抓到頭髮就往嘴裡送。

顧川淡淡的看了她一眼，伸手把頭髮拿出來，上面沾了小葡萄的口水，濕成一縷，還泛著水光。

沒了頭髮，小葡萄不開心，伸著短胳膊還要拿。

蘇箏見狀，把他的小手塞進他嘴裡。

顧川無言，抱著兒子去洗手，順便把自己髮梢也洗一下。

落雪從廚房出來。「姑爺，小姐，吃飯了。」

天氣炎熱，中午落雪做了涼拌黃瓜、乾煸青豆、清蒸魚，還有茄子炒肉，蒸了米飯，三個人吃就夠了。

小葡萄現在吃飯時特別鬧人，落雪主動表示。「小姐，我來抱吧。」

蘇箏道：「不用，妳吃飯。」

然後她把小葡萄塞進最後進來的顧川懷裡。
顧川只得抱著兒子坐下。
見娘在吃東西，小葡萄嘴裡發出聲音，口水流得老長。「啊！啊！」
見娘不理他，他急得團團轉，兩隻胳膊胡亂揮舞著，顧川把他豎起來，讓他站在腿上，一隻手托著他。
「啊！啊！」小葡萄著急地對蘇箏說話。
蘇箏根本不搭理他，這傻兒子到現在還是只會叫爹。
小葡萄委屈了，癟癟嘴。「哇……」
哭聲驚天動地，響徹雲霄，淚珠滾滾而下。
蘇箏道：「他怎這麼愛哭！」
顧川笑了。「呵。」
他站起來抱著小葡萄搖了搖，把小傢伙搖得舒舒服服的，哭聲漸漸止住，只是還抽抽搭搭的，眼睛鼻子都紅紅的，一副小可憐樣。
顧川重新坐下，用筷子挑了一點茄子肉餵他。
茄子有鹽味，小傢伙咂嘴，吃得津津有味，吃完了還要。
顧川餵了他一勺肉羹。
可能不是剛剛的味道，小傢伙睜著烏溜溜的眼睛，吃得不那麼急了，慢吞吞地吃，一小勺肉羹也吃完了。
顧川又餵了他一勺米糊。
由於蘇箏的奶水已經不夠他吃，最近他吃米糊、肉羹之類的居多。
顧川餵飽兒子後，蘇箏也吃完飯了，她抱著兒子去房間裡睡覺，顧川這才拿起筷子開始吃飯。
落雪不想和冷漠的姑爺坐在一桌，扒拉完碗裡最後一口米飯，打個招呼就出去了。
蘇箏回房間也沒立馬睡覺，她拿著大蒲扇替自己和兒子搧風。
小葡萄倒是躺在床上打了個呵欠就閉眼睡覺了，舒舒服服享受溫柔的涼風。
蘇箏搖扇，手腕都瘓了，顧川才推門進屋。見兒子睡了，他放輕動靜剛在床邊坐下，她就激動地把手裡的扇子塞給他。
蘇箏張張嘴，無聲地說：「我要睡了。」
說完，往兒子旁邊一躺，母子倆並排睡了。
顧川默默地幫母子倆搧扇子。
然後他看著蘇箏的眼皮抖啊抖，過了很久還在抖，兩排濃密纖長的睫毛不安地動，一看就是在裝睡。
顧川勾唇笑了笑，然後湊近蘇箏，低頭吻住她軟軟的紅唇。
蘇箏一下子睜開眼，清亮的眼底毫無睡意，她舔了舔顧川的唇。

顧川眼眸深了些許，加深了這個吻，然後笑看蘇箏。「妳不是睡了？」

蘇箏振振有詞。「本來睡了，又被你弄醒了。」

顧川挑了挑眉，聰明的不反駁，脫鞋上床，在最外側躺下，幫母子倆搧扇子。「睡吧。」

蘇箏的嘴巴紅紅的，顏色比平日更豔幾分，她傾身親了顧川一口，討好地說：「你真好，我睡了。」

蘇箏伸長手臂，略過傻兒子，姿勢生硬地把手搭在顧川身上，胳膊伸得特別直，一看就不舒服。

顧川抽了抽嘴角，身體靠近了點，讓她的胳膊舒服一點。

不過等蘇箏真正睡著時，胳膊就不搭在上面了，她翻了個身側躺著，身子彎成蝦米，翹著屁股睡。

顧川拿起毯子的一角，把母子倆的小肚子蓋上，然後他一邊搧風，一邊觀察兒子的眉眼。

他剛生下來時，眼睛有點像他的丹鳳眼，漸漸長開之後，雙眼皮出來了，更傾向於蘇箏的眉眼，只有嘴形像他。臉型呢，說不出具體像誰，肉嘟嘟、圓乎乎的，如果一定要說像誰的話，那就只能是蘇箏了。畢竟，這一大一小兩個都是豬，都喜歡吃和睡，豬嘛，長得都像。

這樣想著，顧川無聲地笑起來，他親了大豬一口，又親了小豬一口，清冷的眉眼籠上一層溫柔的面紗，越發顯得眉目清雋。

不知何時，顧川也跟著兩人一道進入夢鄉。

第十六章

大清早，顧川是被小葡萄鬧醒的。

這會兒，兒子閉著眼在他懷裡拱來拱去，兩隻小手緊緊攥著他胸前的衣服。

傻兒子，你找錯人了……

顧川嘆了一口氣，無奈地托住他圓潤的屁股，幫他翻個身，解開蘇箏的衣服讓他吃奶。

小傢伙眼睛都沒睜開，閉著眼大口吃奶，顧川移開視線，不去看剛剛驚鴻一瞥的動人風景。

過了一會兒他轉頭去看小葡萄，小傢伙已經吃飽了，趴在蘇箏懷裡又睡了。他怕兒子壓到蘇箏，抱過來放平睡，他伸手摸了摸小傢伙的尿布，暫時還是乾爽的。

顧川醒來也就不睡了，拿過一本書坐在窗邊看，等母子倆自然醒。

蘇箏先睡醒，一睜開眼，床上就她和兒子，小傢伙仰著肚皮，肉嘟嘟的兩條腿攤開放著，睡得四仰八叉。

顧川靜靜地坐在窗邊，陽光在他的側臉鋪上一層柔光，安靜而美好。

蘇箏走過去跨坐在顧川腿上。

顧川被迫合上書，大手攬過她柔軟的腰肢。

蘇箏問他。「一直沒有問過，你從前的事。」
她越來越覺得顧川好，會唸書，聰明，知識淵博，長得又好，現在還可以教竇東習武。這樣一個人，為什麼會孤身一人，在這鄉野之中？
顧川垂著眼看懷裡的蘇箏，他還以為這小傻子永遠不會問呢。
顧川三言兩語簡略地說起從前。「小時候我給一位有錢人家的少爺當伴讀，後來少爺長大，我就回家了。」
說著他不知想到了什麼，目光深遠，眼底的情緒有些複雜。
「由於一直和少爺待在一起，和父母關係比較疏遠，回家後也覺得格格不入，兄弟姊妹之間更是無法和平相處，後來我就一個人來到這裡。」這段話真假摻半。
蘇箏捧著顧川的臉，憤憤不平地說：「你這麼好，竟然會有人跟你相處不來？」
她完全忘了自己剛嫁過來時，常常和顧川鬥得兩敗俱傷，上一世更是賭氣和離了。她也不知道，大陽村私塾裡面的小蘿蔔頭，誰都不敢在顧先生面前耍小心思。
顧川眉頭輕皺，面上帶著些許失落，道：「他們都不太喜歡我。」
蘇箏聞言心疼地親了親他下巴。「沒關係，我和兒子都喜歡你！你看小葡萄每天多黏著你啊！」
她已經後悔自己因為好奇問顧川以前的事，讓他想起這些不開心的過往。
下巴傳來溫熱的觸感，讓顧川剛才隱隱的失落散去，他溫聲道：「嗯。」

蘇箏還沒膩在顧川懷裡多久，床上的小葡萄就醒了，他發現床上只有自己之後，開始放聲大哭。

顧川看著坐在他腿上不動的蘇箏，提醒她。「兒子哭了。」

蘇箏不願意下去，伸出胳膊摟住顧川脖子，整個人掛在他身上。她有點委屈，自從兒子出生後，顧川整天都被兒子纏著，都沒多少時間是兩人單獨相處的。

顧川無奈，媳婦像掛件一樣纏在他身上，耳邊是兒子震耳欲聾的哭聲，他托住蘇箏，抱著她放到床上，把蹬腿大哭的兒子抱起來哄。

小葡萄只是因為醒來見不到爹娘才哭，這會兒見到人，很快哭聲就止住了。

顧川先把兒子交給蘇箏抱著，自己去打了盆溫水，稍後在院子裡幫兒子洗澡。

別看小葡萄年紀小，他一點都不抗拒洗澡，坐在他的專屬小木盆裡，兩手不老實地撲騰著，像是發現了什麼好玩的東西，發出咯咯笑聲，濺了顧川一臉水。

顧川已經習以為常了，他面不改色捉住兒子圓潤的小身子幫他洗澡。

洗好澡就不用尿布了，現在天氣熱，老用尿布也不行，小傢伙屁股都捂得紅彤彤。

顧川幫他穿上一件大紅色的繡花小肚兜，讓他光屁股在床上玩，反正剛尿過，現在也不至於尿床。

小傢伙毫無害羞之意，光著屁股從床頭爬到床尾，來回爬了幾遍，床鋪被他搞得亂糟糟，最後他流著口水爬到蘇箏身邊。

蘇箏哼了一聲，拍了一把他肉墩墩的屁股，抱他出去玩。

牆角處，她之前撒了些鳳仙花的種子，現在全都開花了，大紅色、淺粉色，還有紫色的，互相簇擁在一起，遠遠看著還滿好看的。

蘇箏摘了一朵大紅色的花給兒子玩。

小葡萄把花緊緊攥在手裡，盯著自己的手看了半天，烏黑純淨的眼裡閃著光，然後他就把花塞進嘴裡。

蘇箏趕緊奪過來。「你怎會什麼都吃啊？這個不能吃。」

小葡萄看了看娘親，又伸手討要剛剛的花。

這下蘇箏不給他了，她自己摘了一朵淺粉色的插在髮間。

小葡萄盯著娘的頭髮，抖了抖小身子，伸長手臂要。「啊！」

要了很久都沒要到，他急了，嘴裡竟然吐出一個模糊不清的娘字。

蘇箏很驚喜，下一刻抱著兒子跑進廚房。「顧川，小葡萄會叫娘了！」

顧川正往鍋裡添水，打算煮粥喝，聞言看了蘇箏一眼，說了一句。「那挺好的。」

小葡萄早就會叫爹了，他想。

蘇箏哼了一聲，對小葡萄說：「再叫一聲娘。」

小葡萄還惦記著娘頭上的花，著急地伸手拿，兩條腿亂蹬，簡直要站起來了。

蘇箏趕緊把花摘下來給他玩。「不准吃啊。」

小葡萄也不知道聽懂了沒，握著花在那裡看。

見他沒往嘴裡放，蘇箏就不管他了，抱著兒子和顧川並排坐在灶前。

落雪下午被賣東娘叫去幫忙了，這會兒還沒回來，估摸著晚飯也不會在家吃。

顧川往灶裡添柴火，問蘇箏。「熱不熱？」

蘇箏誠實地說：「有點。」

顧川一笑。「那妳還坐在這裡？」

蘇箏道：「萬一兒子等下又叫娘了呢？」

她得讓顧川聽聽！她天天聽小葡萄叫爹，都要酸死了。

顧川示意蘇箏把小交杌搬到旁邊坐，位置不遠不近，既不會被火烤到，又在他的視線內。

蘇箏抱著兒子站起來剛想走過去，手上就感受到一股熱呼呼的暖流。

她僵著身子低下頭，水流順著她的手往下滴。小葡萄躺在她懷裡，手裡拿著蹂躪不成樣子的鳳仙花，眨著純淨的眼眸，對她咧嘴笑，一派天真可愛。

蘇箏氣得用手推了顧川的肩膀，吼道：「你為什麼不給他用尿布！」

顧川看著自己肩膀上的水漬。「……」

最後吃晚飯前，夫妻倆雙雙去洗澡換衣服。

鎮上，蘇府。

蘇老爺坐在首位上，冷著臉開口。「夫人，這個人，妳應該不陌生吧？」

黃氏看了一眼跪在地上的人，指甲陷入掌心，讓自己冷靜下來，她面上不見任何異樣，仍掛著柔和的笑。「這不是萃雪丫頭嗎？」

萃雪也是蘇箏的丫鬟，一家子都在蘇家做事，兩年前她爹找管家幫一家人贖身了。

蘇老爺眼神陌生地看著面前相處十年的枕邊人。「妳為什麼要設計箏箏？」

黃氏驚愕地說：「老爺你在說什麼呢？」

蘇老爺直接對萃雪說：「妳把事情說一遍。」

萃雪垂著頭道：「當初夫人找上我，說只要我把小姐帶到山上就給我一筆錢。我當時見錢眼開就答應了，只是沒想到山上冒出一群劫匪，慌亂之中，小姐失足落下山崖。」

她後來才明白，黃氏想要小姐死。

萃雪的腦門狠狠磕在地板上，哭著說：「老爺，我當初真的什麼都不知道，不知道夫人的計劃，還求老爺能放過我爹娘。」

他爹當時知道這件事後，果斷帶著她和娘離開蘇家，躲得遠遠的。

黃氏氣得身子都在顫抖，她抖著聲說：「萃雪，我自認沒有對不起妳的地方，妳何苦要害我！」

她當初就不該瞻前顧後留了這賤丫頭一命，應該把她一家人全都做掉。

萃雪連磕幾個頭。「老爺，萃雪說的句句都是真話，當初夫人送我的金簪子還在家裡！」

蘇老爺揮手，讓下人把萃雪帶出去。他看向黃氏，語氣平淡地說：「妳可以不承認，當初那幾個劫匪我也找到了，妳要對質嗎？」

黃氏抖了抖唇，沈默了。

「為什麼？」蘇老爺執著於一個答案。

良久，黃氏笑了笑，笑容蒼涼。

「老爺，我二十二歲嫁給你，如今三十二歲了，膝下並無一男半女，而你呢？你把蘇箏當眼珠子一樣疼，從沒想過和我生一個，叫我怎麼甘心？」

她想，蘇箏如果死了，他就會和她生一個孩子。沒想到那丫頭命大，都掉下山崖了，還能被人救出來。

蘇老爺冷笑。「妳不甘心，就可以害我的女兒？既不甘心，當年為何不說？」

當年他娶黃氏時，黃氏是二嫁，他娶她也只是為了能有個母親照顧蘇箏。他早就跟她說過，此生只要蘇箏一個女兒，她也答應了，現在又來說不甘心？

黃氏自嘲地笑了笑，當年風華正茂的她，不相信她沒手段讓一個男人給她一個孩子。

十年同床共枕，蘇老爺對她也是有感情的，到底存了一分心軟，沒把她送去官府，直接寫了一封休書給她。

至於帳本上一些錢財去向不明，他會向前任大舅子討回來。

自從竇東娘同意兒子來和顧川學武後，竇東除了第一天不積極，後面就表現出前所未有的熱情，每日清晨都來顧家報到。

其實竇東娘壓根兒沒想過顧川會武功，她只是想著反正又不收錢，兒子能跟在先生身邊學點東西也是好的，是以沒問過兒子學得怎麼樣。

竇東本來是硬著頭皮來的，結果沒想到先生真的會，他想學先生上次打的那套拳！

不過先生說了，剛開始學不了，所以他現在先紮馬步，他都快紮半個月了。

但是，他不能放棄！先生是在考驗他！

夏日的清晨，竇東熱出一腦門的汗，後背的衣裳沁出些許汗漬，馬步仍然很標準。

顧川坐在堂屋，往院子裡遙遙看了一眼，心裡對這小子還是挺滿意的。

竇東在學武上有種執著，比他讀書時熱情多了，而且他力氣大，底盤也穩，是塊練武的料子。

顧川終於說：「今天可以了，回去洗一洗，明天再來。」

竇東擦擦額頭落下的汗，大聲說：「好！」

房間裡蘇箏和小葡萄還在睡，母子倆如出一轍的睡姿，薄薄的被褥踢到腳下，四肢攤在床上，張著嘴呼吸。

顧川推了下蘇箏。「起來吃早飯。」

蘇箏迷迷糊糊地睜眼，抬手揉了揉眼睛，拖長音調說：「知道了。」聲音裡是濃濃睡意，帶著些許鼻音，聽起來軟軟的，像是在撒嬌。

本來打算把她拉起來的顧川動作頓住了。

蘇箏在床上滾了兩圈，等清醒點了才坐起來，一頭烏髮睡得亂七八糟。

顧川沒忍住揉了她的頭頂。

蘇箏還沒完全清醒，呆呆地坐在床上，若是平時，怎麼說也得翻個白眼。

顧川眼裡閃過笑意。

蘇箏用冷水洗臉，整個人才清醒點。

吃完早飯，顧川就去私塾了。

落雪洗好碗後磨磨蹭蹭地走到蘇箏身邊。「小姐……」

蘇箏擺手打斷她，笑著說：「我知道妳想說什麼，妳去吧！」

落雪笑道：「謝謝小姐！」

她今天打算坐村裡的牛車，去鎮上買布料回來繡嫁衣。

落雪轉身就要去，蘇箏喊住她。「等等，這個帶上。」

蘇箏遞過去一個荷包，放到落雪手上，挑眉笑著說：「可不准給妳家小姐省錢，一定要買好的面料。」

落雪咬了下唇，低聲說聲謝。

蘇箏把推她到門口。「快去吧，別晚了。」

回屋時，小葡萄哼哼唧唧醒了，剛要張嘴哭，蘇箏把他抱到懷裡搖了搖，他又不哭了。

蘇箏讓他坐在懷裡，拿勺子餵了他半碗米糊。

等他吃飽了，蘇箏抱著兒子出去，說：「娘帶你出去逛一逛。」

沒人知道小葡萄有沒有聽懂，反正他特別給面子地對蘇箏笑。

蘇箏低頭親了一口他的胖臉蛋，一隻手關上院門。

小葡萄出來的機會並不多，他的活動範圍一般都在院子裡，這會兒出來了，在蘇箏懷裡興奮地扭動，一雙烏溜溜的眼睛看來看去。

「顧川家的，出來玩啊？」村人李婆婆問道。

蘇箏對李婆婆笑了笑，說：「出來走走。」

李婆婆看向蘇箏懷裡的兒子，羨慕道：「這小子長得可真好，白白胖胖的。」

恰巧這時小葡萄不知道看見了什麼，咧嘴一笑，李婆婆以為是對她笑的，稀罕道：「喲，還會對我笑呢，一點兒也不怕生，哪像我家那丫頭，瘦巴巴的不說，還怕人。」

蘇箏沒接她的話，她可是聽竇東娘說了，李婆婆最重男輕女，她自己生了四個兒子，因此對李家媳婦第一胎生的是女兒格外不滿。

當娘的月子裡吃不好，自然沒多少奶水，小嬰兒又缺少人照顧，能不瘦嗎？

蘇箏說：「嬸子，那我先走了，帶孩子去逛逛。」
「欸，好，妳去。」
蘇箏也是帶著兒子瞎逛，不自覺就走到了私塾。
既然來都來了，就在外面看一眼吧！
這樣一想，蘇箏抱著兒子扒在窗邊往裡看。
顧川站在最前面，手裡拿著一本書教他們，裡面的孩子都在搖頭晃腦跟著他讀。
穆以堯坐在第一位，竇東則坐在最後一位。
蘇箏站了一下就要走，懷裡的小葡萄看見顧川，拿出一直放在嘴裡咬的手指，指著顧川開心地叫。「爹！爹！」
他聲音不小，裡面的讀書聲停住了。
蘇箏抱著兒子尷尬地朝他們笑了笑。「嘿嘿。」
顧川看了窗外一眼收回視線，手指敲了敲桌面，嗓音清冷。「繼續。」
整齊的讀書聲重新響起。
蘇箏抱著兒子躡手躡腳地走了。
半路上，蘇箏懊惱地說：「你說你，偷偷看不好嗎？非得搞出動靜。」
小葡萄不知道被娘嫌棄了，滿是口水的手指緊緊攥著蘇箏的衣襟，下巴上全是自己吐出來的口水。

蘇箏嫌棄了一聲，拿手帕把他的下巴擦乾淨。

抱著兒子走了一圈，她也累了，到家把傻兒子往床上一扔，她跟著躺在床上。

小葡萄躺在床上蹬著小腳丫，自己跟自己玩，看樣子玩得挺開心的。

蘇箏手肘支在床上，側頭看了他一會兒，忽然嘿嘿笑了起來。

她跑到梳妝檯找出很久沒用的胭脂，滿面笑容地湊近兒子。「小葡萄，娘幫你上個妝。」

小葡萄還不知道即將發生什麼，他無辜純淨的眼神看向娘親，對她露出一個乾淨簡單的笑容。

蘇箏幫兒子塗了兩團紅暈，她左右看看，覺得左邊的好像不夠好，又加了點胭脂，加來加去，最後變成兩邊臉頰都紅紅的。

她看了看，對此還是挺滿意的，又幫兒子在額頭點了一個紅紅的小圓點。

「可以了！」蘇箏拍拍手。

小葡萄對此一無所知，還在興奮地擺手讓娘陪他玩。

蘇箏起了一絲絲的愧疚之意，她低頭打算親兒子一口作為補償，奈何她半天沒找到下嘴的地方。

以前都是親臉，今天……嗯……

算了，她還是不親了。

小葡萄仍然開開心心和自己玩，兩隻小手碰在一起，小腳蹺起來，偶爾還來兩句自言自語，也不知道他在開心什麼。

蘇箏伸手點了點他的小鼻子，結果被小葡萄一把捉住手，他像是得到什麼新奇的東西，咧著嘴咯咯笑起來。

平時他笑起來很可愛，一看到他笑，蘇箏恨不得把好的東西全都捧到他眼前。只是現在，他臉上誇張的胭脂實在讓蘇箏不忍直視。

她本來打算拿熱毛巾幫他擦掉，誰知道傻兒子拽著她的手指不放，力氣還不小。

蘇箏只好歪在床上逗他，想著過一會兒再擦，結果沒多久她就睏了，摟著兒子奶香的小身子，母子倆一起睡著了。

這一睡，就睡到中午，顧川回來了，兩人還沒醒。

「姑爺……」落雪正坐在堂屋做小葡萄的衣服，她閒著沒事，衣服已經做到三歲的了。

顧川沒看到蘇箏，問落雪。「小姐呢？」

「小姐和小葡萄在裡屋睡覺呢！」

顧川放輕腳步推門進屋，大床上母子倆緊靠在一起，也不嫌熱。

他拿起桌上的蒲扇，打算幫兩人搧風，讓兩人睡得舒服一點，待他走近，看到兒子的臉時，眼皮一跳。

這是什麼亂七八糟的？

小傢伙動了動，眼看他要醒，顧川怕他吵到蘇箏睡覺，顧不得細看他的臉，趕緊把人抱出去。小葡萄在顧川懷裡哼哼唧唧，慢慢睜開眼睛。

看到爹，小葡萄就笑了，熱情地喊：「爹，爹……」

這副笑容，配上他臉頰紅紅的兩坨，怎麼越看越像傻兒子？

顧川不想再看下去，趕緊帶著兒子去洗臉。

蘇箏醒來時，顧川正帶著兒子學走路，小葡萄早就會站了，扶著東西也能走幾步，沒人扶著他就不行了。這會兒顧川彎腰扶著他，他走得可歡快了。

蘇箏不太愛帶兒子走路，這小傢伙太能跑，而且得彎腰扶著他，一天下來腰痠背痛的，太累了。

這會兒她坐在床上看顧川教兒子走路，完全忘了睡前她幫兒子化妝的事。

顧川見蘇箏醒了，把還想跑的兒子抱到床上坐著，他看了看蘇箏，猶豫地說：「妳別給兒子塗亂七八糟的東西。」怕蘇箏不高興，他又加了一句。「他化妝不好看，妳化妝好看。」

蘇箏抿嘴笑起來，眉目間滿是驕傲。「我化妝當然好看！」

顧川見狀笑了笑，不只小孩傻乎乎的，大人也傻乎乎的。

第十七章

一轉眼就是小葡萄的周歲宴，今天他是主角，蘇箏特地把他打扮了一番，穿上新做的大紅色衣服，紅色把白白胖胖的肉團子襯得嬌憨可愛，讓人想把他抱在懷裡揉一揉。

蘇箏拿過胭脂用食指沾了下，打算幫兒子在額頭點一個小紅點。

顧川眉心一跳，立刻阻止了她。「咳咳，箏箏，時候不早了，妳趕緊梳下頭髮吧。」

時辰確實不早了，蘇箏遺憾地放下胭脂。「好吧。」

顧川怕她等會兒又心血來潮要替兒子點胭脂，便心有餘悸地抱兒子出去了。

見懷裡的傻兒子樂呵呵一副無憂無慮的樣子。顧川嘆了一口氣，自從兒子出生後，他嘆氣的次數越來越多。

顧川把兒子放下來，牽著他走路。

小傢伙犯懶，明明牽著他已經會走路了，這會兒偏偏扒著爹的腿不願意走，要他抱，顧川只得把這懶蟲抱起來。

在爹爹懷裡他就比較開心了，嘟著嘴吹出口水泡泡，發出噗噗的聲音，玩得不亦樂乎。

「爹……」小葡萄指著院子裡的馬。

顧川帶著他過去看，這時候他不願意在爹懷裡了，鬧騰著要下去，顧川把多變的傻兒子放在地上。

小葡萄一隻手被爹牽著，烏黑純淨的大眼睛懵懂地看著高大的馬，過了一會兒，他伸出小手，試探地摸了摸馬的前腿。

大概是見馬沒什麼反應，他膽子大了點，揪著馬腿不放。

這匹馬向來高傲，讓小主人摸是因為主人站在旁邊，此刻牠不耐煩了，前腿往後移動了一下。

馬突然動了，把小葡萄嚇了一跳，胖乎乎的腿往後退了一步，小身子撞到爹爹的腿，驚疑不定地看著馬蹄子。

顧川把他提起來抱在懷裡，拉著他的手一起摸了摸馬的頭，小葡萄好奇地睜大眼，很快就笑起來，小手不老實地捋來捋去。

見他高興，顧川乾脆讓他坐在馬背上，兩手托著他腋下，小傢伙興奮地亂叫，嘴裡直流口水，順著他的下巴落到衣襟上。

顧川無言了。

兒子這一興奮就到處流口水的習慣，什麼時候能改掉？

顧川拿帕子把他的衣襟擦乾淨，把他從馬背上抱下來。

小葡萄不願意下來，抗議地踢著腿，顧川直接忽視了他這點力道。小葡萄看了看身後越來越遠的馬，嘴一癟委屈地哭了，眼淚說來就來。

「他怎麼又哭了？」蘇箏從裡面走出來，她今天穿了一件煙粉色的衣裳，極其襯她膚色，臉上略施粉黛，蛾眉輕掃，眼底波光流轉，一雙桃花眼比往日更加動人，側邊的流蘇簪隨著她的走動來回搖擺，平添幾許風情。

顧川的目光盯著她比往日豔上幾分的紅唇。

見顧川沒回她，蘇箏又問了一遍。「他怎麼哭了？」

顧川移開目光，看著懷裡哇哇大哭的傻兒子，說：「不知道，故意鬧騰吧。」

見兒子向蘇箏伸胳膊，顧川把兒子往前送了送。

蘇箏看著眼淚、鼻涕、口水糊滿臉的兒子，側開身子避開他，往後退了一步，抗拒地說：「還是你抱吧。」

她今天這麼美，千萬不能被兒子糊上鼻涕和口水。

顧川無語。

蘇箏推託要幫落雪準備午飯，一溜煙跑進廚房了。

顧川看著懷裡因為娘不抱他，哭得更傷心的小葡萄，只好帶著兒子去洗臉。

剛幫兒子洗好臉，蘇老爺就過來了。

顧川喊了一聲岳父，邀他進來坐。

「小寶貝怎麼哭了？」見小葡萄眼睛和鼻子都紅的，嘴裡還抽噎著，蘇老爺頓時心疼了，從女婿手裡接過外孫哄。「不哭啊，看外公給你帶了什麼。」

小葡萄跟外公不熟，突然被抱走，本來張嘴又想哭，結果外公從馬車裡拿出一對手鐲，上面還帶著鈴鐺叮噹作響，他的視線一下子被吸引過去，忘記要哭了。

蘇老爺讓他握在手裡。

小葡萄握住鐲子不撒手，手臂來回搖了搖，聽鈴鐺發出的聲音。見到蘇箏，小葡萄獻寶一樣舉著鐲子給她看，一臉開心。

蘇箏沒管兒子，眼睛往她爹身後看了看，確定他是一個人來，身邊只帶了個趕車的小廝。

蘇老爺看了眼女兒，說：「別找了，我自己過來的。」

「哦。」不用看見黃氏，蘇箏更高興，走去堂屋的腳步都輕快幾分。

蘇老爺抱著外孫在女兒對面坐下，開口道：「我把黃氏休了。」

蘇箏剛端起杯子喝了一口涼茶，聞言頓時嗆到了，捂著胸口咳嗽。好不容易緩過來了，蘇箏啞著聲說：「爹，你剛剛說什麼？」

蘇老爺淡定地重複。「我把黃氏休了。」

蘇箏問：「為什麼？」

雖然她不喜黃氏，但她知道爹對黃氏還是有感情的。

蘇老爺看了女兒一眼說：「休了就休了，哪有那麼多為什麼？」

就讓箏箏覺得落崖是個意外吧！

蘇老爺私心想放過黃氏這一次，若是女兒知道實情，估計得不依不饒了。

顧川的目光淡淡瞟向岳父，沒吭聲。如果黃氏再對蘇箏起什麼歪心思，他不會再給蘇老爺留情面了。

蘇箏昂起下巴。「休了好啊，休了，你可以再娶一個。」

蘇老爺道：「不會再娶了，當初娶黃氏就是為了照顧妳，現在妳都這麼大了……」

「遇到喜歡的你可以再娶。」蘇箏不耐煩地打斷他。「我餓了，我要吃飯了。」

蘇箏喊落雪上菜。

小葡萄見到端上來的菜，眼睛一下子就亮了，蘇老爺一個沒看住，他就自己抓了一片涼拌萵筍往嘴裡塞。

蘇老爺見狀，趕緊拿出來。

顧川抱過兒子，對兒子認真說：「不可以用手抓知道嗎？」

小葡萄盯著顧川看，也不知道他聽懂沒有，伸舌頭舔了舔嘴上殘留的鹽味。

顧川餵了他一勺肉羹。

小傢伙張嘴就是一口，吃完，他又看桌上的菜，指著紅燒魚示意他要。

顧川對他搖了搖頭。

遲遲吃不到魚，小葡萄都急了，在顧川懷裡撲騰著，要伸手自己抓。

顧川固定住他的小身板。

動不了的小葡萄癟癟嘴又要哭，顧川眼疾手快地餵了他一勺肉羹。

吃到肉羹，小葡萄就不記得哭了，他小嘴嚼了嚼，把肉羹嚥下去。

顧川及時餵下一勺，就這樣小半碗肉羹被他吃完了。

蘇老爺在一旁暗中觀察，見女婿動作熟練，明顯不是第一次做，滿意地點了點頭。

蘇箏吃完了，把小葡萄接過去，顧川拿起筷子開始吃飯。

因為怕小葡萄還鬧著要吃菜，蘇箏抱他進屋玩。

翁婿倆在外面吃飯，蘇老爺拿出他帶來的酒，讓女婿陪他喝兩杯。

顧川陪蘇老爺喝了兩杯，靜靜地聽蘇老爺說話，偶爾搭兩句腔。

蘇老爺喝了幾杯酒後，話就比較多了，絮絮叨叨地說起蘇箏小時候，大多都是她怎麼調皮搗蛋，想方設法地捉弄先生和欺負同齡玩伴。

顧川這會兒開始認真地聽，時不時問蘇老爺幾句話，讓他有興趣繼續說下去。

蘇老爺嗓門大，蘇箏在屋裡都聽到了，她翻了個白眼，抱著兒子走出去喊道：「還抓不抓週了？」

她怕她爹再喝下去，她裡子面子都沒了。

外孫的抓週是頭等大事，蘇老爺點頭如搗蒜。「抓！抓！」

顧川選了一塊平坦的地放上涼蓆，涼蓆上面鋪了一層被褥，蘇箏把準備好的東西一樣樣擺上去，有算盤、銀錢、書本，顧川準備的筆和硯，還有吃的和玩具之類的。

「娘……」小葡萄見娘和爹都蹲在地上，身子朝前傾斜，伸手要娘抱。

蘇老爺哄道：「乖啊，等一會兒下去。」

小葡萄根本不買帳，爹娘都不搭理他，他生氣了，小手拽住外公的頭髮用力一拉。

蘇老爺頭皮突然一疼，哎一聲捂住頭皮，低頭一看，他的寶貝蛋正凶狠地拽著他的頭髮，他趕緊護住頭髮。自從年紀大了，他每天早上梳頭，頭髮都一把一把掉，現在這幾根頭髮他寶貴著呢。

「小葡萄啊，你鬆開。」

小葡萄才不鬆呢，他覺得外公在和他玩，整個人高興起來，拽著頭髮來回搖擺，蘇老爺可心疼死他的頭髮了。

奈何這是外孫，他捨不得凶，一張臉糾結地皺成一團。

等女婿把外孫抱過去後，蘇老爺鬆了一口氣，連忙把被弄亂的頭髮整理好。

村裡人知道顧先生的兒子今天抓週，閒著的人都過來湊個熱鬧，好幾個私塾裡的孩子跟著大人一起過來。

蘇箏分了糖給幾個孩子吃，分到竇東和穆以堯時，她私心多分了點糖給他們。

顧川把小葡萄放到被褥上。

小傢伙在爹爹懷裡待得好好的，突然被放到地上，此刻一臉懵地坐在被褥上，呆呆地抬頭看爹娘。

蘇箏笑看著他說：「小葡萄，快點挑。」

他好像理解娘親的意思，低著頭看啊看，臉頰上的嫩肉看起來鼓鼓的。

周圍的人都在盯著他，看他會拿什麼。

見小葡萄看了半天都沒動，蘇箏心裡暗暗著急，握緊了拳頭。

顧川悄悄探出手，把她的拳頭包進手心裡。

終於小葡萄動了，拿起離他最近的書，好奇地看了看。

「選中了書？選書好，日後一定好學。」劉家媳婦說道。

小葡萄可能覺得書太重了，他又扔回去了。

劉家媳婦傻眼了。「呃……」

蘇箏緊盯著小葡萄，看他會選中什麼。

小葡萄把手指放進嘴裡咬，口水流到下巴，他盯著一地的東西左看右看，就是沒再伸手拿。

「他怎麼不拿了？」竇東在旁邊看得急死了。

穆以堯搖搖頭。「不知道。」

兩人的說話聲引起小葡萄的注意，他抬頭看了看兩人，見到是熟悉的人，咧嘴對兩人笑了笑。然後手腳並用開始爬，肉乎乎的小身子在被褥上快速移動著，顧川突然有了不太妙的預感。

果然，小葡萄一把抓住竇東的褲子，對著竇東笑。

周圍突然很安靜，竇東偷偷動了動腿，想把褲子抽出來，結果小葡萄抓得緊，一用力就覺得褲子好像不夠牢靠，他只得站在原地不動。

小葡萄硬是拽著竇東的褲腿，搖搖晃晃地站起來，小身板撲在竇東腿上。

「咳咳……」顧川打破沈默。「小葡萄想讓你抱他。」

「哦哦！」竇東身體先於大腦，立馬彎腰抱起小葡萄。

竇東娘打圓場。「小葡萄第一次選的是書，日後必將博覽群書，學有所成。」

周圍人連連附和。「竇東娘說得對。」

蘇箏笑了笑，把兒子從不知所措的竇東手上抱過來，拿手帕擦了擦他下巴上的口水。

大家說了幾句吉祥話，紛紛告辭了。

因為鋪子裡還有事，蘇老爺也回鎮上了。坐在馬車裡，他想，日後可以在大陽村買塊地，蓋一座房子和女兒、外孫住一起，反正他回去也是一個人，還不如離女兒近一點。

見人都走了，蘇箏捏了捏小葡萄肉肉的臉。「你呀！」

哪有小孩抓週抓別人褲腳的？

小葡萄在娘親懷裡樂得手舞足蹈。

顧川也笑，道：「抓週就是圖個熱鬧而已。」

蘇箏把他放到地上，自己蹲在他面前說：「你在這裡玩一會兒。」

有娘陪著小葡萄很高興，他拿起一枝筆遞給蘇箏。「娘……」

蘇箏配合地接過來。

小葡萄像玩遊戲一樣，在被褥上爬來爬去，上面的東西被他一個一個拿給爹和娘，笑得一臉傻氣。

顧川拍了拍他肉墩墩的小屁股，把他抱到床上放著，對他說：「你該午睡了。」

小葡萄睜著眼看看他爹，蹬蹬腿打算翻身繼續爬。

顧川拉平他的腿，替他蓋上薄被，拍拍他的小肚子。「睡吧。」

顧川聲音低沈，拍肚子的動作非常柔和，差不多也到了每天午睡的時辰，小葡萄沒過一會兒就閉著眼睡了。

顧川把兒子哄睡著後，蘇箏從門口探頭看，見兒子睡著了，放輕動作走進去，脫掉外衣躺在兒子旁邊。「我也睡了。」

顧川點點頭。「睡吧。」

蘇箏看著顧川又重複了一遍。「我要睡了。」

顧川疑惑地看向她。「睡啊，想睡就睡。」

蘇箏氣嘟嘟地說：「你為什麼不哄我睡？」

「噗……」顧川短促地笑了聲，在蘇箏質問的眼神裡收住笑聲，他輕輕地拍蘇箏的肚子，哄她睡覺。

只是，幫兒子拍肚子時心無旁騖，輪到蘇箏時，他腦子裡難免有些想法。

她沒蓋被子，透過薄薄的衣服，顧川能感受到掌心裡柔軟溫熱的觸感，目光所及，是距離他手不過幾寸距離的高聳之地。

蘇箏也感覺不太對，現在都不睏了，不懂傻兒子為何喜歡別人這樣哄他？

蘇箏捉住顧川的手。「我現在就睡了。」

顧川的眼底閃過一絲笑意，面上仍然冷清，他問：「怎麼了？不是妳要我哄妳睡覺的嗎？」

「現在不用了，我……」

蘇箏話還沒說完，顧川突然俯身吻住了她的唇。

蘇箏愣了愣，很快迷失在這個吻裡。

不知何時，顧川的手悄然滑過，所到之處皆是火熱。

身上傳來的觸感讓蘇箏心頭一燙，她斷斷續續地說：「不能……」

聞言，顧川放開了她，只是身體還壓在她身上，大手也不願從她衣襟裡抽出來。

蘇箏紅著臉輕輕說了一聲。「重。」

顧川的腦袋埋在她頸窩，深深地吸了一口氣，他翻身躺在她身側，摟著她的腰，啞著聲說：「睡吧。」說完自己先閉上眼睛。

背後的身體太熱，腰上的手臂也覺得沈重，蘇箏腦袋暈乎乎的，閉著眼過了很久才睡著。

大床上躺著一家三口，小葡萄占據了一大半位置，另外一半，夫妻倆緊緊貼在一起，閉著眼沈睡。

顧川是被迫醒來的，小葡萄坐在床上，一臉猙獰地拽著他的一根手指使勁往上拉，想把他的胳膊從蘇箏身上拿掉。

顧川見他吃力的樣子，順著他的力道抬了抬胳膊，把手拿開。

礙眼的胳膊沒了，小葡萄咧嘴一笑，小身子往前面一扎，自己躺在娘親懷裡，小手霸道地摟住娘。

顧川抽抽嘴角，把小傢伙提起來，在他要哭時先一步捂住他的嘴，把人抱到院子裡。

見小葡萄哭個不停，怕他哭聲太大吵醒屋裡的蘇箏，顧川把他抱到牆角放下，指著鳳仙花說：「看，花花。」

小葡萄淚水漣漣地睜開眼，被眼前的花吸引了，停住嘴裡的哭聲。

顧川鬆了一口氣。

「爹。」小葡萄抬頭看爹，拉拉爹的手指，指著鳳仙花，意思是他要。

顧川摘了一朵放在他手裡。

小傢伙好奇地捏了捏，染了一手花汁。他扔了手裡的花，走進花叢裡自己摘了一朵紅色的，他動作粗暴下手又快，一朵花揪掉了兩片花瓣。

他看看手裡的花瓣，果斷扔了，又伸手去摘下一朵。

顧川眼皮一跳，生怕他等下把這些花都給禍害了，蘇箏醒來一定會生氣，趕緊把他抱起來，遠離鳳仙花。

突然離地，小葡萄的四肢掙扎著，渾身充滿抗拒，啊啊叫著要下去。眼看離花兒越來越遠，他嘴巴一張又哭起來，眼淚隨著哭聲一起出來。

顧川感到頭疼，乾脆把他放在馬背上，扶著他騎馬在院子裡慢慢走。

小葡萄第一次騎馬，短暫的害怕過後就高興起來，拍著小手笑得樂呵呵。

顧川在他身後嘆了一口氣，他想，他已經能確定兒子的性格像誰了。

蘇箏這一覺睡得極好，醒來時已是日暮西山，她躺在床上舒舒服服伸了個懶腰。

父子兩人待在廚房裡，顧川拿著勺子給兒子餵飯。

小葡萄一口一勺，吃得格外香甜。

顧川餵完了小半碗飯就停下來，晚上還得吃一頓，現在少吃點。

小葡萄還張著嘴等爹爹餵，一見爹爹不餵了，他著急地扒拉顧川手裡的碗。

顧川把碗底露給他看。

見沒有了，小葡萄竟然露出失望的神色來，下一刻他機智地指著鍋，讓爹爹去盛飯。

顧川失笑，捏了捏兒子的胖臉蛋說：「不能再吃了，等娘醒了一起吃。」

小葡萄像是聽懂了，拉著顧川的手就要往外走，去找娘。

顧川牽著他走出去。

「娘……」小葡萄磕磕絆絆地跑起來。

蘇箏已經醒來，賴在床上而已，聽見兒子叫她。「兒子，過來。」

小葡萄扒著床沿就想爬上去，奈何腿太短，胳膊也使不上力，掙扎半天還在地上，急得哇哇叫。

顧川無奈地托著他的小屁屁，把他送到床上。

一上床，他就拱進蘇箏懷裡，鬧著要吃奶。

蘇箏側開身子，避過顧川的視線解開衣襟。

顧川看著小葡萄的後腦勺微微皺眉，是時候戒奶了，他想。

小葡萄不知道他吃奶的日子即將結束，此刻躺在娘親懷裡，閉著眼開開心心地大口吃奶。

等他不吃了，蘇箏攏起衣襟下床，順便把小葡萄放到地上。

小葡萄拽著她的手走到顧川那邊，一把抱住顧川的腿。

顧川低頭看腿上白胖的小團子，動了動腿，小葡萄的身板隨著他的腿左右搖晃，手上仍然抱住不撒手。

顧川牽著他走，小葡萄卻不願意，兩隻腳在地上釘得死死的。

顧川一隻手提起他，把他抱起來，小葡萄這才開心起來，胳膊緊摟著爹爹的脖子。

蘇箏道：「他好懶。」

聽到這話，顧川看了蘇箏一眼，眼底意味不明。

第十八章

一轉眼就到了落雪出嫁的日子。

蘇箏起了個大早，陪著落雪化妝，村裡幾個相熟的媳婦都圍在落雪房裡，嘰嘰喳喳地說話，場面熱鬧。

村長家特地請了一名兒女雙全、生活美滿的婦人替落雪梳頭，一邊梳一邊念叨。「一梳梳到尾，二梳梳到白髮齊眉，三梳梳到兒孫滿地……」

鏡子裡的人含羞帶怯，兩腮暈紅，殷紅的唇不自覺揚起，眉眼間神采飛揚，一身大紅色的喜服襯得膚色白皙，比往日更亮眼幾分。

「嘿嘿。」站在旁邊的一個媳婦捂嘴笑道：「雙林掀蓋頭時見到落雪還不得被迷死？」另一名媳婦接嘴道：「何止？明天早上能不能起來還是一回事呢！」

幾個人哈哈笑起來。

落雪本來就紅的臉變得更紅了，緊閉上嘴巴不敢搭腔。

幾個人見落雪害羞了，對視一眼笑著換了個話題。

「新郎來了！」喊話的是村裡的孩子，人未到聲先至。

「這麼快來了，蓋頭呢？」化妝的婦人急匆匆在落雪的臉上補水粉。

有人拿了蓋頭放在落雪頭上，扶著落雪走出去。
雙林是趕牛車來的，胸前戴了朵大紅花，整個人春風滿面，旁邊跟著村裡一些壯小夥。見到落雪出來了，他笑得見牙不見眼，小心翼翼扶著落雪坐上牛車。
蘇箏早就準備好嫁妝了，此時連落雪的聘禮一起請人抬回去，村裡半大孩子跟著牛車跑，嘻嘻哈哈地湊熱鬧，一群人轟轟烈烈地回去。
顧川和蘇箏也抱著小葡萄跟過去，兩家說好了，統一在村長家辦喜宴。
他們的位子早就安排好了，和村長的本家坐在一桌，同桌的還有算是媒人的竇東娘。
竇東見到蘇箏懷裡的小葡萄，朝小葡萄打了個招呼。小葡萄開心地對他揮揮手，他一興奮就蹦來蹦去，蘇箏抱得很吃力。
顧川悄悄在桌子下打了一下他的腳。在小葡萄看他時，用眼神示意他老實點。
小葡萄接收不到他爹的眼神，他只知道自己被打了，於是他抿著嘴唇，蓄足了力氣用胳膊打他爹。
周圍人不知道發生了什麼事，見小葡萄突然生氣了，都忍不住笑起來，他氣鼓鼓的樣子太可愛了。
顧川乾脆把小葡萄放到他懷裡，任小葡萄怎麼蹦跳，他都穩如泰山。
蘇箏偷偷地甩了甩胳膊，小葡萄現在挺重的。
小葡萄在顧川懷裡沒蹦跳多久就不動了，因為上菜了，黑葡萄般的眼睛緊盯著桌上的菜。

蘇箏挾了一片萵筍，在水裡涮了涮遞給他。

小葡萄忙不迭地用手接著，放進嘴裡咬了一大口。然而人太小，萵筍拿出來時只少了一個小缺口。他也不氣餒，一口一口，吃得津津有味。

後面上的菜他都吃不了，有的太辣，有的他啃不動，急得他在顧川懷裡蹦來蹦去，差點哭了。

還好這時候上了一道清蒸魚，顧川用筷子挑了點魚肉，仔細地把刺挑出來，餵給他吃。

小葡萄嘴一張，一口吃完了。他咂嘴，大概是覺得味道還不錯，仰頭對他爹說：「吃……」

顧川又餵了他一點。

蘇箏吃得差不多了，她放下筷子。「我來抱吧。」

顧川搖頭。「不用。妳吃飽了？」

蘇箏點頭。「嗯。」

顧川道：「那我們先回去吧。」

兩人跟一桌幾人告辭，抱著小葡萄走了。

小葡萄可能吃上癮了，意識到要離開竟然不想走，顧川強制地把他抱走了，在他要哭的時候，先一步捂住他的嘴，直到走遠了才放開。

伸胳膊。

「哇……」一放開手小葡萄就大聲哭了，一邊哭一邊要娘抱，小身板傾斜過去，向蘇箏

蘇箏只得把他接過去，擦乾他的眼淚。「葡萄啊，你太胖了，娘抱你很累的。」

小葡萄也不知道聽懂沒有，哭聲止住了，呆呆看著蘇箏，下一刻，他更傷心地哭出來，胖胳膊緊緊摟住蘇箏，眼淚、鼻涕全都流入蘇箏的脖頸裡。

蘇箏道：「你不胖。」

她被哭聲吵得頭都疼了。

顧川在一旁涼涼說道：「讓他哭，回去不給他飯吃。」

晚上睡覺時，顧川和蘇箏提了戒奶的事。

蘇箏聞言猶豫道：「他還小吧？」

她對兒子有愧疚之心，這輩子就想事事對他好，一下子讓兒子斷奶，她捨不得。

顧川斜眼看了看睡著的傻兒子。「不小了，馬上要一歲半了。」

一歲時，他就打算讓兒子戒奶了，蘇箏不捨得，他就沒提了，現在不能拖了。

蘇箏說：「雖然他現在吃飯，但他還是很愛喝奶的。」

顧川道：「沒事，他挺愛吃飯的。」

見蘇箏猶豫不想答應，他說：「箏箏，男孩子斷奶太晚會被笑話的。」

這話完全是忽悠蘇箏，他以前在的地方，有的人家孩子都三歲了還要奶娘餵奶。會被笑話？這怎麼行？

蘇箏立刻說：「那斷！」

「嗯。」顧川滿意地點頭，接著說：「他也得學著自己一個人睡。」

顧川指了指放在房間裡一直閒置的小床。

蘇箏回道：「行，不過冬天還是得跟我們一起睡。」

顧川想了想便同意了，冬天冷，傻兒子自己睡不一定暖和。

他起身把兒子的小床整理乾淨，鋪上他的小被褥，輕輕把大床上熟睡的小人抱到小床上。

小葡萄渾然不知換了個地方，仰著臉依然睡得香甜，顧川替他蓋上被子。

顧川回到床上躺下，摟過一旁的蘇箏，心滿意足睡了。

一個小胖子離開後，床上的位置變得好大。

這一晚，夫妻倆睡得特別舒服。

到了平日起床的時辰，顧川自然醒了，他難得不想起床，胳膊搭在蘇箏細軟的腰肢上，低頭吻了吻蘇箏的側臉。

打破寧靜的是小葡萄的哭聲。

小葡萄醒來發現睡的床和平時不一樣，身邊也沒有爹爹和娘親，頓時嚇得哇哇大哭。

蘇箏被兒子吵醒了，嚶嚀一聲睜開眼。「小葡萄哭了？」

「嗯，妳睡，我去哄他。」

小葡萄被熟悉的人抱著，漸漸不哭了，他睜著霧濛濛的眼睛看了看爹，慢慢鬆開爹的肩膀。

顧川抱著兒子在廚房做早飯，這過程吸引了小葡萄，目不轉睛地看著他的動作。淘米下鍋，洗了幾個紅薯一起放鍋裡煮，顧川抱著小葡萄坐在灶前燒火。

小葡萄好奇地看著火紅的小火苗，小手指著火苗側頭朝爹爹說話。

顧川根本聽不懂他在說什麼，只敷衍般地點頭應付他。

小葡萄越說越興奮，一激動說話更快了，口水滴了老長，有一些落在顧川的衣服上。

顧川無言了。

吃完甜甜的紅薯，小葡萄就不喜歡爹爹抱了，鬧著要娘抱他，一到蘇箏懷裡他的小腦袋就拱來拱去，到了他吃奶的時辰了。

蘇箏看著他急切的模樣就心軟了，怕她會忍不住餵他，她直接把兒子扔顧川懷裡，自己跑了。

小葡萄傻眼了，反應過來後嚎啕大哭，娘親不抱他，他是真的傷心了，豆大的淚珠從眼裡落下。

顧川拍拍他的小身子給他順氣。「不哭了，爹爹帶你騎馬。」

小葡萄拒絕聽爹爹的話，越哭越大聲，嘴裡還叫著娘，看上去可憐兮兮的。
幸好蘇箏回房了，不然見他這樣一定心疼得餵奶。
顧川把馬牽到院子裡，抱著兒子上馬，把他放到自己身前，慢悠悠地騎馬帶兒子玩。
小葡萄忘性大，見到馬又忘了剛剛的委屈，很快就不哭了，顧川鬆了一口氣。
沒想到熬過了白天，最難熬的是晚上。
小葡萄一天沒有喝奶，只吃了魚肉和紅薯，這會兒鬧著要吃奶，哭得都打嗝了。
蘇箏實在不忍心，解開衣襟餵他。
小葡萄終於吃到奶了，小手緊緊抓住蘇箏的衣服，大口大口吃，生怕等下又吃不上了。
顧川坐在一旁扶額，蘇箏要是能狠心，三天就能戒奶成功，這下七天都不知道能不能行。
小葡萄吃完奶也不肯鬆口，大概是今天被嚇到了，蘇箏抱著他哄了哄，把他哄睡了。
顧川把他放到小床上，拿帕子擦乾他眼尾的淚花，幫他蓋好被子。
蘇箏等顧川躺在床上，身子貼過去說：「我們可以慢慢給兒子戒奶嘛，白天不餵他，晚上餵一次，過段時間就可以不用餵啦！」
顧川嗤了一聲，摟住蘇箏說：「隨妳吧！」
蘇箏癟著嘴說：「你是不是不高興了？」
「沒有。」

「口是心非。」
顧川沈默了。他確實不想兒子再吃奶。
「兒子這麼小，你別對他這麼嚴厲。」
他嚴厲？
顧川不想說話了，他拉過被子蓋住兩人，把蘇箏扯到懷裡，閉上眼說：「睡吧。」
蘇箏在黑暗中眨眨眼睛，臉蛋在顧川胸口蹭了蹭，閉上眼睡了。
第二天，夫妻倆又是在兒子的哭嚎聲中醒來。
蘇箏很睏，努力撐開眼皮，顧川已經抱著兒子哄了。
然而，今天無論顧川怎麼哄都不行，小葡萄哭著向蘇箏伸出手要抱抱。
蘇箏把頭蒙起來，告訴自己看不見就不會心疼。
顧川被他震天響的哭聲吵得腦殼疼，幫他換尿布時他都不老實，閉著眼嚎叫，睫毛哭得濕漉漉的，兩條光溜溜、肉乎乎的腿亂蹬，一副受了天大委屈的模樣。
由於他的不配合，十月的天，換個尿布換出了一身汗。
還好，這種艱難的日子過了八、九天，小葡萄就沒那麼鬧騰了，也不像之前那麼黏著蘇箏，漸漸地夜裡也不用喝奶了。
顧川狠狠地鬆了一口氣，小葡萄斷奶的這幾天，他和蘇箏都瘦了。
顧川高興，但蘇箏就不那麼舒服了，小葡萄斷奶的第二天，蘇箏覺得胸口疼，不小心碰到都會疼。

她不好意思說，自己咬牙忍著。

顧川晚上就發現異常，往常蘇箏睡覺恨不得霸占大半張床，什麼時候會老老實實地縮成一團？

顧川問：「怎麼了？」

蘇箏悶悶地說：「無事。」

顧川推著她的肩膀把她翻過來。

「你別動我。」

顧川的目光看向她胸口。「這裡不舒服？」

蘇箏有氣無力地應了一聲。

顧川披上外衣。「妳等我一下，我出去一趟。」

「你幹麼呀？」蘇箏一頭霧水。

顧川沒回她，推門出去。

不一會兒，他就回來了，再進來時端了一盆熱水，手裡拿了一條毛巾。

頂著蘇箏疑惑的眼神，顧川說：「咳，她說熱敷一下會好很多。」

蘇箏睜大眼，差點從床上跳起來。「她是誰？」

顧川面無表情地說：「韓夫人。」

嘴上說著，手已經開始解蘇箏的衣服。

蘇箏本想攔著，奈何顧川動作太快，熱毛巾敷上來的瞬間，先是疼，後來變成舒服。她忍不住閉上眼，輕哼出聲。

顧川聽到她細軟的聲音黑了臉，手上動作不自覺加重，在蘇箏抗議時，他冷著聲說：「閉嘴！」

蘇箏嘟嘟囔囔地說：「我又沒讓你幫我，弄疼了還要凶我……」

顧川瞟了一眼小聲叨叨的女人，面無表情地繼續手上的動作，嘴角卻不自覺地勾了勾。

換了幾次毛巾後，他洗過手，熄了燈躺在床上，習慣性把胳膊搭在蘇箏身上。

今晚蘇箏卻往旁邊移了，兩人之間空出一塊位置，顧川的胳膊也被蘇箏拿掉了。

黑暗中，顧川挑了挑眉，低聲問：「怎麼？」

蘇箏說：「萬一你晚上不老實碰到我了呢？」

她現在胸不能碰，一碰就疼，很難受。

顧川沈默一瞬，身子向她靠近，重新把她摟在懷裡說：「我覺得，以妳的睡姿，反而待在我身邊會好一點。」

「那你晚上不准亂碰。」

她起夜時，經常發現顧川的手在她衣服裡。

顧川問：「妳還睡不睡？」

蘇箏立馬閉上眼。「睡！」

顧川輕笑了聲，也閉上眼睡覺。

連敷了幾晚熱毛巾，蘇箏舒服了許多，抱著兒子在床上玩。

小葡萄好幾天沒被娘抱了，現在興奮地在床上滾來滾去。

他從床尾轉圈圈一樣滾過來，滾到蘇箏腿邊，露著牙微笑，也不知道滾幾個圈有啥好高興的。

蘇箏拿帕子擦了擦他的口水，免得滴到床上。

小葡萄爬起來手腳並用地往她懷裡鑽。「娘。」

蘇箏抱住他的胖身子。「你怎麼這麼開心啊？」

小傢伙也不說別的，只歡喜地叫著娘，然後他一口親了蘇箏的臉。

蘇箏愣了，坐在一旁看書的顧川也愣了。

小葡萄摟著蘇箏的脖子又親了一口，糊了蘇箏一臉口水。

蘇箏高興地回了他一口，並且擦掉臉上的口水。

小傢伙快樂極了，軟軟的小身子搖搖晃晃地撲到爹爹懷裡，噘著亮晶晶的嘴要去親爹爹。

顧川伸手擋住他的腦袋不給他親。

小葡萄的腦袋在爹爹的手掌裡拱了拱，又拱了拱，沒拱動，他懵了，下一刻——

「哇……」

一個白胖子站在床上哭得傷心極了。

蘇箏見狀，捶了他胸口一拳。「他要親就給他親啊，你躲什麼！」

顧川在心中嘆了一口氣，放下擋住兒子的手掌。

小葡萄一個猛撲，結結實實在顧川臉上印上一口，口水拖得老長。

顧川面露嫌棄，把兒子推到床中間，下床洗臉去了。

蘇箏看著顧川亮晶晶的側臉，她抱著兒子笑倒在床上。傻兒子不知道娘親在樂什麼，但是不妨礙他跟著娘一起笑，一大一小占據了整張床，臉上是如出一轍的傻笑。

顧川回來就把傻兒子抱到他自己的小床上，看著他說：「你該睡覺了。」

小葡萄本來以為爹爹要陪他玩，結果見爹爹轉身就走，他急忙叫道：「爹……」

顧川轉頭對他說：「你已經快兩歲了，要學著自己睡覺了。」

一歲半的小傢伙懵懵懂懂，也不知道聽懂沒有，但是在爹爹又一次轉身時，他哼唧兩聲就要哭。

顧川只得拍他的小肚子，晃了晃他的小床哄他睡覺。

小葡萄喜歡別人晃他，沒晃一會兒，他就合眼睡著了。

終於把這磨人的小祖宗解決了，顧川暗嘆一口氣，熄燈上床。

蘇箏笑嘻嘻湊過去，熱呼呼的身子貼上他，湊上唇親了親他的側臉，黑暗中響起吧唧一聲。

「明天我想吃麻辣魚。」

戒奶後最大的好處，就是她可以隨意吃想吃的東西啦！

「好。」顧川計劃著明天什麼時候去河裡捉魚。

還是卯時去吧，早一點去運氣好的話，中午就能吃到魚。

第二天天沒亮，顧川就醒了，他鬆開懷裡的蘇箏，仔細替她掖好被子，又去看了看在小床上的傻兒子，看看他尿了沒。隨後，他關好門帶上漁網出門了。

蘇箏對此一無所知，躺在床上睡得天昏地暗，她是被小葡萄的哭聲吵醒的。

她摸了摸身旁的人，摸到一手冰冷，迷迷糊糊地睜開眼，床上只有她一個人。

她下床去看小葡萄。

小傢伙明顯哭了半天，臉蛋通紅，他的小床被顧川釘死了，怕他掉下來，此刻他委屈地躺在小床上，想下又下不來，眼淚鼻涕糊了一臉。

小葡萄見到娘親，立馬伸著胳膊要抱。

蘇箏把他抱起來哄著。

小葡萄緊摟住娘親，大聲哭著，哄了半天也不見好，今早半天沒人理他，可把他委屈壞了。

「不要哭了啊，娘帶你去洗臉。」

蘇箏抱著他洗過臉，自己也隨便洗了洗。

她肚子傳來「咕嚕」一聲。

小葡萄不哭了，摟著蘇箏的脖子說：「娘，餓。」

蘇箏苦著臉說：「娘也餓了。」

母子倆大眼瞪小眼，雙雙餓著肚子等顧川回來做早飯。

終於等到顧川回來，兩個人的眼睛都亮了。

「你回來了。」

「爹！」小葡萄興奮地邁著兩條小短腿一溜煙跑到他爹面前，奈何腿不穩，跑到一半直接趴地上，小小的人兒懵了一瞬，下一刻放聲大哭，開始今天的第二場哭泣。

顧川和蘇箏都嚇了一跳，趕緊把人扶起來，顧川把他全身檢查了一遍，沒什麼大礙，也沒破相，就是兩隻手掌磕破了，往外冒著血絲。

蘇箏也看見了，很心疼。「不哭啊，娘幫你吹吹。」

她舉著他的小手吹了兩口氣。

顧川說：「你還有臉哭？路還沒走穩就想跑，你不摔誰摔？」

「嗚……」小葡萄哭得都打嗝了。

蘇箏問：「上次你買的藥水還有沒有？幫兒子塗上。」

「有。」顧川抱著哭泣的兒子進屋搽藥。

等到吃早飯時，小葡萄的胖身子擠到兩人中間，眼巴巴看著蘇箏碗裡的紅薯。

顧川指著他的小碗。「你的在那裡。」

他前段時間看大人吃飯鬧著要自己吃，他和蘇箏就讓兒子自己學著吃飯。雖然他每次都吃得髒兮兮，經常把飯弄得到處都是，飯也吃不到幾口，但是有自己吃的意識就不錯了，他們一般都是等他吃到最後再餵他。

小傢伙搖搖頭，向父親伸出搽了藥水的手掌。「啊……」

然後他聞到自己手上的藥水味，皺了皺小眉頭，一臉嫌棄的表情。

蘇箏忍不住笑了。「你竟然還嫌棄自己啊？來，吃一口。」

小葡萄膩在娘親懷裡，張嘴一口吃了。

顧川也搖頭失笑，把小葡萄抱到自己腿上坐著，對蘇箏說：「妳吃飯，我來餵他。」

他餵了小半碗，估摸著小傢伙吃飽了。

「爹，啊……」小葡萄指著碗。

顧川搖頭說：「現在不吃了，晚點再吃。」

小葡萄想了想，討好地親了爹一口，指著碗說：「啊……」

顧川的臉黑了，傻兒子剛吃紅薯，嘴巴周圍全是甜膩黏糊的紅薯，這樣親過來，他的臉上全是橙黃色的紅薯。

偏偏小葡萄還不自覺，小手拽著爹爹的衣袖撒嬌。「爹爹，啊……」

顧川一言不發地把他放下來，去洗臉。

小葡萄一臉懵。「爹……」

蘇箏在旁邊已經笑瘋了，她抖著手幫兒子挾了點紅薯。「別叫了，吃。」

小葡萄有吃的立馬就忘記爹了，重新膩在娘身邊，他坐在蘇箏腿上，張著嘴等她餵。

蘇箏也怕他積食，不敢多餵，只餵了幾口。在小葡萄噘著黃色的嘴要親她時，及時阻止兒子的動作。

蘇箏把他放到地上。「小葡萄，去叫爹爹吃飯。」

小葡萄抬頭看看娘，大眼睛裡滿是懵懂。

蘇箏放慢語速。「去找爹，找爹爹。」

小葡萄聽懂了，邁著兩條肉乎乎的短腿去找爹爹。

蘇箏跟在他後面，在他跨門檻費勁時，順手幫了他一把。

「爹……」小葡萄一把抱住顧川的腿，臉蛋貼著顧川的衣袍，嘴上和臉上的紅薯渣全蹭到顧川的衣袍上。

顧川今日穿青灰色的衣服，此刻沾上黃色，一眼望過去，像極了某些不明之物。

顧川垂眼看腿上的小豆丁，拉著他後領把人提起來，帶著他去洗臉。

小葡萄覺得不舒服，胡亂地蹬著四肢，白胖的臉上滿是抗拒，像……一隻小烏龜。

呸！兒子怎麼會像烏龜？蘇箏甩一甩腦袋，把這個想法甩出大腦。

給兒子洗乾淨後，顧川幫他換了一身衣服，順便把自己衣服也換了，每次小葡萄自己吃飯，吃完必換衣服。

收拾好之後，小葡萄又是那個招人喜歡的小團子。

由於蘇箏想吃魚，早上顧川去了河邊一趟，漁網裡有五、六條魚，顧川把兩條小魚放了，將大魚拿回家。

小葡萄好奇地看著水盆裡的魚，小眼睛一眨也不眨。他伸出手小心翼翼地戳了一下，戳中後立即驚慌地縮回手。

半晌，他又伸出手戳了一下，好像得到樂趣，一個人笑了起來。

膽子大點後，小葡萄伸出小手去捉魚，但他的力氣怎麼可能捉得到魚，魚在水裡受驚地甩了甩尾，濺了他一臉水。

小葡萄也被嚇了一跳，撲通一聲，一屁股坐在地上，反應過來後，張嘴就乾嚎。

在一旁洗菜看完全程的顧川無言了。

「箏箏。」顧川揚聲喊屋裡的蘇箏。

蘇箏走出來。「幹麼？」

顧川指了指乾嚎的小葡萄。「把他帶進去。」

他怕殺魚時，這個膽小鬼又要哭。

中午，顧川煮了米飯，做了一份麻辣魚，一份魚羹，炒了一份茄子，又燒了野菜雞蛋湯。

小葡萄還挺喜歡吃魚的，一個人拿著勺子大口吃，顧川和蘇箏不管他，讓他自己先吃。

蘇箏很喜歡麻辣魚，配著魚吃了一大碗米飯，辣得嘴巴紅紅的。

顧川看著這母子倆吃飯的樣子揚了揚唇。

碗裡的魚羹，小葡萄吃了一大半，應該是吃飽了，這會兒舉著勺子玩，慢慢地，他的目光落在爹娘在吃的魚上。

他的動作很快，蘇箏和顧川都沒反應過來，勺子往盆子一撈，撈了一點湯汁放進嘴裡舔。

下一刻，小葡萄辣得扔了勺子哇哇大哭，眼淚順著臉蛋滑落。

小傢伙這次是真的委屈了，他從來沒有吃過辣。

顧川和蘇箏簡直哭笑不得。

顧川把他抱到懷裡哄。「誰讓你好奇心這麼旺盛的？」

蘇箏倒了一碗水。「喝點水就不辣了。」

小傢伙哭著喝了幾口水，無精打采地靠在爹懷裡，睫毛濕漉漉的，眼睛、鼻子都哭得紅紅的，一副受了打擊的模樣。

蘇箏伸出食指戳了戳他白胖的臉蛋，小葡萄把臉埋進顧川懷裡，不讓她戳。

過了一會兒，小葡萄忘記剛剛的陰影了，重新快樂起來，他圍著院子裡的水盆轉了幾圈，眼裡露出疑惑。

小葡萄走到臥室拉著蘇箏出來，指著水盆說：「娘……」

蘇箏沒弄懂兒子的意思，彎腰問他。「怎麼了？」

說了半天，小葡萄生氣了，又進屋把顧川也拉出來，急切地對他說：「爹……」

顧川稍微想了想，就明白兒子在找什麼了，他蹲下身捧著傻兒子的臉蛋說：「小葡萄，那是魚，而且魚不是被你吃了嗎？」

蘇箏要被這個蠢蛋打敗了。

第十九章

蘇家。

自從黃氏被休了後，蘇家的奴僕人人自危，做事比以往用心很多，尤其是之前跟在黃氏身邊的丫鬟，害怕老爺見到她們一個不順心便把她們賣了。

幸好，蘇老爺根本不關注她們，每日照常出門，回來就在書房。

這日，門口小廝收到一封信，他捧信抖著手找到管家。

「管家，收到了要給老爺的一封信。」

管家正忙著，聞言說：「收到信交給老爺就好，找我幹麼？」

小廝哭喪著臉說：「這是……以前那位送來的信。」

管家抬起頭，見小廝嚇成這樣，道：「把信給我，沒出息，這點小事也怕。」

「管家，那我先回去了。」小廝忙不迭地把信交給管家，說完腳底抹油跑了。

管家拿著信，敲響了書房的門。「老爺。」

「進來。」蘇老爺說。

管家道：「老爺，黃……小姐送了一封信過來。」

別人不了解老爺休黃氏的原因，他跟了老爺這麼久還是知道一點，這事和小姐有關。

蘇老爺從帳本裡抬起頭。「放著吧。」

看完帳本，蘇老爺拆開信大致看了兩眼，信上約他在茶館見一面。

他把信放在一邊，坐在椅子上陷入沈思。

夏天時，韓夫人送來一包胡蘿蔔種子，顧川種在後院的空地上，現在胡蘿蔔都成熟了，顧川上午剛好有空，打算挖個地窖把胡蘿蔔存放起來。

初冬的天氣，顧川忙出一身汗。

蘇箏抱著小葡萄，掏出帕子給他。「去給爹爹擦汗。」

見小葡萄沒懂，蘇箏就握著他的手一起幫顧川擦汗。

顧川見母子倆這樣，無奈地把頭湊過去。

蘇箏帶著小葡萄的手拿帕子在顧川額頭點了點，就算擦完了。

顧川心道：我腦門上的汗一點也沒少。

蘇箏誇獎兒子。「小葡萄做得非常好。」

顧川見蘇箏臉上的笑容，挑了挑眉，直接從地窖裡出來，滿是汗水的額頭抵上蘇箏額頭。

蘇箏躲開他，嫌棄道：「你身上都是汗。」

「讓兒子給妳擦汗啊。」

蘇箏哼了一聲，自己拿手帕把汗擦乾淨了，擦完，她把帕子遞給顧川。「你自己擦擦。」

顧川接過帕子抹了一把汗，回堂屋喝了一大杯水。

蘇箏見他衣服都被汗漬浸濕了，有點心疼，她說：「要不明天再挖吧，也不急。」

胡蘿蔔在地裡放幾天也不礙事。

顧川搖頭。「快挖好了。」

吃完午飯，顧川接著挖，挖好後他洗了個澡，換了一身衣服去私塾。

「箏箏，我出去了。」

蘇箏正在教小葡萄說話，她點點頭。「喔。」

小葡萄見爹爹出去了，邁著兩條短腿去追，想和爹爹一起走。

蘇箏抓住他要跑的小身子。「你不能去，娘教你說話。」

小葡萄扭動四肢，不願意配合。

「晚上娘帶你去接爹爹，現在你要乖乖的。」

蘇箏掰了一塊紅棗糕給他吃。

小葡萄張嘴吃掉了，這下也不想著出去，圍在娘親面前要吃的。

天氣漸冷，蘇箏怕小葡萄著涼，給他穿了不少衣服，此刻他裹得厚墩墩的轉來轉去，顯得非常笨拙，蘇箏笑了笑，彎腰揉了揉他的臉。

小葡萄嘴巴被揉得嘟起來，眼睛迷茫地看著娘，喉嚨裡發出聲音，他還想吃。

母子倆正鬧著，外面傳來了敲門聲。

「蘇箏，妳在嗎？」

是江寶珠。

蘇箏出去開門。

江寶珠問：「大白天為什麼要關院子門？」

蘇箏不回答她的問題，反問她。「妳來幹麼？」

江寶珠昂了昂下巴，對她的丫鬟和小廝說：「你們在外面等我。」

小葡萄沒見過江寶珠，看見生人來了，害羞地藏在娘親身後。

江寶珠看看白胖的小葡萄，把帶給他的禮物放在桌上說：「沒想到妳不招人喜歡，兒子倒是挺可愛的。」

蘇箏把兒子拉出來。「呵，說得好像妳招人喜歡一樣。」

沒有朋友的江寶珠一陣無言，選擇轉移話題。「我來是要告訴妳，我訂婚了，婚期定在明年中秋後。」

蘇箏抬頭看了看她，真心實意地說了句。「恭喜。」

她記得江寶珠今年已經二十，算是成婚晚的了。

江寶珠昂了昂頭，語氣驕傲。「我未婚夫是孟家。」

孟家也是經商的人家，比蘇家和江家略差一點。

蘇箏道：「哦，挺好。」

「我未婚夫長得也好看！」江寶珠知道這是瞎話，未婚夫長得也就一般。

蘇箏道：「哦。」

江寶珠問：「妳就不著急嗎？」

蘇箏的視線從小葡萄身上移到她身上，疑惑地問：「我為什麼要著急？」

江寶珠道：「我和孟家兒子成親後，我們兩家就會擠掉妳家了。」

蘇箏不在意地道：「沒關係，我爹不會在意這些。」

據她觀察，她爹現在沒上一世那麼強的上進心。

江寶珠一拳打在棉花上，她來是炫耀的，蘇箏一點都不在意，她還有什麼好炫耀的？

雖然蘇箏的男人沒錢，但是長得好看，對蘇箏又好，而且她兒子還這麼可愛。這麼一想，江寶珠瞬間覺得沒什麼好比較了，她挫敗地坐在椅子上。

見她不走，蘇箏起身倒茶給她。

小葡萄在一旁好奇地看她。

被一個白團子看著，江寶珠忍不住把他抱起來。

突然被陌生人抱，小葡萄害怕了，張嘴就哭。

江寶珠手足無措地對蘇箏說：「我不是故意的。」

蘇箏把兒子抱過來。「還不是妳往別人身邊湊的？」

小葡萄聽到這話哭得更委屈了。

蘇箏早已習慣他哭，反正過一會兒他就好了。倒是江寶珠很愧疚，在她帶來的禮物裡挑挑揀揀拿給小葡萄看，又對小葡萄扮鬼臉，成功把小葡萄逗笑了。

過沒一會兒小葡萄就坐在江寶珠腿上了。

江寶珠抱著小葡萄示威般看了蘇箏一眼，眼裡滿是得意。

蘇箏心想：給妳抱，我不爭這個，小葡萄現在加上衣服可不輕，抱一會兒胳膊就痠了。

果然，在江寶珠第五次忍不住動腿時，她看向懷裡的小團子陷入為難。

「那個……蘇箏？」

蘇箏回了她一個燦爛的笑容。「嗯？」

江寶珠看她臉上的笑容咬了咬牙，嘴裡蹦出兩個字。「無事！」她低頭問腿上的小葡萄。「小葡萄，要不要下去玩？」

小葡萄抱住她胳膊，對她笑得天真無邪。「姨……姨……」

江寶珠的心瞬間被融化了，恨不得抱著他親上一口，也不想讓他下去了，胳膊緊緊摟著他的小身子，看他自己玩木偶。

蘇箏慢條斯理地吃紅棗糕。

小葡萄被吃食吸引，立刻扔了手裡的木偶，也不要江寶珠抱了，向娘親伸出手。

「娘。」

見娘不理他，他掙扎著從江寶珠腿上下來，小手摟著蘇箏的膝蓋，向蘇箏張大嘴。

「娘，啊……」

蘇箏餵了他一小口。

江寶珠站起來活動筋骨，心裡明白蘇箏看出她累了，嘴上卻口是心非道：「我喜歡抱小葡萄，要不是因為妳，我還可以繼續抱。」

蘇箏微笑。「沒事，妳喜歡的話，等他吃完了，可以接著抱。」

江寶珠哼了兩聲。「我哪有這麼多時間，我來就是要告訴妳，我訂婚了。」然後她盯著腳尖，扭捏了半天才說：「後日妳有空嗎？」

蘇箏愣了愣，道：「有。」

江寶珠笑了。「那後日我來接妳！」

說完，江寶珠就歡快地走了。

「吃……」小葡萄說話，拉回蘇箏的注意力。

蘇箏把紅棗糕封起來，不給他吃。

小葡萄急了，拉著蘇箏的衣角叫喚。「娘，吃……」

蘇箏捏捏他的胖臉蛋。「你不能吃了。」

這小傢伙中午吃得不少，再吃下去，晚上就要吃不下飯了。

見小胖子又要哭，蘇箏說：「我們去找爹爹。」
小葡萄睜著大眼睛看著她，臉上要哭不哭，蘇箏彎腰牽著他出門。
出了門，小葡萄一下子就變得歡快，連路邊的草都會吸引他的注意，這會兒又不知道他蹲在地上看什麼，背影透著一股認真。
蘇箏踢了踢他的小屁股。「走不走？」
不長的路他走了半天，一半都沒走到。
小葡萄充耳不聞，眼睛一眨也不眨，看得分外入迷。
蘇箏好奇地蹲下身子，探頭看他在觀察什麼，結果她看到了一堆螞蟻。
看著小葡萄認真的神情，蘇箏等了一會兒還是說：「兒子，咱們走吧。」
見小葡萄不動，她伸手拉他走。
小葡萄抗拒著不想走，蘇箏拉著他哄道：「我們去找爹爹，爹爹有好吃的，吃的。」
小葡萄歪著腦袋想了想，想明白後他邁著兩條小短腿跟著她離開了。
蘇箏則在思考，為什麼兒子這麼愛吃？
「蘇箏？」
蘇箏看過去，是李家媳婦萃萃，懷裡抱著她女兒。
蘇箏對她笑了笑。
「帶小葡萄出來玩？」萃萃看見小葡萄養得可真好，白白胖胖的，不像她家女兒，沒吃過什麼好東西，樣子很瘦弱。

萃萃低頭看著懷裡的女兒茵茵，眼裡流露出難過。

「嗯。」蘇箏點點頭，目光看向她懷裡的孩子，微微有些驚訝。

這孩子也有一歲了，躺在娘親懷裡小小一隻，臉上也沒什麼肉，太瘦了，比起白胖的小葡萄，她瘦得讓人心疼，蘇箏想到李婆婆不喜孫女的傳言。

萃萃見小葡萄一直盯著她女兒看，便把孩子放下來，扶著她站穩，溫柔地說：「茵茵，這是哥哥。」

小姑娘年紀小，還不會說話，愣愣地看著小葡萄。

小葡萄好奇地摸了摸茵茵的臉蛋。

蘇箏怕他手上不知道輕重，阻止他的動作，告訴他。「小葡萄，這是妹妹。」

小葡萄跟著娘親學。「妹妹……」

「對，小葡萄真聰明。」蘇箏日常誇獎後，對萃萃說：「我家裡還有些去年的布料，是小葡萄做衣服沒用完的，妳若是不嫌棄就送給妳了。」

這小姑娘身上穿的衣服都不合身，一看就是別人穿過的衣服。

萃萃連忙道：「不嫌棄、不嫌棄！謝謝！」

家裡錢都在婆婆手裡，她沒辦法買布，茵茵穿的衣服都是親戚穿剩的。

蘇箏道：「不用謝，都是不要的布，妳若是不拿，以後我是要扔掉的。我先走了。」

萃萃吶吶應聲。「欸。」

她明白蘇箏是在幫自己，低著頭紅了眼眶。自從生了女兒，她在婆家不待見，回娘家哥嫂也不歡迎，生怕娘拿錢貼補她。

蘇箏牽著小葡萄，小葡萄一步三回頭地跟她一起走了。

母子倆終於走到私塾，蘇箏的耐心險些要被兒子磨光了。

她牽著小葡萄站在樹下。「我們就在這裡等爹爹。」

小葡萄走一路也累了，見娘不走了，他一屁股坐在樹下。

小葡萄穿得厚，坐在地上也無事，蘇箏就沒管他，她不想抱這個小胖墩，太重了。

小葡萄看著手邊幾株枯黃的野草，看了一會兒，他伸出白嫩的手指去揪地上的草，揪了一手枯黃的碎葉。

他盯著自己的手指看了看，又張著五指去揪下一株草，玩得樂此不疲。

沒等多久，私塾就散學了，一群學生魚貫而出。

「師母好！」

「師母好！」

學生們向蘇箏打完招呼，一個個跑得跟兔子一樣。

竇東和穆以堯走在最後，兩人看見小葡萄時眼睛一亮。

竇東道：「師母，先生在裡面，估計還得一會兒，妳去催催他，我幫妳看著小葡萄。」

小葡萄天天早上都能看見竇東，對他很熟悉，這會兒見到竇東，興奮地朝竇東撲過去。

蘇箏見幾個孩子玩得開心，便說：「那好，你們看著小葡萄，我進去看看。」

顧川在裡屋看他們交上來的作業，最上面一份是穆以堯的，寫得工工整整、字跡清晰，一眼看過去相當舒服。

再往下翻，作品就要差一點，等翻到竇東的，顧川皺皺眉，上面一如既往的鬼畫符。

蘇箏敲敲門。

顧川回頭見是蘇箏，皺起的眉鬆開了。「怎麼過來了？」

「兒子吵著要來找你，我就帶他過來了。」

顧川朝她身後看了一眼。「兒子呢？」

「在外面。」

顧川把桌上的作業收拾整齊。「走吧。」

竇東正在和小葡萄玩，一見顧川出來了，立刻說：「先生，師母，我先回去啦！」

說完，竇東拉著想要問好的穆以堯撒腿就跑。

穆以堯跟著竇東跑得上氣不接下氣，終於停下來了，他喘著粗氣說：「我們為什麼要跑啊？」

竇東說：「我怕先生讓我把作業重寫一份。」

穆以堯問：「那你拉我跑幹麼？」

「呃……」竇東撓腦袋。「反應過來時，我已經拉著你跑了。」

另一邊，顧川看著竇東的背影。「跑得倒是挺快。」

他琢磨著明天得讓竇東認真抄五篇文章，他親自看著他抄。

蘇箏不解。「他怎麼突然跑了？」

顧川道：「不知道。」

「爹……」小葡萄撲到顧川腳邊。

顧川單手把他抱起來，另一隻手牽著蘇箏的手。「走吧，回家。」

小葡萄被人抱很開心，胳膊摟住爹爹的脖子，一隻小手放在爹爹的頭上。

顧川眼前飄過一陣草葉雨。

顧川無言了。

蘇箏也看到小葡萄的舉動了，此刻顧川頭上頂著一些草的碎屑。

「噗哧！」蘇箏忍不住笑出來。

顧川斜眼看她。「還不把草屑去掉？」

蘇箏的聲音帶著笑意。「你頭低一點。」

顧川矮下身子。

蘇箏邊笑邊把他頭上的草屑拍掉。

小葡萄見狀，連忙跟娘親一起，伸著兩隻小胖手用力地在爹爹腦袋上胡亂拍著。

蘇箏愣住。「……」

顧川無語。「……」

「哈哈……不是我……是兒子……哈哈！」蘇箏笑得話都說不連貫了。

小葡萄見娘親笑了，也咧著嘴笑得開懷。

顧川心想，兩個傻子。

他也不去管頭上的草屑了，帶著他們母子倆回去。

第二十章

回到家，顧川第一件事就是燒水洗澡，他覺得頭上難受，連小葡萄對他依依不捨的目光都沒理會。

「爹……」小葡萄向爹伸出手，想要人抱。

蘇箏拽著他的衣服不讓他去。「還不是你幹的好事？」

小葡萄不懂娘親在說什麼，他看不見爹了，嘴巴一癟委屈地哭了。

等顧川洗完澡出來，小葡萄死黏著他不放。

蘇箏見狀嘆氣，明明是她跟兒子相處的時間更多，為什麼兒子更喜歡他爹？

顧川雙臂使力把小葡萄高舉起來，舉過頭頂，仰頭看著他的小胖臉。

小葡萄突然變得這麼高，不但不害怕，反而高興地蹬著小短腿，一臉笑呵呵，如果不是他邊笑邊流口水的話就更好了。

顧川嘆息，把兒子放下來。

小葡萄被放到地上還不願意，兩手抱著爹爹的腿不願意走，纏著要抱。

顧川拍了一下他的小屁屁。「我要去做飯了。」

小葡萄眨著眼睛看著他。「爹……抱……」

顧川乾脆提著小葡萄的後領把人帶到廚房。

蘇箏跟在後面進去，看了一眼站在飯桌前自己玩的小葡萄，她慢吞吞地走到正在燒柴的顧川身邊，在他身側坐下。

顧川本來沒在意，專心地看著灶膛裡的火，過了一會兒，他發現蘇箏一直沒說話。他覺得奇怪，側頭看她，發現她鼓著臉，一副氣嘟嘟的模樣。

剛剛不是還好好的？

顧川回想了一下，確定他沒有惹蘇箏生氣的地方，便問：「不高興？」

蘇箏側了側腦袋，不去看顧川，從嗓子裡哼了一聲。

看來確定不高興。

顧川試探地問：「小葡萄惹妳生氣了？」

「呵！」

「難道我惹妳生氣了？」顧川語氣裡是濃濃的疑問。

蘇箏把頭轉過來，臉上凶巴巴。「當然是你！」白嫩的食指點了點顧川的胸口，她氣憤地說：「你為什麼要抱兒子舉高高？」

他還沒這麼抱過她！

顧川想明白蘇箏生氣的原因後低笑出聲，笑聲悅耳，一雙清冷的眼睛也染上笑意，他開口說：「哦？怎麼，妳也想要那樣？」

蘇箏否認。「才沒有，我只是覺得你把兒子抱這麼高，萬一他嚇到怎麼辦？」

「哦，那下次不抱他了，抱妳。」

聞言，蘇箏偷偷地笑。

顧川見她這樣也跟著笑了，低頭吻了吻蘇箏的側臉。

蘇箏剛想回顧川一個吻，小葡萄喊了一聲。「爹！」

他跌跌撞撞地跑回來，擠在兩人中間，一手摟著娘一手挽著爹爹，胖臉蛋露出天真快樂的笑容。

蘇箏望著屋頂嘆氣，她今天看小胖子不太順眼，尤其現在，他笑得好傻啊！

吃完飯，一家三口早早地洗漱上床睡覺了。現在天氣冷，小葡萄也和他們一起睡，等來年春天他再一個人睡。

由於爹娘都陪著他，小葡萄很興奮，一會兒找爹一會兒找娘，讓兩人陪他玩，越玩越不願意睡覺。最後顧川熄了燈，周圍一下子變暗了，小葡萄才慢慢睡著。

小傢伙現在不知道怎麼回事，睡覺一定要睡兩人中間，所以等他睡著了，顧川就把他移到一邊。

小葡萄換了位置後，蘇箏便移過來緊貼著顧川，顧川身上暖和，冬天抱著睡很舒服。她把臉埋在顧川肩窩裡閉眼睡了。

顧川睡到半夜覺得胸口特別重，險些喘不過氣，他強迫自己醒過來，一看是小葡萄整個人結結實實地趴在他胸口，睡得正香。
顧川抽抽嘴角，兒子可不算輕，這樣壓在胸口上，他能喘過氣才怪。
他把傻兒子放下去，摟著身旁的蘇箏，閉上眼睛。

「管家，你派個人去一趟茶樓，把這個帶給黃氏。」蘇老爺遞給管家幾張銀票。
管家也不多問，伸手接過。「是，老爺。」
管家走後，蘇老爺一個人坐在廳堂，揉了揉眉心。
他猜到黃氏日子不好過，給她的這些銀子若是省著點用，她餘生也能安穩度過，若是再嫁，帶去夫家日子也好過。他雖恨她設計箏箏，到底夫妻一場，不忍她日子過得太艱難。
此時，黃氏一個人坐在包間裡，身邊並無丫鬟。她今日特地打扮了一番，衣著得體，妝容精緻，她這陣子清瘦不少，眉目間難掩憔悴，看上去倒有一些楚楚可憐的意味。
她有些焦急地等待著蘇老爺的到來。
「咚咚……」外面傳來幾聲輕響。
黃氏心中一喜，撫了撫衣服上的皺褶，急忙去開門。見到外面的人，她嘴角的笑容瞬間僵在臉上。
門外並不是蘇老爺，而是一個面生的小廝。

小廝笑著掏出銀票。「管家讓我把這個交給妳。」

黃氏緊緊盯著銀票，一瞬間臉色慘白。

小廝可管不了這麼多，管家讓他來給一個人送銀票，他送到就行了，當下把銀票放下就走。

黃氏咬著牙，關上門回到桌邊，猛地一揚手，把桌上的茶具揮到地上，啪一聲巨響。

「你好狠的心！」回想剛剛小廝臉上嘲諷的笑容，黃氏捏緊手中的銀票。

十幾年夫妻，他連見一面都不肯？

黃氏和蘇老爺分開後，鋪子裡黃家的人一個個被換掉，再也無法在帳本上動手腳。

這些日子她在娘家過得水深火熱，下人偶爾的竊竊私語，嫂子話裡話外的擠對，兄長隱隱的埋怨，哪一樣都讓她不好受。

外面傳來敲門聲，店小二遲疑地問：「客官，您沒事吧？」

他聽到房裡的響聲，像是什麼東西打碎了。

黃氏深呼吸幾口，打開門溫和一笑。「無事，只是不小心打破了你們的茶具。」

店小二探頭往裡面看了一眼，見地上都是碎片，雖然納悶怎麼會把茶具打破，嘴上也沒問出來，他笑道：「沒關係，等會兒下樓照價賠償就好。若夫人無事，小的先下去了。」

店小二不認識黃氏，見眼前這人梳著婦人髻，年齡在三十以上，叫夫人準沒錯。

一句夫人又狠狠地扎了黃氏的心，她捏緊手指咬牙，嘴上卻溫聲道：「好。」

店小二帶上門離開了，黃氏理了理手裡捏得變形的銀票，後腳跟著店小二下樓。付了錢出門，黃氏乘上等在一旁的轎子，閉上眼睛緩緩說：「回去吧。」

轎夫們相視一眼，應道：「是，小姐。」

他們猜小姐出門是來找蘇老爺，不過他們兄弟幾個盯了門口半天也沒看到蘇老爺。現在看小姐這般模樣，想必是蘇老爺沒來，回去得跟夫人匯報一下。

顧川今日趁著天氣好，便打算把後院種的胡蘿蔔都收了，中午吃完飯就開始忙活，蘇箏和小葡萄兩人也有模有樣地幫忙。

顧川一拔一個胡蘿蔔，不一會兒地上已經拔了一小塊。

蘇箏皺眉看著指尖，一臉糾結地看著她指甲裡的泥污，地上放著兩個拔出來的胡蘿蔔。

小葡萄幹活還是很賣力，撅著屁股使力，兩隻手一起拔，看得出來他很努力了，然而胡蘿蔔紋絲不動。

他不解地看著胡蘿蔔，再邁著小短腿跑到爹爹跟前，盯著爹爹的手看。然後他扭過小身板，學著爹爹的動作，用一隻手拔。

只聽「撲通」一聲，小葡萄整個人撲倒在地上。

小葡萄被摔懵了，趴在地上一動也不動，過了好一會兒才想起來要哭。

顧川無奈地把他拉起來，拍去他衣服上的塵土。「別玩了，去娘親那裡。」

小葡萄哭著撲進顧川懷裡，嘴裡喊道：「爹……壞……」

顧川心想：這麼小就誣賴人？自己笨怪我？拔個胡蘿蔔都能摔倒。

「你們倆回房吧。」顧川把哭泣的小葡萄塞進蘇箏懷裡。

「那我走了？」蘇箏看著一大半沒拔的胡蘿蔔，說得心虛。

顧川點頭。「嗯，去吧。」

他們留在這裡不僅幫不上忙，反而讓他分心。

於是，蘇箏抱著小葡萄回房了。

過了一會兒，她換上去年做的舊衣服，再次朝顧川走去。

顧川看著她說：「怎麼又回來了？」

蘇箏笑嘻嘻地說：「陪你拔胡蘿蔔呀，兒子已經被我哄睡了！」

顧川笑了笑，指著另外一小塊地。「那這邊給妳拔。」

蘇箏看了眼那片地一個未少的胡蘿蔔，再低頭看自己特地換上的舊衣服，便挽起袖子開始拔。

拔胡蘿蔔不累，累的是要一直彎腰，沒多大一會兒，蘇箏就覺得腰痠，她直起腰伸手揉了揉。

顧川一直用餘光觀察她，見她揉腰立刻說：「妳別忙了，我一個人來。」

蘇箏拒絕了他。「不行！」

顧川不再說話，手上的動作卻加快不少。

蘇箏那一片還沒拔到一半，顧川面前的已經拔完了，他把蘇箏拉到一邊，言簡意賅地說：「妳在這裡礙事。」

好心幫忙還被嫌棄？

蘇箏凶狠地瞪著顧川的背影，決定累死他算了！

顧川低頭幹活，忽略背後灼熱的視線。

拔得差不多了，顧川才對一旁的蘇箏說：「去拿兩個竹筐過來。」

蘇箏哼一聲，倒也聽話地去拿竹筐。

兩人把胡蘿蔔撿到竹筐裡，揹到前院。

天已經快黑了，顧川洗過手打算做晚飯，蘇箏進房間看看小葡萄。

小傢伙還在睡，閉著眼睛，睡得很沈。

不過，蘇箏突然想起一件事，睡前好像忘了幫兒子墊尿布？

伸手往被窩裡探了探，嗯，不用想了，兒子已經尿過了，屁股下面濕了一大片。

蘇箏推了推小葡萄。「小葡萄，醒醒了。」

來回幾次後，小葡萄終於醒了，剛醒就想哭。

蘇箏拿新衣服幫他換上。「還哭，你尿床了知不知道？」

脫光衣服的小葡萄躺在床上，渾身都白嫩嫩、肉嘟嘟的，兩條腿不願意配合娘親而胡亂蹬，嘴裡咿咿呀呀哭著。

「你老實點。」怕兒子著涼，蘇箏按住他的胖腿強行幫他套上褲子，然後把人抱起來哄。「不准哭，娘帶你去找爹爹。」

蘇箏把他帶到廚房，顧川正在洗胡蘿蔔，她拿了一個洗乾淨的胡蘿蔔給他玩。

小葡萄抽泣一聲，看著手裡的胡蘿蔔，看了一會兒後他放在嘴裡咬，因為咬不動，只能用牙齒一點一點啃。胡蘿蔔有甜味，他咂咂嘴，眼淚收起來了，專心地啃著胡蘿蔔，啃得嘎吱嘎吱響。

蘇箏說：「把你叫醒竟然哭，就不應該叫你小葡萄，應該叫你小哭包。」

小葡萄現在心情好，他摟住娘親了一口，沾了蘇箏一臉胡蘿蔔味的口水。

蘇箏一臉嫌棄。

顧川就在旁邊，順便把蘇箏的臉擦乾淨，指尖在她細膩的肌膚上停留一刻，收回手時不自覺地摩挲幾下手指，彷彿還有剛剛的滑膩感。

「妳是不是沒給他墊尿布？」顧川了然問。

「嗯……不過他也太沒用了，怎麼一下不墊尿布就尿床了呢？」

現在天氣冷了，濕屁股睡覺的滋味可不太好受。

小葡萄聽不懂娘說他沒用，他啃了半天的胡蘿蔔覺得累了，大眼睛看著坑坑洞洞的胡蘿蔔，一把將它遞到蘇箏嘴邊。

蘇箏說：「我不吃。」
顧川見狀，低聲笑了笑。
蘇箏眼珠轉了轉，誘哄小葡萄，指著顧川說：「給爹爹，爹爹吃。」
小葡萄立刻把胡蘿蔔給他爹，見爹爹不接，他還急了，話都說不清楚，小身板前傾，努力地靠近爹一點。
顧川只得伸手接過滿是口水的胡蘿蔔，又把兒子的小手擦乾淨。
蘇箏把兒子放下來。「小葡萄，我們下來玩好不好？」
察覺到娘要放他下來，小葡萄摟著她的脖子不放，搖頭說：「不要、不要！」
蘇箏差點被他的小胖胳膊勒岔氣。
這小傢伙走路越來越穩當後，人也越來越懶，不會走路那會兒，纏著人帶他到處走，現在會走路了，反而喜歡別人抱他。
小葡萄張嘴本來要扯嗓子哭嚎，發現換爹爹抱他了，又歡歡喜喜地摟著爹了。
顧川抱著小葡萄一起坐在灶前燒火。
小葡萄睜著烏溜溜的眼睛，盯著爹爹的頭髮看，小手悄悄地拿過一縷在手指上繞啊繞，又把頭髮打成他想要的結。
等顧川引好火回頭看的時候，他頭髮上的結已經打不開了。
顧川一陣無言，點了點兒子的小鼻子。「你呀！」

小葡萄舉著一團亂麻似的頭髮笑，湊過去親了爹爹一臉口水。

「箏箏，過來幫我解開。」顧川叫坐在飯桌前的蘇箏。

蘇箏走過去，蹲下身子解開顧川的頭髮，結果越解越亂，兒子還在一旁搗亂。

小葡萄以為娘親在玩，兩隻手去抓爹爹的頭髮，笑得下巴全是口水。

「你別再亂動了。」蘇箏把小葡萄的手拿開。

「哈哈！」小葡萄高興地又把手搭上去，等娘親和他玩。

蘇箏心道：這頭髮我不想解了。

顧川笑著把小葡萄轉了個方向，背對著蘇箏。

小葡萄看著灶膛裡的火苗，試探地添了一根筷子長的小樹枝。他也不敢往裡面放，小樹枝將將掛在邊緣，就這樣也讓他興奮得直拍小手。

蘇箏還在為顧川的一縷頭髮努力，也不知道小葡萄怎麼纏的，髮梢纏成了一團。

蘇箏費了九牛二虎之力，終於解開了，她抱怨道：「別讓他玩頭髮了，都解不開。」

顧川點頭。「嗯。」

冬日，吃完晚飯，天就已經黑了，一家三口早早地洗漱完上床。

小葡萄洗完小腳就無精打采的，此刻靠在顧川懷裡打不起精神。

蘇箏只當他是睏了，接過人塞進被窩，摟著他睡覺。

顧川倒掉洗腳水，吹了油燈上床，照例把小葡萄移到他身側。剛把人抱起來，小葡萄突然張嘴吐了，晚上吃的胡蘿蔔粥都被吐出來了，吐完後就開始哭。

顧川和蘇箏此刻也顧不得被吐髒的被褥，一個忙著給小葡萄擦嘴，一個忙著看他怎麼了。

顧川用手掌試了試小葡萄的額頭，他看著蘇箏說：「有點燙，應該發燒了。」

蘇箏心疼地看著哭得臉紅紅的胖兒子，懊惱道：「都怪我，下午給他穿衣服應該穿快一點。」

肯定是那會兒他光著屁股著涼了，小葡萄長到一歲半，這還是第一次生病。

顧川道：「我帶他去醫館，妳自己在家行嗎？我叫落雪過來陪妳吧。」

蘇箏動作迅速地穿衣服，邊穿邊說：「我也要去。」

顧川不想讓蘇箏大冬天跟著跑，剛想拒絕，蘇箏下一句話說：「萬一兒子難受得找娘呢？找不到我，他會很傷心的，而且你趕馬車，我坐在裡面不吹風，抱著他正好。」

「那好，一起去吧，妳多穿一點。」

夜裡比白日冷多了，蘇箏抱著兒子坐在馬車裡，小傢伙剛剛吐了一場，此刻還在哼哼唧唧，眼裡帶著淚花。

蘇箏把他身子抬高，餵了他一點水。小葡萄搖頭抿著唇不願意喝，蘇箏只得放棄，這會兒也不嫌棄兒子髒了，抱在懷裡一個勁兒哄。

顧川心裡急，雖是夜路，速度也沒放慢，進城時用的時間和往日差不多。

醫館已經關門了，顧川用力地敲門。「有人在嗎？」

敲了一會兒，裡面傳來稚嫩的聲音。「有的，稍等。」

開門的人是醫館的學徒，十來歲的樣子，睡眼惺忪，身上披著一件外衣，估計是剛歇下不久。

顧川問：「李大夫在嗎？」

「在後院，二位先進來等，我去叫師父起來。」這時候來醫館的人，都是身子不舒服，學徒也不敢耽擱，沒多久就把李大夫喊過來了。

「是你們啊。」李大夫說著打了個呵欠。

顧川顧不得和李大夫說話了，他把小葡萄抱過去。「孩子在家吐了兩場，還發燒了。」

李大夫摸了摸小葡萄的額頭，又捏著他下巴強迫他張開嘴，仔細看了看。「除了吐還有別的症狀嗎？」

蘇箏搖頭。「好像沒有，就是晚上才吐的。」

「應該是著涼了，你抓點藥，回去熬給他喝。」

顧川接過藥，付了診金，說道：「今晚麻煩李大夫了。」

李大夫慈祥一笑。「沒什麼麻煩的，這是我的職責，不過你們別太擔心，我看這小子挺壯實的。」

夫妻倆告別李大夫後，顧川問蘇箏。「去岳父那兒？」

蘇箏點頭。「去。」

時候不早了，還得幫兒子煎藥呢！

第二十一章

蘇府。

蘇老爺還沒睡，在書房一聽見管家通報，就連忙出去迎接。

「怎麼這麼晚過來？」

蘇箏道：「小葡萄生病了，我們帶他看大夫。」

蘇老爺立刻看向顧川懷裡的小葡萄，焦急地問：「小葡萄怎麼了？」

「著涼了，有點發燒。」

蘇箏把藥包遞給身旁的一個丫鬟，讓她去煎藥。

蘇老爺伸手想把顧川懷裡的寶貝孫子抱過來，奈何現在是晚上，小葡萄又生病，拽著爹爹的衣服不讓別人抱，一動他就哭。

蘇老爺心疼壞了，黑著臉問：「你們兩個怎麼照顧孩子的？」

若是平時，蘇箏早就跟蘇老爺槓上了，不過她今天本來就怪自己幫小葡萄穿衣服穿慢了，因此任憑她爹說什麼也沒反駁。

顧川見蘇箏頭都要低到胸口了，咳了一聲說：「岳父，小葡萄睏了。」

蘇老爺說得口沫橫飛，聞言立即閉上嘴，看向顧川懷裡的孫子。

確實是睏了，一雙漆黑的大眼睛半合著，要睡不睡的樣子，小手緊緊拽著顧川的衣服，小鼻子哭得紅紅的。

蘇老爺見孫子這樣只剩滿心憐愛，哪裡還敢大聲說話。

這時候丫鬟也把藥端過來了。「小姐，藥好了。」

「先放著。」藥太燙了，等涼一點再餵小葡萄。

蘇老爺道：「你們弄好趕緊回房睡吧，我先去書房了，還有帳本沒看完。」

顧川站起來說：「岳父慢走。」

等藥的溫度剛剛好，蘇箏先自己嚐了一口。

還好，沒有想像中的苦。

蘇箏把小葡萄叫起來，舀了一勺餵進他嘴裡。

藥剛餵進去，小葡萄就吐出來了，好不容易停歇的哭聲又響起來。

蘇箏哄道：「喝完這個就不難受了，乖，喝完娘給你糖吃。」

小葡萄哭著不願意配合，餵了幾勺都吐出來。

顧川一狠心，捏住他的嘴對蘇箏說：「餵！」

喝完藥的小葡萄委屈得不得了，哭得滿臉鼻涕和淚水，這下也不要爹抱了，哭喊著要娘抱。

「不哭了啊……」蘇箏拿了一塊麥芽糖給他舔。

小葡萄還哭著，嘴裡嚐到甜味，抽噎了幾聲，眼尾掛著晶瑩的淚花，小手握住麥芽糖就要往嘴裡送。

顧川攔住他的手，把他抱在懷裡，讓蘇箏拿著糖給他舔。

兩人好不容易把小葡萄哄睡了，蘇箏筋疲力盡地躺在床上。「我要睡了。」

顧川掖好兩邊的被角。「快睡吧。」

折騰一晚上，所幸第二天醒來，摸了摸兒子的額頭，發現他不發燒了。

不過吃早飯時，小葡萄沒有平時的食慾好，吃了幾口就不吃了，無精打采地窩在蘇箏懷裡。

「箏箏，我先回大陽村，晚上我再過來。」顧川摸了摸兒子的小臉，怕小葡萄還會不舒服，他和蘇箏決定在鎮上住幾天。

「嗯，你去吧！再幫小葡萄帶幾件衣服過來。」蘇箏道。

因為韓秀才這幾天身體也不舒服，好像得風寒了，所以顧川不能缺席。

顧川騎著馬離開，他自己不需要馬車，而且騎馬比較快。

臨近中午時，小葡萄有精神了，不像剛起床那會兒賴在娘親懷裡，他穿得圓滾滾的在庭院裡玩。

昨晚顧川怕小葡萄吹到夜風，幫他套上厚棉襖，今早蘇箏也幫他穿上了，他現在看起來腿更短，走起路來一步三晃。

小葡萄看中蘇箏院子裡的鞦韆，著急地想坐上去，試了幾次發現自己上不去後，乾脆上半身趴在鞦韆上，兩腿耷拉在地上晃著玩。

見狀，蘇箏露出今天第一個笑容，上前抱起兒子。「走啦，我們去吃飯，等你病好了，娘帶你坐鞦韆。」

小葡萄有點不太想離開，被蘇箏強行抱走了。

飯桌上，小葡萄明顯沒什麼食慾，吃了幾口飯就扔勺子不吃了。

蘇老爺很心疼，把小葡萄抱到腿上，嘴裡絮叨著。「怎麼就吃這麼點啊？來，外公餵你吃。」

可惜外公餵，小葡萄也不給面子，小臉撇到一邊，任他怎麼哄也不吃。

「你別餵了，等他餓了再吃吧。」蘇箏在一旁說。

「娘。」小葡萄伸手要娘抱。

蘇箏接過他，臉上露出不懷好意的笑容，揚聲吩咐丫鬟。「去幫小少爺煎藥。」

小葡萄心滿意足地躺在娘親懷裡，眨著眼睛把玩娘親的衣襟，絲毫不知道他即將面對什麼。

直到半刻鐘後，丫鬟端上來一碗湯藥。

蘇箏自己抿了點試試溫度，不燙了，用湯勺舀了一勺放到小葡萄嘴巴。

小葡萄還記得昨天的味道，知道這不是好東西，嘴巴閉得緊緊的，黑琉璃般的眼睛看著娘親，臉上寫滿抗拒。
「爹，你抱著他。」
蘇老爺聽女兒的話，接過孫子，結果他看到女兒捏著孫子的嘴，把藥硬灌下去！
蘇老爺氣急敗壞。「妳怎麼能這樣餵！」
蘇箏一臉無辜道：「我都餵完了。」
小葡萄傷心地把臉埋進外公懷裡，哭得聞者落淚。
蘇老爺抱著他哄道：「不哭了啊，外公帶你去吃糖，咱們不理娘親了。」
「你今天不用去鋪子裡嗎？」
蘇老爺斜了女兒一眼。「不去，我今天要陪小葡萄。」說完，他抱著小葡萄走了。
蘇箏對著蘇老爺的背影說：「你陪，你陪，看他煩不煩死你。」
蘇老爺並不覺得自己會煩，無論小葡萄怎麼樣，他都覺得可愛。尤其是這會兒不哭了，小嘴裡含著糖，小臉好奇地看他帳本的模樣也可愛。
蘇老爺抱著小葡萄邊看帳本邊逗孫兒。「帳本好不好看？以後幫外公管帳好不好？」
小葡萄懵懵懂懂，並不知道外公說什麼，他伸出小手好奇地拿過帳本，只聽到一聲清脆的聲音，帳本被他撕了。
蘇老爺無語。
小葡萄的眼睛一下子瞪圓了，他看著手裡兩半的帳本，果斷扔了一半，小手把另一半撕得更碎。

蘇老爺撫著心口喊：「管家！讓蘇箏過來把她兒子抱走！」

小葡萄現在正坐在地毯上，張嘴等娘餵他吃核桃仁。

蘇箏餵了他幾個就不餵了，因為剝核桃太難了，她手指都痛了。

見小葡萄還仰著臉等，蘇箏捏了捏他白嫩的小臉蛋。「現在不吃了，等晚上爹爹回來幫你剝。」

「小姐，我來幫小少爺剝吧。」屋裡的丫鬟說。

蘇箏擺手。「不用，不能給他吃太多。」

聽蘇箏說起爹爹，小葡萄終於想起自己大半天沒看到爹了，一想到就不得了，拉著蘇箏要去找爹。

「爹爹，找爹爹……」小手指著外面。

蘇箏哭笑不得。「你怎麼說風就是雨啊？你現在應該睡覺。」

她抱起要往外面跑的小傢伙，脫了他的虎頭鞋，把人塞進柔軟的被子裡。

小葡萄不願意睡覺，想要起來，然而娘親壓著他不讓他起來，他掙扎著四肢，就像一隻無法翻身到正面、無可奈何的小烏龜。

「好了，別再亂動了，娘陪你一起睡。」

蘇箏脫了外衣上床，把兒子摟在懷裡。「睡吧。」

小葡萄躺在熟悉的懷抱裡，又被輕聲哄著，很快就閉上眼睡著了。

蘇箏躺得也睏了，母子倆一前一後睡著了。

丫鬟見狀，輕手輕腳地退出去。

母子倆一覺睡到顧川回來還沒醒。

顧川坐在一旁，等手回暖了，摸了摸兒子額頭，已經不燙了。

看著母子倆如出一轍的睡姿，他失笑，怪不得每天早上醒來，他的身體都被這兩人牢牢霸占著，一人抱一邊。

先醒來的是小葡萄，他尚且迷糊，睜開眼睛就看到了爹，胖臉蛋上露出笑容，張嘴就要喊。

顧川一把捂住他的嘴，拿衣服包住他，把他抱出去。昨晚小傢伙不舒服，蘇箏一夜都沒睡好，現在讓她多睡一會兒。

小葡萄在爹爹寬厚的掌心裡搖頭掙扎，顧川一放開他，他就開心地叫爹爹。

「爹爹！」小葡萄親暱地用臉蹭了蹭顧川的胸口。

顧川只覺得心裡暖烘烘的，瞬間升起滿滿一腔慈愛之意。

小葡萄下一句說：「桃，桃！」

「嗯？」顧川不解。「什麼桃？」

小葡萄答不出來，嘴裡只叫著桃。

一旁的丫鬟解釋道：「姑爺，小少爺說的應該是核桃，下午小姐告訴小少爺，您回來了就會幫他剝核桃，小少爺應該是記住了。」

顧川盯著一臉著急的兒子，剛剛升起的愛意消失得無影無蹤。

呵，為了吃核桃，見到他才這麼高興。

「爹……吃……」見爹爹不動，小葡萄催促顧川。

顧川捏捏他的臉蛋，冷漠無情地說：「沒有核桃。」

小葡萄呆呆地看著他，等反應過來時，他委屈地張嘴就想哭。「爹爹壞！」

顧川挑了挑眉，壞這個字是他新學來的，他跟誰學的？

見眼裡有兩泡眼淚的兒子，顧川語氣放緩了。「要吃飯了，我們先吃飯再吃核桃。」

小葡萄重複爹爹的話。「吃桃。」

敢情剛剛那一句話，他就只聽到了核桃兩個字？

顧川嘆了一口氣，見傻兒子眼巴巴的樣子，決定看在他生病的分上順從他一回，便對一旁的丫鬟說：「把核桃拿過來。」

丫鬟很快拿了核桃過來。

小葡萄水汪汪的眼睛盯著他手裡的核桃，看得全神貫注，一眨不眨。

顧川剛剝出核桃肉，小葡萄就「啊」一聲張開嘴，顧川塞進他的小嘴裡。

小葡萄邊吃邊看著爹爹的手，等下一個核桃。

顧川剝核桃比蘇箏快多了，他也不吃，旁邊很快堆了一把剝好的核桃肉。

小葡萄嘴裡吃著核桃，眼睛看著白瓷盤裡的核桃肉。他伸出小手，抓了一大把，手心都握不住。

顧川道：「那不是你的，那是娘親的。」見兒子看他，他語速放慢重複。「是娘親的核桃，給娘親。」

小葡萄這下聽懂了，他低頭看著自己手裡的核桃，不太想放下，苦惱地皺起小眉頭。

顧川扳開他的小手，把核桃放回盤子裡。

小葡萄以為自己抓了很多核桃，其實手小，裡面就三個核桃肉，顧川好心地給他留了一個。

小葡萄攥緊手心，牢牢守護手心裡的核桃，又向爹爹張嘴。「啊……」

父子倆一個吃一個剝，分外和諧。

蘇箏推開門就看到父子倆，她睡眼惺忪地走過去，在小葡萄另外一邊坐下。

「娘，吃……」小葡萄殷勤地把手裡握的核桃肉遞過去。

顧川剝核桃的動作頓住了。

這個小崽子……

小葡萄見娘親不接，他身子前傾，把核桃肉硬往蘇箏的嘴裡塞。

蘇箏身子下意識地往後仰。

這核桃也不知道在他手裡捂多久了，都捂出汗了。

蘇箏艱難地開口。「兒子，娘不吃，你自己吃吧。」

小葡萄聽到娘不吃，一把將核桃塞進自己嘴裡。

蘇箏這才鬆了一口氣。

顧川輕笑了一聲，把裝核桃的盤子推過去。「這是妳的。」

吃完晚飯，小葡萄在床上滾來滾去，因為有午睡過，現在一點都不睏，精神好得不得了。

蘇箏一個沒注意，就見他抱著自己的小腳丫啃。

蘇箏把他的腿拿下來，小腿肚握在手裡軟綿綿的，她捏了兩下才想起來要訓他。「髒不髒？腳能放在嘴裡吃嗎？」

小葡萄笑著撲到娘親懷裡，嘴巴湊上去要親她，嚇得蘇箏趕緊把他扒拉下去，扯過被子蒙住自己。

他剛剛才親過自己的腳！

小葡萄笑呵呵，趴在娘親身邊，伸出小手扯娘親的被子。

蘇箏拉緊被子不露頭，小葡萄一個勁兒拉著被子想讓她出來。

顧川端著藥進來時就看到這樣一幕。

「別鬧娘了，過來。」

小葡萄聽到爹的聲音，剛對爹咧嘴一笑，下一刻他就看到碗裡熟悉的淡黑色，嚇得張嘴就哭。

顧川故技重施，打算抱著小葡萄把藥灌進去。

結果小葡萄哭著揮舞手臂不讓他抱，傷心地把臉埋進娘親的被子裡，他只把頭拱進去，身子全露在外面，翹著圓圓肉肉的小屁股。

蘇箏受不了兒子的哭聲，把被子掀開，小葡萄的頭也露在外面了，哭聲暫停了一瞬，下一刻，他扯著被子就想把自己埋進去，顧川一把抱住他。

夫妻倆齊心協力替兒子餵好藥，小傢伙已經哭成一團，蘇箏嫌棄地讓顧川帶兒子去洗臉。

洗完臉的小葡萄抽泣著撲到娘親懷裡，小手緊緊摟著她，直到他睡著了，偶爾還有一、兩聲抽噎。

顧川把兒子扒拉過來，放到自己身邊，低聲說：「睡吧。」

「嗯。」蘇箏腦袋動了動，在顧川懷裡找了個舒服的位置閉上眼睛。

第二十二章

蘇老爺知道蘇箏明天就要回大陽村了，心裡有些不捨，外孫經過這幾天相處好不容易跟他親近了。

「箏箏，我要去大陽村買地。」蘇老爺說出想了好久的計劃。

蘇箏一頭霧水。「你買地幹麼？」

蘇老爺逗著寶貝孫子，抽空看了女兒一眼。「去妳那邊蓋房子。」

黃氏最近經常託人找他，他覺得去大陽村挺好的，能時常看到女兒和外孫，又不用被黃氏煩，畢竟找人應付黃氏也很累。

「……行，你有錢你蓋。」蘇箏看了一眼和外公玩得開心的傻兒子，蠢蠢欲動地說：「爹，小葡萄給你帶，我出去玩了！」

自從懷孕後，她還沒單獨出去過。

蘇老爺非常樂意帶外孫，大度地對女兒擺擺手，示意她趕緊滾。

「今天外公陪你玩啊，小葡萄想吃什麼？」蘇老爺發現小葡萄很愛吃，經常拿吃的哄誘他。

果然小葡萄笑得見牙不見眼，絲毫沒發現娘已經跑了。

蘇箏去找江寶珠了，由於江寶珠經常去大陽村找她，一來二去的，她們倆竟然發展出了友誼。

江寶珠見到蘇箏的第一句話，問：「小葡萄呢？」

她往蘇箏身後瞅了瞅，確定小葡萄沒跟著。

蘇箏昂了昂下巴。「帶他幹麼，妳要抱啊？」

江寶珠想到小葡萄的重量，連忙搖了搖頭，發自內心地說：「不抱。」

「那不就得了。」

「既然妳來都來了……」江寶珠難得扭捏地說：「就陪我去逛街吧！」

蘇箏翻了個白眼。「逛街就逛街，妳害羞個啥？」

「孟逸過些日子過生辰，我想送個禮物給他。」

蘇箏冷漠道：「喔。」

她突然發現，自己好像還不知道顧川的生辰，因為顧川從未提過。

因為送禮物這件事，江寶珠不想被自家人知道，於是和蘇箏去了蘇家的玉珍閣。

「小姐，您來了。」本來坐在裡面的掌櫃看見蘇箏，立馬走出來。

雖然鋪子不是小姐在管，但是蘇老爺膝下就這麼一個千金，可得小心伺候著，萬一這祖宗哪裡不滿意，回去告他一狀怎麼辦？

不過待他認出小姐身後跟著江家千金時，掌櫃有些驚訝，心裡嘀咕著這兩位怎麼搞一塊兒了？

蘇箏擺手。「你不用管我，我們就隨便看看。」

「那好，小姐有事叫我。」掌櫃說了這句話之後退下，不過餘光還是關注著蘇箏，打算等下她看中哪一款就直接送到蘇家。

蘇箏還真沒打算挑，畢竟她沒見過顧川掛玉珮、香囊，可見他不喜歡這些，而她自己家裡的頭飾已經很多了。

江寶珠目光看了一圈，最後看中一款白玉簪，向蘇箏打了個眼色。

「咳咳，這個多少？」蘇箏問不遠處的夥計。

夥計還沒回話，耳朵豎起來的掌櫃立馬過來說：「小姐，不用錢，記個帳就行了，晚點我讓夥計送過去。」

蘇箏道：「不用記帳，多少錢我直接付給你。」

掌櫃的又說了幾句，蘇箏有點不耐煩了，凶巴巴地說：「你再多說一句，回去我就告訴我爹，你中飽私囊！」

掌櫃面上驚恐道：「小姐，這是絕對沒有的事！」

「所以這個多少銀兩？」

掌櫃吶吶地說：「五十兩。」

蘇箏二話不說立馬付錢，一旁夥計機靈地打包好，她接過後和江寶珠腳下生風地走了。

掌櫃的擦了擦額頭上不存在的汗，小姐嫁人以後更難伺候了！她以前來，都從來不付錢的啊！

出了鋪子，蘇箏就把簪子給江寶珠。

江寶珠真心實意地道謝。「謝謝。」

她覺得孟逸戴這個簪子一定好看！

「哼，謝就不必了，記得把錢給我。」

江寶珠掏出銀票。「一百兩，不用找了。」

她知道蘇箏去自家鋪子買東西，掌櫃的肯定不敢多收。

蘇箏不客氣地收下了，如果是江寶珠自己用的東西，她不收錢都可以，但她未婚夫不行，只有她家顧川和顧絢兩個男人可以花她的錢！

接下來蘇箏和江寶珠去了裁縫鋪子。

小葡萄身量變得快，又容易弄髒，蘇箏打算幫兒子多做幾套衣服，顧川也得做兩套冬衣。

結果她和江寶珠一到鋪子裡，就被掛在上面的女款吸引了。

「這個好不好看？」江寶珠指著一件淺粉色的衣服問蘇箏。

蘇箏看了看。「挺好看的。」

老闆娘一看有戲，立刻取下來給江寶珠看，笑盈盈地說：「姑娘真有眼光，這款是昨天才出的新款。」

「嗯，這件要了。」江寶珠繼續看別款。

最後她和蘇箏每人都買了三、四套衣服。

買完了自己的衣服，蘇箏向老闆娘大概形容了一下小葡萄的身形，訂做了幾套衣服，約好來取的日子，又幫顧川買了兩套成衣，這才和江寶珠走出去。

蘇箏難得出來，這會兒還不想回去，她問江寶珠。「我們要不要去茶館聽書？」

江寶珠也無事，一口答應。「好啊！」

兩人都不常走路，走到茶館裡已經累得不行，蘇箏隨便找了個位子坐下，懶得再去樓上的包廂，喚店小二過來上茶。

江寶珠大咧咧的，也不介意坐在外面，徑直坐在蘇箏對面。

說書的老人家在前面說得口沫橫飛，只聽他道：「傳說這位嫡子從小就不得生父喜愛，和母親相互扶持，一路走得險象環生，幸得身邊有得力之人相助，方能成就大業。」

下面有一漢子說：「呸，李老頭，你上回還說這位嫡子從小順風順水地長大呢！」

李老頭笑咪咪道：「老夫今日說的，是另外一個嫡子的故事。」

「我看啊，都是你根據現有的說法瞎編亂造的。」

李老頭雖然沒明說，但是大家都知道他說的是當今聖上的故事，不過冠上嫡子的名頭罷了。

關於當今聖上的故事，民間的版本不知道有多少個，有人說當時坐在那位置的人差一點不是他，是他心狠手辣除掉別的皇子，和將軍裡應外合才繼承大統；也有人說當今聖上勤政愛民，順應天意繼承大統，將軍更是忠肝義膽，為國為民。總之，流傳的故事甚多。

李老頭依舊笑咪咪的，他不管底下的人說什麼，反正他就一個說書人，他們願意付錢就可以了。

蘇箏和江寶珠倒是聽得挺開心，蘇箏是難得出門，江寶珠則是買到心儀的禮物。聽得入迷的蘇箏並未發現樓上有一道目光，似淬了毒一樣看著她。

正是黃氏。

黃氏今日約了蘇老爺，而蘇老爺並未赴約，甚至連往常的小廝也沒來。

黃氏認為自己現在過成這副鬼樣子，都是因為蘇箏！

蘇箏憑什麼能好端端坐在那裡？憑什麼嫁給一個村夫還能過得這麼幸福？

此時的蘇箏穿著打扮無一不精美，氣色紅潤，如未嫁時一樣美麗動人，面上帶著笑容同江家千金說話。

黃氏死咬著下唇，下唇印出深深的齒痕。

李老頭說到一半就停下來了，剩下的明日說。

蘇箏聽得意猶未盡，不過時間不早了，她玩了大半天，這會兒想起家裡的兒子。

「我要回去了。」

「要不要去隔壁？」江寶珠問。

隔壁的飯館是江家開的，她們可以吃個飯再回去。

蘇箏搖頭。「我回家吃，他們肯定在等我。」

「那好吧。」

蘇箏回去時碰到賣糖葫蘆的小販，她幫兒子買了一串。由於生病，兒子這幾天實在慘，連喜歡的肉都沒吃，每日吃得很清淡，若見到糖葫蘆，他肯定會很高興。

剛到門口，蘇箏就看到抱著小葡萄站在外面的蘇老爺，而小葡萄哭聲震天。

蘇箏連忙過去。「他怎麼了？」

蘇老爺見女兒回來鬆了一口氣。「妳可總算回來了。」

小葡萄剛開始跟外公相處還好，玩了一會兒就要找娘親，發現娘親不在後就開始哭，任他怎麼哄都沒用。

小葡萄聽到娘的聲音，睜開紅紅的眼睛，淚眼濛濛地向娘伸手討抱。

他出生時，爹娘就陪在身邊從沒離開過，今天爹和娘都不見了，他怎麼找都找不到。

「別哭了，你看，娘親帶了什麼給你？」蘇箏把糖葫蘆在小葡萄眼前搖了搖。

結果小葡萄看都不看，哭著把糖葫蘆揮到一邊，抱住蘇箏的脖頸不放。

蘇箏只好抱住胖兒子哄。

小葡萄今天嚇到了，緊摟住她，黏在蘇箏懷裡不下來，誰哄他下來他就哭。

蘇箏心想：我好累。

蘇老爺哼了一聲道：「活該，誰叫妳出去這麼久。」

蘇箏委屈道：「是你同意我去的啊，誰知道你連小葡萄都帶不好。」

「誰讓妳去這麼長時間了？」

管家勇敢地站出來打破兩人之間的硝煙。「咳，老爺，小姐，晚飯你們想吃什麼？」

蘇箏回道：「隨便，做清淡點就行。」

「是，小姐，我這就吩咐下去。」

顧川今日過來晚了，韓先生讓他捎東西給韓捕快，兩人聊了幾句。

蘇箏一見顧川就撒嬌說：「你終於回來了，我都要累死了。」

顧川聽到這話，接過她懷裡的小葡萄，小葡萄本來不想離開娘，見到是爹爹，才願意讓他抱。

顧川把兒子的猶豫看在眼裡，大手摸了摸兒子的額頭。

沒發燒啊，怎地這麼黏蘇箏？

蘇箏沒理會顧川詢問的眼神，拿起桌上的糖葫蘆，自己咬了一口，今天真的要累死她了。

小葡萄這時候好奇了，烏溜溜的眼睛認真地看著娘手裡的紅果子。

蘇箏看了兒子一眼說：「剛剛給你怎麼不吃？」說著自己又凶狠地咬了一顆山楂。

小葡萄伸出小手。「娘，要。」

「哼！」蘇箏哼了一聲，餵他吃。

小葡萄舔了一口外面裹的糖衣，小眼睛瞬間亮了，他不讓娘親拿，伸手要自己拿。

蘇箏把他舔的那顆山楂剝下來給他拿，她怕糖葫蘆籤子戳到他。

小葡萄拿著山楂舔得津津有味，外面一層糖衣很快被他吃完了，他咬了一口山楂，被酸得倒吸一口氣，小臉的表情相當有趣。

蘇箏笑道：「你傻不傻，你把糖吃完了能不酸嗎？」

下一刻，小葡萄舉著黏糊糊的小手，把上面裹著一層晶瑩口水、被咬了一口且慘不忍睹的山楂，遞到爹爹嘴邊。「爹爹吃……」

他將寶貝似的核桃給娘吃，自己嫌棄得不想吃的山楂卻給爹吃？

顧川道：「娘親喜歡吃這個，給娘親。」

小葡萄轉頭時，看見娘親走出去的背影。

原來蘇箏見勢不對，溜了。

小葡萄立刻把髒兮兮的山楂扔給顧川，從顧川的懷裡下來，著急地邁著小短腿去追人。

他怕娘親又像下午一樣不見了。

此時，顧川的衣袍上，靜靜躺著一顆晶瑩的山楂。在燈光的照耀下，上面的口水閃著光。

「這件好看嗎？」晚上蘇箏興沖沖地把她新買的衣服拿出來在身上比劃，問旁邊帶兒子玩的顧川。

顧川看了一眼後點頭。「挺好的。」

蘇箏扔下衣服不滿道：「你都沒仔細看！」

顧川道：「看見了。」

「那你說說這衣服哪裡好？」

顧川拉住趴在他腿上的兒子，扭頭去看蘇箏新買的衣服，斟酌著說：「顏色挺好看。」

「嗯，我也覺得顏色很好看！」蘇箏滿意這個回答。「還有，這個是你的！這個是小葡萄的！」

蘇箏興奮地把買的衣服都拿出來，顧川的是月牙白，至於兒子，他每天都把自己玩得髒兮兮，蘇箏則買了耐髒的深藍色。

顧川眼裡漾起溫柔的笑意。「謝謝，我很喜歡。」

蘇箏昂著腦袋得意洋洋地道：「就知道你會喜歡。」

小葡萄「啊」幾聲，發現爹娘都不理他，他生氣了，揪住爹爹的頭髮用力一扯。

顧川頭皮一痛，皺了皺眉，低頭看到正拽著他頭髮的傻兒子。

小葡萄見爹爹看他了，把頭髮一扔，笑著撲進爹爹懷裡，親了他一臉口水。

剛想訓兒子的顧川無語，默默地擦了擦臉上的口水，用手擋住還想親他的傻兒子。

顧川把蘇箏新買的衣服扔給他，說道：「這是你的新衣服。」

小葡萄不懂什麼是新衣服，但他拿著衣服翻來覆去看，暫時找到了樂趣。

顧川把他的小屁股挪到床中間，免得他不小心掉下去。

蘇箏把鋪在床上的衣服裹成一團，胡亂地塞進櫃子裡，反正明天就要帶回去。

顧川卻把衣服重新拿出來，一件件疊整齊。

蘇箏從背後摟住他蹭了蹭，嬌聲說：「反正明天就要帶回去了，還摺它幹麼？」

顧川動一步她跟著動一步，在他背上賴著不走。

顧川把摺疊好的衣服放回櫃子裡。「疊起來看著舒服點。」

蘇箏翻了個白眼，心道：就你事多，櫃門一關，你看得到啊？

「現在睡覺嗎？」

「睡，你揹我過去。」

顧川看了一下櫃子和床的距離，沈默了。

「快點！」蘇箏催促他。

顧川大手握住她的腿窩，把她揹起來放到床上。

坐在床上自己玩的小葡萄注意到爹娘的動作，他扔了手裡的衣服，緊接著摟住爹爹的脖子。

小傢伙突然從背後撲過來的衝擊力不小，顧川被他勒得往後一仰，差點背過氣去。

顧川扯開兒子的胖胳膊，對他說：「不能這樣從背後抱過來，知道嗎？」

萬一兒子覺得好玩，以後這樣抱蘇箏，那可不行。

小葡萄沒注意爹爹說什麼，他流著口水撲到爹爹腿上。

顧川提著他的後領把人拎起來。「聽到了嗎？以後不能這樣。」

被人提著小葡萄不太舒服，他動了動肩膀，奶聲奶氣地說：「爹爹，睡覺……覺。」

蘇箏把兒子抱過來放到床上，對顧川說：「你現在說他也不明白啊！」

顧川低頭看看四腳朝天，自顧自玩耍的兒子，陷入沈思。剛剛那段話，他真的聽不懂嗎？

隔天吃完午飯，女兒就要跟著女婿一塊兒回去了。

蘇老爺很是不捨，抱著大胖孫子說：「小葡萄啊，你千萬不要忘了外公，外公很快就去大陽村找你。」

小葡萄的大眼睛眨啊眨，對外公「啊啊」兩聲，示意他知道了。

蘇老爺得到回應，高興地親了小葡萄一口。

顧川從岳父手裡接過胖兒子，遞給馬車裡的蘇箏。「岳父，我們先回去了。」

蘇老爺道：「去吧，去吧。」

他明日就派人去大陽村買地！

路上蘇箏撩起車簾說：「買點核桃，小葡萄挺喜歡吃的。」

顧川幾乎微不可察地哼了一聲，問蘇箏。「有他不喜歡吃的嗎？」

蘇箏認真想了想，好像還真沒有，她捏了捏兒子的胖臉蛋。「你怎麼這麼愛吃啊？」

可能……顧川小時候也很愛吃，兒子遺傳了他？

小葡萄笑嘻嘻地湊到娘親懷裡，把手裡捏了很久的糖遞給她，這是外公給他的。

蘇箏趕緊側開臉，她現在最怕小葡萄給她吃的！

「兒子，你自己吃。」

小葡萄見娘不吃，這才把糖放進嘴裡慢慢吮，小小的腦袋裡滿是疑惑。

糖這麼好吃，娘為什麼不吃？

蘇箏小心地看著他，害怕他用黏糊糊的手摸她的衣服。

馬車搖搖晃晃，小葡萄吃完糖就犯睏，眼睛要閉不閉。

蘇箏把他放在坐墊，蓋上被子，哄他睡覺。

小葡萄很好哄，拍幾下肚子就睡著了。

蘇箏把帕子用茶水浸濕，擦了擦他髒兮兮的手。

到大陽村時小葡萄也沒醒，是顧川把他抱出來，放在床上讓他繼續睡。

「我去私塾了。」顧川輕聲對蘇箏說。

蘇箏點點頭。「把門關上，我也睏了。」

顧川走後，蘇箏脫了外衣，卸掉頭上的珠釵，摟著兒子熱呼呼、胖嘟嘟的小身子一起入睡。看他睡了一路，她早就睏了。

稍晚，小葡萄剛醒來就想哭，還沒等他哭出來，他就發現娘親躺在他旁邊，立刻不哭了。

胖手揪著娘親的頭髮，把它們都繞在手指上，又一圈圈地鬆開，繞來繞去，很快頭髮就繞成一坨了。

他疑惑地看了看，不明白為什麼每次頭髮都會成一坨，他歪著大腦袋想了想，最後把頭髮塞進自己嘴巴裡咬。

顧川進屋時就發現兒子的胖身子縮在蘇箏懷裡，嘴裡叼著蘇箏的頭髮。
見到爹爹回來，他烏溜溜的眼睛看著爹爹，吐出嘴裡的頭髮。

「爹，餓……」小葡萄向爹爹伸手要討抱。

顧川沒理會兒子，拿手帕把蘇箏一縷晶瑩黑亮的頭髮擦乾、理整齊，這才抱著胖兒子出去。

「不准再玩別人的頭髮，知道嗎？」顧川沈著臉訓兒子。

「啊！」小葡萄摟著爹爹的脖子就要親他。

顧川不給他親，繼續沈著臉說：「也不能再親別人。」

小葡萄沒親到爹爹，懵了懵，然後小嘴一癟，委屈地哭了。

「哇……」哭聲驚天動地。

顧川一把捂住他的嘴，抱著他去廚房，頭疼地看著傷心的傻兒子。「你別哭了。」

小葡萄不為所動，哭得十分投入。

「別哭了，給你燉雞蛋。」顧川拿雞蛋在他眼前晃了晃。

小葡萄緊閉的眼睛張開一條縫，看到爹手裡的雞蛋伸手就要拿，見爹爹不給他，扯著嗓子又想嚎。

顧川趕緊說：「這是生的不能吃，要煮熟才能吃。你不要哭，等下就能吃到了。」

小葡萄眨了眨濕漉漉的眼睛，「啊」一聲，指著鍋，示意爹爹趕緊煮。

顧川心道：你變臉可真是太快了。

蘇箏對父子倆發生的故事毫不知情，她過來時小葡萄站在桌子旁邊，小手拿勺子戳著面前的一碗蛋糊，蛋糊被他戳得慘不忍睹，他嘴巴和下巴全是蛋糊的碎渣。

蘇箏站在原地，猶豫著要不要過去。

還是不去了吧！

腳步換了個方向，蘇箏蹭到顧川旁邊。「你做了什麼吃的啊？」

「煎了幾個肉餅、蘿蔔炒肉，鍋裡是紅薯乾煮的粥。」紅薯乾是夏天時曬的。

蘇箏道：「我不吃紅薯乾，我只喝粥。」

紅薯乾沒味道，不好吃，但她又喜歡喝紅薯煮的粥。

「嗯。」顧川知道她這個偏好。

蘇箏趁兒子注意力都在蛋糊上面，湊過去親了顧川一口，撒嬌說：「你真好！」

現在親臉不能讓兒子看到，不然他也會鬧著要親，她倒也不是嫌棄他，但他一親就一臉口水。

兩人把飯菜端到桌子上，一左一右坐在小葡萄身邊。

「娘……」小葡萄顫巍巍地舀了一勺蛋羹要給蘇箏吃。

蘇箏反手塞進他嘴裡，柔聲說：「乖啊，你自己吃。」

千萬別再想著給她吃了！

小葡萄吃得香噴噴，絲毫不知道自己又被娘嫌棄了。

顧川笑了笑，遞給蘇箏一個肉餅。

小葡萄立馬盯著爹爹手裡的餅，扔了勺子就要去拿餅。

顧川把竹筐放遠一點，不讓他拿到，掰了一小塊餅給他吃。

餅的兩面被煎得酥脆，小葡萄用嘴啃得格外吃力，餅上面全是他的口水。

蘇箏不忍直視。

吃完飯，一家人洗漱完就上床了，冬天冷，打算早點上床睡覺。

小葡萄躺在中間，他看看右邊的爹爹，又看看左邊的娘親，最後翻了個身，笑著撲進爹爹懷裡。

蘇箏捏了捏他的小耳朵。「你是不是也知道爹爹懷裡暖和呀？」

小葡萄在爹爹懷裡搖搖頭，不讓娘親揪他的耳朵。

顧川把蘇箏也拉到懷裡。「睡吧！」

蘇箏枕著顧川的肩窩睡去。

——未完，待續，請看文創風1101《閒閒來養娃》下

2022年9月出版

娘子別落跑

文創風 1097～1099

從中醫世家傳人變成乾癟的小丫頭，還被賣進王府，這重生太套路了吧！罷了，聽說她的新主子是個清心寡慾好打點的，自己又是心思純正，只要安分上工、準時領錢，贖身出府的日子應該不遠吧……

丫鬟妙手回春志氣高，
少爺求婚追妻套路深 ／折蘭

中醫世家傳人卻得了絕症而亡，再睜開眼，成了一個京城牙行裡的小丫頭？
長得瘦瘦乾乾不起眼，怎麼一不小心也被睿王府挑進去當丫鬟，
兩個月後還被老夫人安排去了世子爺的院落當大丫鬟，升職也太快了吧？!
據說這位睿王世子幼時體弱多病，在白馬寺裡住到了十二歲才回府，
是個清心寡慾又喜靜的性子，可怎麼……跟她遇到的完全不一樣啊！
他不但半夜偷偷摸摸地回府治傷，行為又怪裡怪氣瞧不懂，
待她表面客氣，暗裡可是恩威並施，不早點出府還留著過年嗎……

2022年9月出版

全能女夫子

文創風 1095~1096

沒有金手指、沒有法寶或空間，
穿越過來的蘇明月，就是個平凡無奇的文科生。
那些偉大發明雖然她做不出來，但當個生活智慧王還是沒問題的——
不管吃的、用的、穿的，讀書寫字、強身健體，
只要有困擾，全能的她都有辦法解決！

妙筆描繪百味人生／滄海月明

一覺醒來發現自己穿越，成了個嬰兒，蘇明月十分無言。
不過她現在的確是有口難言，只能哇哇大哭，內心無比崩潰。
至於要怎麼當嬰兒她不太會，為了避免超齡表現被當妖孽，
她成天吃飽睡、睡飽吃，畢竟少説話少犯錯嘛。
結果裝傻裝過頭，被街坊鄰居當成傻子欺負，
這哪成？藉此機會教訓那群小屁孩一頓之後，她也不演啦！
從今以後，她要當蘇家聰慧的二小姐！
父親屢試不中，她想出模擬考這招，克服考試焦慮，順利上榜。
出外求學不知肉味？她提供肉鬆食譜，讓學子人人有肉吃。
發現問題再研究解決方法，成了蘇明月最大的樂趣，
靠著一架新式織布機，她成了大魏朝紅人。
可他們安分守己過日子，卻因昔日風光遭人嫉恨，
在毫無防備的狀況下，落進別人下的連環套……

將軍百戰死，壯士十年歸／途圖

2022年8月出版

夫人好氣魄

前世的她早已習慣自己承擔一切，也不太習慣與人親密相處，
自小照顧她的奶奶去世後，她的心更是沒有對別人打開過，
直到入了將軍府，她才慢慢試著接受身邊的人，
老夫人總讓她想起奶奶，而和藹的婆婆則彌補了她缺失的母愛，
這些沒有血緣的親人，讓她更加堅定了想護住這個家的決心……

文創風 1091 1

意外發生前，沈映月是獨力掌控百億業務、手下菁英無數的高階主管，
豈料一睜眼，她就穿成了大旻朝赫赫有名的鎮國大將軍莫寒的夫人，
原來大婚當日，將軍接到了邊關急報，於是撇下新娘，率軍開赴邊疆，
然而世事無常，幾日前將軍戰死的消息傳回了京城，原身便傷心得一命嗚呼。
將軍夫人是嗎？這頭銜倒是新鮮，也算是史無前例的跳槽了，那便試試吧！
說起這莫家，確實是忠臣良將，門前還豎立著一座開國皇帝親賜的巨大英雄碑，
碑上刻著的一個個名字都是為國犧牲的莫家兒郎們，包含將軍及其父兄、姑姑，
但，如今的將軍府竟只剩好賭的二叔、酗酒的四叔及流連青樓的堂弟等廢柴？

文創風 1092 2

當真是虎落平陽，瞧著將軍不在了，如今連個熊孩子都敢欺到頭上來！
小姪子是莫家大哥留下的獨苗，這些年來大嫂一直將他保護得無微不至，
然而卻因為很少磨練他，以至於他在外也不懂得如何保護自己，
在學堂受了同窗的欺凌，回家後大嫂也只叫他忍耐下來，不要聲張，
倘若沈映月不知情也就罷了，既然知曉，便沒有裝聾作啞的道理，
她雖然冷靜自持，但向來秉持著人不犯我、我不犯人的信念，
即便對方是個熊孩子，該打回去的時候她也不會手軟，
不過小姪子太嬌弱，得找個武師父教導才行，只有自己強大了，別人才不敢欺！

文創風 1093 3

莫寒生前一直率領莫家軍與西夷作戰，如今這支軍隊尚有十五萬人之多，
從前手握兵權對將軍府是如虎添翼，而今若還抓住不放恐要招來殺身之禍了，
然而龍椅上那位也不知是怎麼想的，遲遲不肯解決這燙手山芋，
所幸的是，莫家此輩中僅剩的男丁、將軍的堂弟莫三公子一向是紈袴的代言人，
雖說沒有人把他當成兵權繼任者，但難保平時眼紅將軍府的人不落井下石，
還好她這人向來不知何為難事，執掌中饋後就一肩挑起將軍府內外的大小事，
三公子有心疾不能習武無妨，改走文臣仕途一樣能帶領莫家走出康莊大道，
即便他莫老三再是坨爛泥，她也會把他穩穩地扶上牆，成為莫家的頂梁柱！

文創風 1094 4 完

莫寒懷疑朝中出了內鬼，以至於南疆一役中了埋伏，己方死傷慘重，
為了查出真相，他詐死回京，還易容化名為孟羽，成了小姪子的武師父，
一開始沈映月只是懷疑他的來歷，畢竟他說解甲歸田前曾待過莫家軍，
但除了將軍左臂右膀的兩大副將外，其餘同袍似乎都不認得他？
再者，他一個普通小兵，為何兩大副將都如此聽從他的指揮？
後來漸漸與他接觸後，又發現他文韜武略無一不精，實在非常人能及，
果然，他根本不是什麼副將的表哥、平凡的路人甲乙丙，
他根本就是將軍本人，是她素未謀面的夫君啊！

為流浪貓狗加油 和貓寶貝 狗寶貝 廝守終生(一定要終生喔！)的幸福機會

對人來說，貓寶貝狗寶貝只是生活的一部分，但妳（你）對牠們來說，卻是生活的全部，領養前請一定要考慮清楚——

▲腳上風火輪「勁」如疾風 Jen寶

性　　別：女生（取名自美國殘障表演者Jennifer Bricker）

品　　種：米克斯

年　　紀：約2歲

個　　性：開朗慢熟、親人親狗親貓

健康狀況：曾感染犬小病毒已痊癒，因車禍開刀，左後腳截肢、右後腳僵直，但能完美使用狗輪椅。其他各方面都非常健康！

目前住所：屏東縣（中途家庭）

本期資料來源：柯先生

『Jen寶』的故事：

去年初，因車禍截肢的Jen寶，即使身體有點不完美，但活潑、愛玩、愛撒嬌，不喪志且樂觀看待狗生的牠，如同美國的雜技演員Jennifer Bricker，是勇敢的生命鬥士，上天賜予的「Jen寶」。

牠元氣滿滿、親人愛玩，個性不服輸，不認為自己肢體殘缺，坐上狗輪椅後總是電力飽滿健步如飛，偶爾導致後腳被輪子卡住，或是敏銳察覺到周遭有異樣而煞車警戒的反應，令人捧腹大笑。

至於生活習慣方面，Jen寶會善用特技——利用前腳撐起後半身，在尿墊上定點大小便，成功機率頗高；行走快跑沒問題，會上下樓梯，行動自如；玩累了就熟睡如幼犬型睡眠，夜晚可獨立空間睡覺；餵飼料、鮮食皆可，也愛零食，沒吃過的食物會慢慢淺嚐適應。

Jen寶渴望得到全心的愛與關照，適合偏愛一個毛孩子剛剛好的家庭。送養人Jerry先生提供手機號碼0932551669及Line ID：kojerry，很樂意與您分享更多關於Jen寶的大小事，期盼勇敢的孩子有一個永遠的家。

認養資格：

1. 認養人請先確認生活空間可讓Jen寶的輪椅自由活動，初步聯繫後填寫認養意願表單，再進一步與Jen寶互動。
2. 須同意簽認養寵物切結書。
3. 須同意送養人日後定期之追蹤家訪，對待Jen寶不離不棄。

來信請說明：

a. 個人基本資料：姓名、性別、年齡、家庭狀況、職業與經濟來源等。
b. 想認養Jen寶的理由。
c. 過去養寵物的經驗，及簡介一下您的飼養環境。
d. 若未來有結婚、懷孕、出國或搬家等計劃，將如何安置Jen寶？

文創風
1100

閒閒來養娃 上

國家圖書館出版品預行編目資料

閒閒來養娃 / 君子一夢著. --
初版. -- 臺北市 : 狗屋出版社有限公司, 2022.09
冊 ; 公分. --（文創風 ; 1100-1101）
ISBN 978-986-509-359-4（上冊 : 平裝）. --

857.7　　111012472

著作者　君子一夢
編輯　黃鈺菁
校對　黃薇霓
發行所　狗屋出版社有限公司
地址　台北市104中山區龍江路71巷15號1樓
電話　02-2776-5889～0
發行字號　局版台業字845號
法律顧問　蕭雄淋律師
總經銷　知遠文化事業有限公司
電話　02-2664-8800
初版　2022年9月
國際書碼　ISBN-13　978-986-509-359-4

定價280元
狗屋劃撥帳號：19001626
網址：love.doghouse.com.tw　E-mail：love@doghouse.com.tw